SON

7

Son Heung Min Vol. 1

손흥민 지음

축구를 하며 하며
생각한 것들

손 흥 민 첫 에 세 이

bs

1

1st HALF

2

2nd HALF

1

H A L F

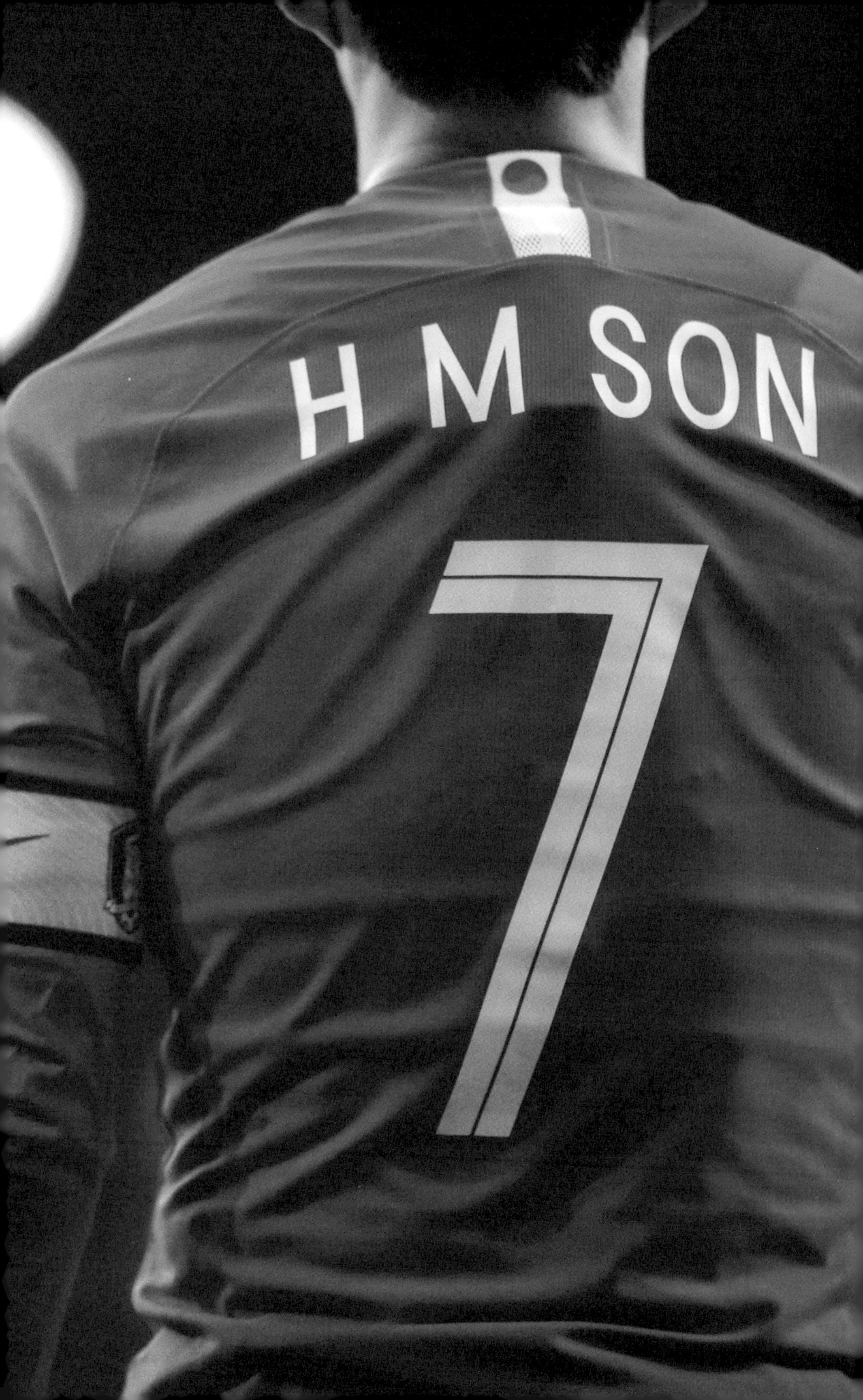
H M SON
7

SON

7

01

마드리드

SON
7

90분이 지났을 뿐인데 세상이 둘로 쪼개졌다. 승자와 패자. 둘 사이의 거리는 무척 가까웠다. 서로 말소리가 들리고 따뜻한 포옹으로 위로해 줄 정도로 가까웠다. 잠시 후 찬란한 은빛 트로피가 시상대 위로 옮겨졌다. 환호가 터져 나왔다. 붉은색 꽃가루가 밤하늘 위로 나부꼈다. 그들의 성취감이 얼마나 큰지 쉽게 알 수 있었다. 비통한 동업자들이 바로 옆에 있다는 사실은 그들에게 중요하지 않았다. 아마 시상대 위에 우리가 섰어도 마찬가지였을 것이다. 붉은색 환호가 내 가슴을 할퀴었다. 마치 고문당하는 기분. 너무 괴로워 귀를 막았다.

2018-19시즌은 정말 길었다. 2018년 여름 러시아월드컵 F조 첫 경기가 6월 18일이었다. 프리미어리그는 8월 11일에 개막해서 해를 넘겨 5월 12일에 끝났다. 루카스 모우라의 해트트릭은 UEFA 챔피언스리그 여정의 끝을 6월 1일로 만들었다. 프리미어리그의 앞뒤로 월드컵과 챔피언스리그가 붙어 장장 12개월짜리 시즌이 탄생했다.

기나긴 시즌을 보내는 동안 많은 일이 있었다. 한 경기, 한 골, 한 순간을 콕 집어 정리하기가 어렵다. "힘들지 않은가?"라는 질문을 제일 많이 들었다. 나는 기계가 아니라서 당연히 힘들다. 경기를 위해서 대륙과 대륙을 왕복하다 보면 피로가 쌓인다. 그래도 행복하다. 경기에 계속 출전할 수 있어서 너무 행복할 뿐이다. 축구선수는 뛰고 싶어도 못 뛸 때가 정말 많다. 다치거나 징계를 받을 수도 있고, 단순히 경쟁에서 밀려 기회를 얻지 못하기도 한다. 지금까지 프로 생활을 하면서 선발 명단에 내 이름이 있다는 사실 자체가 얼마나 고마운 일인지를 깨달았다. 올 시즌 내내 계속 뛸 수 있음에 감사하면서 지냈다. 눈에 보이지 않는 누군가가 나를 지켜주는 게 아닐까 생각될 정도로 몸을 온전히 유지했다.

마우리시오 포체티노 감독님은 나를 전적으로 믿어 줬다. 국가대표팀 유니폼을 입고 나설 때도 관중석을 가득 메운 팬들은 황송할 정도로 큰 사랑을 보내 주셨다. 그리고 TV 화면에는 나오지 않는 곳에서 보살피고 도와준 가족과 나의 크루들까지, 감사 드리고 또 감사 드린다.

프리미어리그 종료 후의 일정표는 원래 간단하다. 7월 며칠까지 구단 클럽하우스로 복귀하면 된다는 식이다. 그에 맞춰 선수들은 각자 여름 휴가 계획을 세운다. 2018-19시즌 후는 달랐다. '암스테르담의 기적'은 토트넘의 시즌 종료 시점을 3주 뒤로 보내 버렸다. 물론 UEFA 챔피언스리그 결승전이라는데 여름 휴가의 시작이 늦어진다고 해서 불평할 사람은 아무도 없다.

전달받은 결승전 대비 훈련 일정표는 빡빡했다. 시즌 종료 휴가는 단 이틀이었다. 수요일(5월 8일)부터 본격적인 훈련을 시작했다. 시즌 막판으로 갈수록 저하 현상이 나타났던 체력을 끌어올려야 했다. 코칭스태프의 의지가 듬뿍 담긴 훈련은 정말 힘들었다. 매일 동료들은 훈련을 끝낼 때마다 숨을 헐떡거렸다. 런던의 초여름 햇살에 내 얼굴도 점점 구릿빛으로 변해 갔다.

해리 케인의 훈련 합류도 팀 분위기를 좋게 했다. 올 시즌에만 케인은 발목을 두 번이나 다쳤다. 챔피언스리그 8강 1차전에서 절뚝거리며 부축을 받아 경기장을 떠나는 케인의 모습을 잊을 수가 없다. 그날 나는 결승골을 넣었지만, 세상의 냉정함에 놀라기도 했다. 경기가 끝나고 다들 맨체스터 시티를 꺾었다는 만족감에 케인이 얼마나 다쳤는지 걱정하는 사람이 없어 보였다.

내게 케인은 정말 소중한 동료다. 집도 걸어서 1, 2분 정도밖에 걸리지 않을 만큼 가깝다. 'DESK라인(Dele, Eriksen, Son, Kane)'이라는 애칭이 생길 정도로 우리는 그라운드에서 서로 죽이 잘 맞는다. 국내에는 케인과 나의 역할이 겹친다는 의견이 있는 것 같다. 한국 팬들이 나를 자식처럼 아끼는 마음이 커서 그렇게 보인다고 생각한다. 케인을 포함해 우리 네 명은 말이 필요 없는 호흡을 완성했다. 챔피언스리그 결승전을 앞두고 그런 케인이 돌아왔다는 사실은 내게 큰 힘이었다.

유럽 축구에서 챔피언스리그 결승전은 한 시즌의 그랜드 피날레 역할을 한다. 전 세계의 이목이 집중되는 최고의 빅매치라고 할 수 있다. 이번 결승전 현장에 투입되는 언론사 인력만 2,500명이 넘는다고 한다. 잉글랜드 구단끼리의 맞대결이 성사되면서 결승전 당일 영국과 스페인 구간의 일일 항공 편수 신기록을 세웠다는 기사도 봤다. 결승전이 벌어지는 도시에서는 며칠 전부터 페스티벌이 벌어진다. 이번 마드리드 결승전의 팬존은 관광명소 솔 광장(Puerta del Sol)에 차려졌다.

챔피언스리그 결승전은 지금까지 내가 경험했던 경기들과 전혀 달랐다. 선수단은 FIFA 월드컵에 준하는 에스코트를 받았다. 선수단의 동선마다 경찰 에스코트가 앞뒤로 붙었고 숙소와 경기장 주변에서 엄청난 보안 경계가 이루어졌다. 이동하면서 차창 너머로 보이는 마드리드 길거리에서도 챔피언스리그 결승전의 향기가 물씬 풍겼다. 경기 하루 전, 양 팀은 완다메트로폴리타노에서 공개 훈련과 공식 기자회견을 가졌다. 전 세계에서 몰려든 취재진으로 가득했다. 사실 나도 챔피언스리그 결승전은 처음이라서 단판을 둘러

싸고 돌아가는 이런 풍경이 놀랍기만 했다.

예전에 챔피언스리그 결승전 현장에서 웅장한 테마곡의 주인공이 된 지성이 형을 TV 중계로 보면서 믿기지가 않았다. 저렇게 대단한 무대에 한국인 선수가 있다니. 2019년 6월 완다메트로폴리타노의 그라운드 위에서 내가 그 테마곡을 듣고 있었다. 소름이 돋았다. 지난 한 시즌 동안 우리가 겪었던 일들이 필름처럼 머릿속으로 지나갔다. 꿈이 아니라는 사실이 내 가슴을 뜨겁게 달궜다.

우리는 3주에 걸쳐 정말 열심히 준비했다. 숨이 넘어갈 것 같은 훈련도 잘 견뎠다. 객관적 전력에서 뒤진다고 해도 상대는 우리가 너무나 잘 알고 있는 프리미어리그 라이벌이다. 충분히 해볼 만하다. 다양한 시나리오도 미리 짰다. 경기 시간대별로 우리가 앞서갈 때, 혹은 뒤질 때에 따라서 전술과 대응까지 세세하게 준비했다. 단판 승부인 탓에 사소한 실수가 승패로 직결된다. 할 수 있는 모든 준비를 마치고 우리는 킥오프 휘슬을 기다렸다. 꿈의 경기가 시작되었다.

리버풀의 선축이었다. 뒤로 빼는 볼을 향해 달려갔다. 상대 수비는 당황하지 않고 볼을 처리했다. 사디오 마네가 이 경기에서 처음 우리 쪽 페널티박스에 접근했다. 마네의 크로스가 무사 시소코의 팔에 굴절되어 떨어졌다. 슬로베니아 출신의 다미르 스코미나 주심이 휘슬을 불며 우리 쪽 페널티킥 지점을 가리켰다. 우리는 상황을 바로 파악하기 어려웠다. 페널티킥이라고? 경기 시작 24초 만에?

거짓말이라고 외치고 싶었다. 상황은 무정하게 흘러 모하메드 살라가 강하게 때린 페널티킥이 위고 요리스의 위로 빠르게 지나갔다. 경기를 시작하자마자 0-1로 뒤지는 시나리오는 우리에게 없었다. 사실 위르겐 클롭 감독의 계획에도 없었을 것이다.

너무나 희귀한 해프닝은 갈 길이 구만리인 경기의 양상을 완전히 바꿔 놓았다. 리버풀은 태세를 전환했다. 아래로 내려가서 우리가 들어오기를 기다렸다. 급해진 우리가 공격하다가 잃어버린 볼을 앞으로 찔러 역습을 노리려는 움직임이었다. 리버풀의 역습이 얼마나 빠르고 치명적인지 잘 아는 터라 우리는 과감하게 공격에 나서지 못했다. 어정쩡한 전반전이 휙 지나갔다.

후반 들어 우리는 상황을 뒤집기 위해 최선을 다했다. 준결승의 영웅 모우라와 공중볼을 따낼 페르난도 요렌테까지 가세했다. 경기 막판 온 힘을 다해 상대 골문을 노렸다. 상대 골키퍼 알리송은 내 슛을 비롯해 자신에게 날아오는 슛을 모두 막아 냈다. 그리고 정규시간 종료 3분을 남기고 상대의 디보크 오리기가 때린 슛이 우리 골문의 구석으로 날아가 꽂혔다. 치명타였다. KO 펀치.

동료들과 나는 올 시즌 내내 앞만 보고 달렸다. 오직 트로피만을 위한 노력이었다. 마지막 무대에서 너무나 드문 일이 벌어져 우리가 그 동안 기울였던 노력과 정성이 순식간에 허사가 되었다. 경기가 끝나고 리버풀의 우승 세리머니가 준비되는 동안에도 지금 내게 일어난 일을 믿기 어려웠다. 챔피언스리그 결승전에 뛴 게 어디

리버풀 팬들의 환호성이

경기장에 울려 퍼지자 나는

두 귀를 막을 수밖에 없었다

냐고? 아니다. 그건 위로가 될 수 없다. 세상에 결승전 출전에 만족하는 축구선수는 없다. 나는 결승전에서 이기고 싶었다. 내 꿈은 우승이었다. 찬란한 빅이어를 머리 위로 들어 올리면서 세상을 품고 싶었다. 갑자기 모든 희망이 누군가에 의해 거절당했다. 눈물이 왈칵 쏟아졌다. 이러려고 여기까지 온 게 아니었는데….

남의 잔치가 되어 버린 쓸쓸한 그라운드 위에서 많은 것을 깨달았다. 맨체스터와 암스테르담의 밤하늘은 눈부셨지만 마드리드의 밤하늘은 어두컴컴했다. 저 위에서 이곳을 내려다보는 축구의 신이 모든 걸 결정하는 게 아닐까 하는 생각마저 들었다. 이렇게 노력하고 모든 것을 쏟아부어도 그가 'No'라고 말한다면 나는 어찌할 도리가 없으니까 말이다. 만약 그 핸드볼 반칙이 상대편에게 벌어졌다면. 경기 종료 휘슬이 울리고 환호하는 쪽이 우리였다면. 관중석에서 감동의 눈물을 흘리며 응원가를 외치는 사람들이 토트넘 팬이었다면. 그 작은 반칙이 이렇게 큰 무대에서 결정적으로 작용할 줄은 전혀 몰랐다. 아버지는 말없이 나를 꼭 안아 주셨다. 그럴 필요는 없지만 아버지께도 죄송했다.

챔피언스리그 결승전은 내게 너무나 값진 경험이었다. 나도 잘 안다. 그런데 알아도 너무 아프다.

02

결심

SON
7

어렸을 때 사고를 친 적이 있다. 마루에서 형과 함께 놀고 있었는데 탱탱볼이 둘 사이에 떨어졌다. 형은 손을 내밀었고 나는 발을 뻗었다. 뻑! 나의 킥이 형의 손을 걷어차는 바람에 형의 손가락이 뒤로 완전히 꺾였다. 형이 아프다며 울고불고하는 통에 나는 어쩔 줄 모르고 가만히 서 있었다. 그 와중에 형의 뒤로 꺾인 손가락이 재미있어 보였다. 어머니가 놀라서 "무슨 일이야?"라고 물으셨다. 솔직히 나는 잘 기억나지 않는데 어머니는 "그때 네가 뭐라고 했는지 알아? '형 손가락이 뒤로 안녕하세요 했어, 엄마'라고 했어"라고 하신다. 형, 많이 아팠을 텐데⋯. 미안해.

나는 둥근 물체를 보면 무조건 발로 찼다. 집에서든 골목에서든 운동장에서든 늘 공차기를 하며 놀았다. 공을 차고 놀 때가 제일 재미있었다. 지금 와서 생각해 보면 뭐든지 차고 노는 꼬마가 될 수밖에 없는 환경이기도 했다. 우선 아버지가 프로 축구선수였다. 부상 탓에 일찍 현역에서 은퇴하셨지만 그 DNA가 어디 갈 리가 없다. 둘째, 우리 집은 가난했다. 내가 초등학교 입학하기 전에는 컨테이너에서 산 적도 있었다. 아버지는 두세 가지 돈벌이를 하시면서 가족의 생계를 책임지셨다. 학원은 꿈도 꾸지 못했다. 셋째, 아버지의 교육 신조도 한몫했다. 초등학교 2학년 때까지 내가 아버지에게 들었던 말은 "나가 놀아"뿐이었다. 아버지는 지금도 "자유라는 연료를 태워야 창의력이 빚어진다"라고 말씀하신다. 하고 싶은 대로 내버려 두고 관찰하면 무엇을 잘하는지, 무엇을 재미있어 하는지 자연스레 알게 된다는 지론이다. 내가 프로 축구선수가 된 걸 보면 그 교육관이 꽤 신빙성이 있지 않나 생각한다.

덕분에 형과 나는 신나게 놀았다. 온종일 하고 싶은 것만 하면서 꼬마 시절을 보냈다. 내가 다녔던 가산초등학교 운동장에서 신나게 놀고, 동네 사회문화센터 수영장에 가서 열심히 텀벙거리고, 공지천에서 해가 질 때까지 뛰어다니며 놀았다. 온종일 밖에서 놀다가 해가 떨어진 뒤에야 먼지투성이가 되어 집으로 돌아왔다. 아버지는 두 아들의 옷을 벗겨 먼지를 털어낸 뒤에 화장실로 데려가 일일이 샤워를 시키고 저녁을 먹이셨다. 그게 손흥윤, 손흥민 형제의 일상

자유를 중시하신
아버지의 교육관 덕분에
온 동네를 뛰어 다니며 실컷 놀았던
나의 천방지축 시절

이었다.

2002 한일 월드컵이 열리기 1년 전인 2001년, 초등학교 3학년이 되어서 나 혼자 중대 결심을 했다. 축구를 진지하게 배워 보고 싶었다. 놀아 본 것 중에서 축구만큼 재미있는 게 없었다. 학교에 가도 쉬는 시간이 되자마자 나는 공을 갖고 운동장으로 달려 나갔다. 알다시피 쉬는 시간은 축구를 충분히 즐기기에 너무 짧았다. 조금만 더 조금만 더 하다가 매번 다음 수업에 늦어서 혼이 났다. 점심시간에도 밖에서 공을 찼고, 수업이 모두 끝나고 나서도 축구를 했다. 할 때마다 내가 제일 잘했다. 친구들을 쉽게 제쳤고 달리기도 내가 제일 빨랐다. 항상 이기는 게임만큼 재미있는 게 어디 있을까.

축구선수였던 아버지가 당연히 막내아들의 결심(어린 나이에 큰마음 먹기가 쉽지 않다!)을 칭찬하실 줄 알았다. 그런데 아버지는 한동안 말씀이 없었다. 축구를 배우고 싶다고 한 번 더 말씀드렸다. "축구가 왜 하고 싶니?"라고 되물으셨다. 왜라니? 기대했던 반응이 전혀 아니었다. 초등학교 3학년짜리의 머릿속에서 논리적인 이유가 나올 리 없었다. 머뭇거리다가 결국 나는 "재미있으니까"라고 대답했다.

"민아. 너 축구가 얼마나 힘든 건지 아니? 축구를 하려면, 그것도 잘하려면 정말 힘들어. 바깥세상은 춥다 못해 시릴 정도야. 너 그래도 할 거야?"

아버지에게는 단점이 있다. 초등학교 3학년 꼬마의 눈높이를 전혀 모르신다는 것. 그 말의 뜻을 제대로 이해할 수 없었다. 바깥 세상이 춥다고? 시리다는 건 또 뭐지? 나는 재미있기만 한데. 나는 그냥 축구가 너무 하고 싶었다. "시키는 대로 다 할 테니까 축구 배우고 싶어"라고 또 보챘다. 나는 무조건 축구를 해야만 했다. 아버지의 '축구 하면 힘들다'는 말과 나의 '그래도 할래'라는 대답이 수차례 오갔다. 그리고 내가 이겼다. 자식의 고집과 부모의 걱정이 부딪히면 언제나 자식이 승리한다. 나중에 내가 축구선수가 되고 나서야 그때 아버지가 무슨 말씀을 하고 싶어 하셨는지 조금 알 것 같았다.

우선 축구를 배울 환경이 필요했다. 내가 다녔던 가산초등학교에는 축구부가 없었다. 운동장에는 늘 주먹만 한 돌멩이들이 굴러다녔다. 그래서 부안초등학교로 전학했다. 축구부가 있는 학교인 덕분에 맨땅이라고 해도 바닥 상태가 아주 좋았다.

오전에는 학교 수업, 그리고 점심을 먹은 후 매일 두 시간씩 아버지와 두 형제가 훈련을 했다. 메뉴는 단순했다. 볼리프팅이었다. 발안쪽(인사이드)으로 시작해서 발등과 아웃사이드, 헤딩 등으로 이어지는 리프팅 프로그램이다. 공을 바닥에 떨어트리면 처음부터 다시 시작해야 했다. 숙달되면 보통 한 세트를 마치는 데 15분에서 20분 정도가 걸린다. 맨 처음 훈련을 시작했을 때는 40분 정도 걸렸다. 8자 드리블 훈련도 있었다. 큰 8자를 따라서 안쪽으로 한 번, 바깥쪽으로 한 번씩 차례대로 공을 몰고 왕복하는 메뉴다. 드리블할 때 볼이 발에서 멀리 떨어지지 않게 하며 터치 감각을 익힐 수 있었다. 성장판을 자극해야 키가 클 수 있다며 점프헤딩 메뉴도 거르지 않고 반복했다. 제자리에서 몸을 웅크렸다가 뛰어올라서 이마로 볼을 맞히는 연습이다. 단순해 보이는데 제대로 해내려면 오랫동안 같은 동작을 반복해야 했다.

아버지는 '너희는 훈련만 한다. 그 외의 준비나 뒤처리는 전부 내가 한다'는 주의였다. 축구 훈련을 하려면 여러 가지 준비가 필요하다. 맨땅에 떨어진 돌을 치워야 하고 축구공과 콘도 매일 들고 날라야 한다. 나는 그런 일을 해 본 적이 없다. 축구공을 잔뜩 채운 냉장고 종이 박스도 들어 본 적이 없다. 나는 훈련만 하는 대신, 훈련을 위해서 100%를 쏟아야 했다.

아버지는 정말 무서운 지도자였다. 그때도 축구교실을 운영하고 계셨는데 너무 엄하게 가르치다 보니 며칠 만에 그만두는 학생이 많았다. 가르치는 내용도 허구한 날 볼리프팅이었으니 아이들은 금방 싫증을 냈다.

손씨 집안의 형제에게는 그만둘 권한이 없었다. 싫증이나 게으름도 사치였다. 조금만 느슨해졌다 싶으면 곧바로 불벼락이 떨어졌다. 어린 아들이라고 해도 실수하거나 집중하지 않으면 정말 무섭게 혼냈다. 훈련하면서 칭찬받은 기억은 거의 없다. 많이 혼났다. 독자 여러분께서 생각하시는 그 '많이'가 아니다. 정말 상상할 수 없을 정도로 많이 그리고 무섭게 혼났다. 그런 훈련을 나는 축구부에 들어가 합숙 생활을 시작했던 중학교 3학년 이전까지 매일 반복했다. 그렇다. 7년 동안 하루도 쉬지 않고 매일. 자그마치 5,110시간이다.

형과 내가 싸우다가 걸리면 볼리프팅 벌을 받았다. 하루는 형과 내가 심하게 싸우다가 아버지에게 딱 걸렸다. '형제의 난'을 절대 허락하지 못하는 아버지가 잔뜩 화가 나서 볼리프팅을 명하셨다. 그렇게 네 시간 동안 볼리프팅을 한 적이 있다. 네 시간이다! 나중에는 공이 세 개로 보이고 바닥이 울렁거렸다.

아버지의 하드트레이닝 탓에 웃지 못할 해프닝도 많았다. 한번은 운동장에서 형과 내가 또 심하게 혼나고 있었다. 그 광경을 지켜본 동네 할머니가 경찰에 신고하시겠다고 했다. 아버지가 자초지종을 설명했지만 할머니는 "자기 자식이면 절대 그렇게 못 해! 당신 의붓애비지?"라며 믿지 않으셨다. 아버지는 경찰서로 향하는 할머니를 쫓아가 겨우 만류했다. 이런 식의 민원이 끊이지 않았다. 물론 우리 형제의 하드트레이닝도 쭉 이어졌다.

매일 똑같은 볼리프팅과 8자 드리블 프로그램만 반복하니까 당연히 따분하게 느껴질 때도 많았다. 능숙해졌다고 생각해도 아버지는 계속 두 아들에게 똑같은 메뉴만 시켰다. 이런 반복 훈련을 버틸 수 있었던 이유는 세 가지였다. 첫째, 그래도 축구가 너무 재미있었다. 둘째, 아버지가 너무 무서워서 감히 지루하다는 말을 입 밖으로 꺼내지 못했다. 셋째, '필요하니까 하는 거겠지'라는 해탈의 경지에 이르렀다.

아버지의 이론은 간단했다. 하나를 제대로 할 수 있어야 그다음으로 넘어갈 수 있다는 것이다. 양쪽 발로 볼을 마음대로 다룰 줄 알아야 패스도 하고 크로스도 올리고 슛도 때릴 수 있다는 믿음이다. 그다음에 움직임을 익히고 전술을 배우는 순서였다. 아버지는 나름대로 정한 기준에 다다르기 전까지 두 아들을 절대 다음 단계로 보내지 않았다.

사실 나보다 형이 더 혼났다. 실력이 아니라 성격 문제였다. 어릴 때부터 형은 아버지를 쏙 빼닮았다. 고집이 센 데다가 약한 척하기를 싫어했다. 반면에 나는 약은 편이었다. 아버지한테 혼날 것 같으면 아프다며 먼저 주저앉아 버렸다. 리프팅을 하다가 볼을 떨어트려도 아버지가 못 봤다 싶으면 얼른 주워다가 아무 일도 없었던 것처럼 리프팅을 다시 시작했다. 지금 생각해 보면 볼을 떨어트린 걸 분명 보셨는데도 못 본 척해 주신 것 같기도 하다.

형은 곧이곧대로 원칙을 준수했다. 가끔 아버지에게 대들기도 했다. 그래서 더 혼났다. 형이 안쓰러워서 한번은 내가 "약한 척 좀 해. 매번 그렇게 대들어서 혼나지 말고"라고 했던 적도 있다. 형은 고집불통이었다. 나중에 나이가 들어서 그 이유를 물어보니 "그렇게 약한 척하는 게 너무 싫어서"라고 했다. 어쩜 그렇게 아버지랑 똑같은지 모르겠다.

트로피

SON
7

어릴 적 축구의 기억이 별로 없다. 기억력 쇠퇴는 아니니까 오해 없길 바란다. 기억에 남는 축구가 없는 이유는 내가 엘리트 축구부에서가 아니라 아버지에게 축구를 배웠기 때문이다. 일반 학업으로 따지면 홈스쿨링인 셈이다. 매일 똑같은 기본기 훈련만 반복했으니까 기억에 남는 장면이 다양할 리가 없다. 볼을 떨어트리지 않고 운동장을 세 바퀴 도는 훈련을 매일 반복했다. 아버지는 기본기를 중시했고, 성적(경기 결과)으로 유소년을 평가하는 지도 방식을 정말 싫어하셨다.

덕분에 나는 아버지와 훈련하는 동안 경기에 직접 출전하는 일이 드물었다. 또래 축구부 아이들에게 축구가 경기 출전이었다면, 내게 축구는 양발로 볼을 리프팅하고 머리 위에 볼을 세워 균형을 잡는 것이었다. 형과 함께 볼을 떨어트리지 않고 한쪽 발로만 리프팅을 해서 운동장을 누가 빨리 도는지를 겨루곤 했다. 떨어트리면 출발했던 지점으로 돌아가서 다시 시작해야 하니 한눈팔 틈이 없었다. 그게 우리의 축구였다.

아버지가 운영하던 '호반이FC'는 유별난 훈련 메뉴 탓에 등록 학생 수가 적어서 한 팀을 이룰 수 없었다. 경기를 아예 뛰지 않을 수는 없는 노릇이니 가끔 후평초등학교 축구부에 끼어서 경기에 출전하기도 했다. 지금은 쓰지 않는 표현이 되었지만, 나는 소위 '용병'이었다. 내가 지금 뛰는 경기가 무슨 대회인지 그리고 어떤 의미가 있는지 잘 몰랐다. 여기서 잘하면 어떻게 되는지도 당연히 몰랐다. 경기만 뛰고 돌아와서 다시 아버지와 훈련을 시작했다.

학교 아이들에 섞여서 축구를 하며 놀기도 했다. 훈련도 축구, 노는 것도 축구였다. 재미있으니까 멈출 수가 없었다. 예전에 '음악만이 세상이 유일하게 허락한 마약'이라는 우스갯소리가 있었는데 내게는 축구가 그랬다.

기억나는 대회가 하나 있다. 사실 대회가 아니라 스포츠 브랜드 '아디다스'가 주최한 이벤트성 풋살 대회였다. 클럽 아이들과 함께 갔는데 대회 현장에서 캐논슛 이벤트라는 게 있다는 걸 알게 되었다. 초등부와 중등부로 나뉘어 슛이 제일 센 참가자를 뽑아 플레이스테이션을 준다고 했다. 세상에, 플레이스테이션이라니!

우리 집은 가난했다. 행복했지만 형편이 정말 어려웠다. 요즘 말로 '흙수저'였다. 집에 자가용도 없었다. 나중에 아버지가 내게 축구를 시킨다며 중고 프라이드를 구해 오셨는데 차 안으로 비가 샐 정도로 낡은 녀석이었다. 그런 내게 플레이스테이션은 상상 속에만 존재하는 아이템이었다. 슛을 제일 세게 때린 사람에게 그걸 준다고 했다. 이거 무조건 내가 나가서 1등을 먹어야 할 것 같았다.

아들의 눈에서 발사되는 레이저가 아버지의 마음을 쿡쿡 찔렀나 보다. 캐논슛 이벤트가 시작되기 전에 아버지는 나를 대회 현장 구석으로 데려가셨다. 가져왔던 볼을 세워 두고 슛을 강하게 차는 요령을 속성으로 알려주셨다. 그때까지 우리는 킥 훈련을 제대로 해본 적이 없었다. 재차 말하지만 우리는 아직 '발로 볼을 자유롭게 다룰 수 있도록 연습하는' 과정에 있었다. 밤에 정전이 되어도 밥숟가락을 자연스럽게 입으로 가져가는 동작처럼 말이다. 그게 끝나야 킥으로 넘어가는 건데 아버지는 아직 그 단계를 허락하지 않으셨다. 그러니 아버지가 슛을 강하게 때리는 방법을 알려주신 건 그때가 처음이었다. 아이들과 놀 때는 당연히 슛도 때리고 패스도 했지만 제대로 배운 적은 없었다. 디딤발을 어디에 놓고 주발이 어떤 각도로 들어가서 발의 어느 부분으로 볼을 때려야 하는지 등 아무것도 몰랐다. 시간이 많지 않았던 탓에 그야말로 현장에서 속성으로 슛에 힘을 싣는 요령을 익혔다.

내 인생에서 처음으로 들어 올린 트로피

사실 그때는 트로피보다도

게임기를 받은 것이 더 기뻤다

드디어 이벤트가 시작되었다. 참가자도 많았고 이벤트성 대회였던 탓에 각자 슈팅할 기회가 두 번인가 세 번밖에 되지 않았다. 초등부가 먼저 시작했다. 아버지가 알려주신 대로 나는 있는 힘껏 슛을 때렸다. 현장 스태프들이 다들 '오~' 하며 놀라는 눈치였다. 속성 과외 덕분인지 내가 생각해도 평소보다 슛이 강하게 날아갔다. 정확히 속도가 얼마로 측정되었는지는 기억나지 않지만 내 슛이 제일 빨랐다. 당당히 초등부 1등을 차지했다. 중학생 형들까지 합쳐도 내 기록이 두 번째로 빨랐다. 꿈에 그리던 플레이스테이션이 내 손에 들어온 것이다! 축구 인생에서 처음 들어 올린 트로피가 아니었나 생각한다. 너무 기뻤다. 정말 너무 좋았다. 플레이스테이션을 들고 온 나를 반기는 형도 나만큼 좋아했다. 하! 하! 하!

빨리 축구 게임을 하고 싶은데 형과 내가 쓰던 방에는 TV가 없었다. 형제의 조바심을 풀어 주기 위해 어머니가 부랴부랴 동네에서 작은 TV를 구해 오셨다. TV 연결, 조이스틱 연결, 스위치 온. 내 인생의 첫 축구 게임이 시작되는 순간이었다. 형과 나는 시간 날 때마다 방에 틀어박혀 축구 게임에 몰두했다. 둘 다 지기 싫어하는 성격이었던 탓에 한 판이라도 지면 서로 역정을 냈다. 조이스틱을 집어 던지기도 했다. 물론 고장이라도 나면 큰일(새것을 살 돈도 없거니와 아버지가 대폭발할 게 뻔하다)이니까 소심하게 툭 던지는 정도였다. 조이스틱이 떨어지는 소리가 나면 거실에 있던 아버지가 험상궂은 표정으로 째려보셨다. 그러면 우리는 "이게 손에서 떨어졌네, 헤헤"하며 아무 일도 없었다는 듯 시치미를 뗐다.

춘천에 있는 후평중학교에 진학해서도 2학년까지 아버지의 훈련을 받았다. 내용은 바뀌지 않았다. 지겹다는 생각이 들다가도 아버지의 이글거리는 눈빛 앞에서 찍소리도 내지 못했다. 2학년에서 3학년으로 올라가면서 아버지는 일대 결정을 내렸다. 실전 경험이 필요하다고 생각하신 것이다.

아버지는 당신의 축구 후배 나승화 감독이 지도하던 원주의 육민관중학교로 전학해서 축구부에 합류하자고 하셨다. 혼자 떨어져하는 훈련에서 벗어나 또래 아이들과 섞여 경기를 뛸 수 있다는 마음에 냉큼 좋다고 대답했다. 춘천에서 원주까지 통학하기가 어려워서 숙소 생활을 시작해야 했다. 2007년, 태어나서 처음 엘리트 축구부에 정식으로 소속되는 순간이었다.

숙소 생활도 생소한 데다 처음 축구부에 합류하자마자 벌어진 해프닝도 당혹스러웠다. 어느 날 여자팀과 연습 경기가 잡혔다. 처음 보는 동료들과 섞여서 뛰었는데 내가 두 골을 넣어서 이겼다. 장비를 챙겨서 숙소로 돌아갔더니 그날 주장을 뽑는 선거가 있다고했다. 투표 후 개표를 했는데 축구부 아이들에게 내가 몰표를 받았다. 이게 무슨 일이지? 처음 만난 나한테 왜 주장을 하라는 건지 혼란스러웠다. 아마 그날 있었던 연습 경기에서 내가 좀 잘한 덕분인가 보다. 그야말로 '갑자기 주장'이다.

다행인지 불행인지 며칠 뒤에 감독님이 나를 따로 불렀다. "흥민아, 아이들이 너를 찍긴 했는데 축구부에 들어온 지도 얼마 되지 않았잖아. 그리고 한 살 많은 형이 한 명 있어. 그 형이 주장을 맡는 게 맞는 것 같아. 미안하게 됐다." 아니요. 전혀 미안해하지 않으셔도 돼요. 저도 너무 당황스러웠거든요. 노 프라블럼.

숙소 생활의 생경함은 여전했지만 축구부원 아이들이 모두 착했던 덕분에 텃세 없이 잘 적응했다. 전형적인 엘리트 학원 축구부의 일과를 반복했다. 7시에 일어나서 아침 먹고, 수업 듣고, 점심 먹고, 숙소에 돌아와서 쉬다가 오후 훈련을 했다. 저녁 먹고, 각자 웨이트 등 개인 운동하고, 씻고 밤 10시에 취침. 빨래는 각자 해야 했다.

아직 어린 중학생 아이들이 모인 숙소에서는 아주 단순한 경쟁이 벌어지기도 한다. 예를 들어, 잠자리 경쟁이다. 숙소는 스무 명이 넘는 축구부 전원이 큰 방에서 몽땅 함께 지내는 구조였다. 여름이 되면 시원한 창가 자리를 서로 차지하려고 경쟁이 붙었다. 정말 순수했던 시절이었다.

헷갈리는 구석도 있었다. 축구부의 훈련은 내가 어릴 때부터 받아 왔던 내용과 크게 달랐다. 특히 훈련 앞뒤로는 운동장을 계속 뛰어야 했다. 볼도 없이 그냥 뛰기만 하니까 정말 따분했다. 체력을 길러야 한다고 하는데 사실 딱히 도움이 되는지도 의문이었다.

그때 육민관중학교 축구부의 전력은 그리 강하지 않았다. 학교 안에서도 축구부에 대한 기대가 그리 높지 않았던 것 같다. 그게 3학년 마지막 대회였던 제43회 추계전국중학교축구연맹전에서 바꿰었다. 청룡그룹에 속했던 우리는 결승전까지 진출하는 성과를 거뒀다. 마지막 경기에서 남수원중학교에 패해 준우승에 그쳤지만 육민관중학교 축구부 역사상 전국 대회 준우승은 처음이어서 학교 식구들도 모두 기뻐했다. 나는 대회 5골로 공동 득점왕에 올랐다. 나와 함께 득점왕이 되었던 친구가 전북 현대 모터스를 거쳐 독일 홀스타인 킬에서 뛰는 이재성(울산 학성중학교)이었다. 같은 대회 충무그룹의 MVP는 포철중학교의 에이스 손준호(현 전북 현대 모터스)였다. 대단한 대회였다니까!

좋은 일이 또 있었다. 대회에서 나를 지켜본 대한축구협회 전임 지도자인 송경섭 감독님께서 나를 15세 이하 국가대표팀으로 불러주셨다. 형은 "너희 또래 애들이 얼마나 못하길래 네가 대표팀에 뽑히는 거야?"라면서 놀렸다. 부모님도 딱히 들뜨지 않았다. 집안 분위기가 그렇게 흐르다 보니까 자연스레 나까지 덤덤해졌다. 처음 파주트레이닝센터에 갔을 때도 별다른 긴장이나 스트레스 없이 '훈련 열심히 하고 오자'라는 생각으로 지냈다.

쉽지는 않았다. 전국 각지에서 또래 중 축구를 제일 잘한다는 선수들이 모이다 보니 기 싸움이 심심치 않게 벌어졌다. 다들 엘리트 코스를 밟으면서 소위 '전국 랭킹'이라는 수식어가 붙는 아이들이었다. 실력만큼 자존심도 셌다. 어린 나이였으니까 경쟁자와 상대를 배려하는 마음도 당연히 어른보다는 덜했다.

전국 대회 출전 기록이 거의 없었던 나는 외톨이 신세였다. 소속

학교도 딱히 유명하지 않았고 지금까지 제도권 바깥에서만 훈련을 해왔던 탓이다. 분위기가 그렇다 보니 덤덤했던 심리 상태가 오히려 도움이 되었던 것 같다. 만약 '전국 짱은 바로 나야'라는 식으로 생각했으면 외로운 신세가 나를 더 괴롭혔을 것 같다.

추계전국중학교축구연맹전이 끝나고 아버지와 나는 진학할 고등학교를 고민해야 했다. 생각보다 결론은 쉽게 났다. FC서울과 유스 협약을 맺은 고등학교 축구 명문 동북고등학교였다. 운 좋게 딱 그해부터 K리그 인기구단의 시스템 아래로 들어갈 수 있어서 선택에 어려움이 없었다. 육민관중학교를 졸업해서는 학적상 동북고에 입학할 수 없었다. 부랴부랴 동북중학교로 전학을 했다. 초등학교와 마찬가지로 중학교도 나는 세 곳(후평중, 육민관중, 동북중)을 거쳤다. 일반 학생에게는 굉장히 드문 케이스였지만 축구를 계속해야 했던 나로서는 복잡한 행정 절차가 불가피했다.

아버지는 자기 시간을 쪼개면서 작은아들의 뒤치다꺼리를 기꺼이 해주셨다. 전학 절차가 더디자 육민관중학교 축구부 감독을 찾아가 한바탕 벌이기도 하셨다. 복잡한 축구의 길을 계속 고집할 수 있었던 것은 전적으로 아버지의 헌신 덕분이었다. 집안 사정이 그렇게 어려운데도 아버지는 형과 내게는 꼭 좋은 유니폼과 축구화를 마련해 주셨다. 당신은 구멍난 양말을 신어도 두 아들에게는 항상 새 양말을 사주셨다.

'전국구' 고등학교의 축구부가 된 이후로는 훈련도 대회 일정도 모두 바빠졌다. 봄이 되자 16세 이하 국가대표팀에 뽑혀 일본에서 열린 사닉스컵에 참가했다. 일본 고등학교 선수들의 아기자기한 패스플레이를 굉장히 재미있게 봤던 게 기억난다. 학년도 낮았고 그때만 해도 나는 몸집이 작았던 편이라서 당장 선발로 뛸 기회를 얻지는 못했다. 그래도 외국에 가서 짧은 시간이라도 뛰어 보는 건 꽤 흥미진진했다.

동북고 축구부 생활도 재미있었다. 아버지의 훈련 방식과 크게 차이가 나는 현실에 적응하느라고 고생도 좀 했다. 축구 명문에 모인 선수들인 만큼 모두 실력이 뛰어났다. 그렇게 뛰어난 친구들과 경쟁하는 것만큼 재미있고 동기 부여가 되는 일은 없다. 그러다가 갑자기 기회가 찾아왔다. 유럽에서 볼을 차고 싶다는, 춘천 촌놈에게는 말도 안 되게 거창한 찬스 말이다.

04

기회

SON

7

꼬마 시절부터 꿈이 둘 있었다. 축구선수가 되고 싶다는 꿈, 그리고 유럽에서 뛰어 보고 싶다는 꿈. 거짓말 같겠지만 아버지와 함께 본 격적으로 훈련을 시작했던 초등학교 3학년 때부터 '유럽에서 뛰고 싶다'고 생각했다. 아무것도 모르는 나이였는데 꿈은 일단 크게 가 져야 한다는 아버지의 세뇌(?) 덕분인지도 모르겠다.

아버지도 10대 시절부터 독일 분데스리가에 그렇게 가고 싶어 했다고 말씀하신다. 나중에 검색해 보니 1970년대에는 분데스리가 가 세계 최고의 축구 리그였다. 내게 꿈의 무대는 잉글랜드 프리미 어리그다. 축구 훈련을 본격적으로 시작한 다음 해에 2002 한일 월드컵을 보면서 감동을 제대로 먹었었다. 4강 영웅들인 박지성과 이영표 콤비가 뛰었던 UEFA 챔피언스리그 경기(PSV에인트호번)도 챙겨봤다. 두 영웅은 맨체스터 유나이티드와 토트넘 홋스퍼로 각각 이적했다. 내가 막 학교 축구부에서 선수 생활을 시작했을 때였다. 데이비드 베컴이 뛰던 팀에 한국인 선수가 들어가다니 정말 믿을 수가 없었다. 한국인 선수들의 도전이 이어지면서 어릴 적 꿈인 유럽 무대는 프리미어리그로 구체화되었다. 나도 거기서 멋지게 뛰고 골도 넣고 싶었다. 춘천 맨땅에서 종일 볼리프팅을 반복하는 꼬마의 꿈치고는 정말 거창했다. '이다음에 커서 토니 스타크가 되겠어요.' 이런 느낌이랄까.

동북고 1학년 생활을 시작하자마자 그 꿈을 이룰 기회가 찾아왔다. 주말 리그(2008 SBS고교클럽챌린지리그)에 출전하고 있었는데 아버지로부터 파주로 오라는 지령이 떨어졌다. 왜 그러냐고 물었더니 대한축구협회에서 우수선수 해외 유학 프로그램을 운영하는데 그해 유럽으로 데려갈 여섯 명을 뽑는다고 했다. 나는 그 프로그램을 이미 잘 알고 있었다.

중학생 때 아버지가 두툼한 종이 뭉치를 "꼼꼼하게 읽으라"며 건네주셨다. 뭔가 봤더니 해외 유학 프로그램 선배들이 연수 기간에 유럽 현지에서 작성했던 축구 일기였다. 세상과 담을 쌓고 살던 아버지였지만 그런 자료는 기막히게 구해서 아들에게 가져다 주셨다. 그중 유학 프로젝트 5기(2007년)로서 잉글랜드의 레딩에서 1년간 연수했던 지동원과 남태희 선배가 작성한 일기가 기억난다. 두 선배는 그 나이 때부터 이미 유명했던 '전국구'였다. 솔직히 레딩이란 구단은 처음 들어 봤지만 프리미어리그가 있는 잉글랜드라면 상관없었다. 상세한 내용은 가물가물하지만 자료들을 보며 유럽 현지에서 어떤 훈련을 하고 어떻게 생활하는지 대충 짐작할 수 있었다. 지금도 대한축구협회의 공식 홈페이지에서 다운로드할 수 있다.

확실히 말할 수 있는 사실은 딱 하나, 부러웠다. 정말 부러웠다. '나도 잘할 수 있는데' 하는 생각에 가슴이 뜨거워지기도 했다. 가정 형편이 어려워 스스로 유럽 진출 기회를 만들기는 불가능했다. 그게 현실이었다. 아버지는 그런 상황에 얽매이지 않고 아들의 인생 계획에 유럽 도전을 이미 심어 놓으신 것 같다. 협회의 해외 유학 프로그램은 우리 가족 모두에게 꿈에 다가설 유일한 기회였다. 지금 생각해보면 운도 따랐다. 해당 프로그램이 내가 갔던 6기를 끝으로 중단되었기 때문이다. 만약 내가 1년만 늦게 태어났어도 유학 프로그램은 나와 상관없는 일이었을 테고, 함부르크와 인연도 생기지 않았을 것이다.

아버지는 다짜고짜 "가능성 있으니까 이번에 제대로 한번 도전해 보자"라면서 잔뜩 흥분하셨다. 내 첫 반응은 "웅?"이었다. 나야 좋았지만 원래 아버지는 축구 제도권과 거리가 먼 분이었다. 협회, 연맹, 프로구단, 엘리트 축구부 같은 단어가 나올 때마다, 이유는 잘 모르겠지만 버럭 화를 내셨다. 아버지가 너무 무서워서 왜 그러냐고 묻지도 못했다. 어머니는 그냥 "아빠는 그런 거 싫어하셔"라고 하실 뿐이었다. 그런데 갑자기 아버지 입에서 '가능성'이란 말이 나오다니. 그때 날씨가 되게 더웠는데 그래서 그러시나?

파주로 올라가면서 들은 설명으로 퍼즐이 풀렸다. 이번 기수부터 독일 클럽이 선수들을 직접 선발하기로 했단다. 1기부터 5기까지는 협회가 선발한 선수들을 보냈다. 당연히 축구 실력을 기준으로 선별해서 보냈는데, 참가자 대부분이 프랑스와 브라질, 잉글랜드 클럽에서 현지 적응에 애를 먹었다고 했다.

지금 와서 생각해 보면 10대 소년이 유럽 축구에 적응하기 위해서는 실력과 함께 개인의 스타일도 중요하다. 경기장 안에서 뛰는 스타일이 유럽과 잘 맞아야 한다. 볼을 다루는 개인 기술만큼 '어떻게 뛰는지'도 유럽과 궁합이 맞아야 한다는 뜻이다. 경기장 밖에서는 유럽의 라이프스타일에 자연스럽게 섞일 줄 알아야 한다. 섞이지 못하면 꾹 참고 버티기라도 해야 한다. 쉽게 들릴지 모르지만 말한마디 통하지 않는 외국에서 사춘기 소년이 혼자 버티기란 정말어렵다. 협회는 고심 끝에 '그러면 선수를 데려가서 훈련시킬 유럽클럽이 직접 선발하도록 하자'는 해결책을 내놓았다. 그 첫 작품이바로 내가 참가하게 된 6기 프로그램이었다.

그때 프로그램에 참가했던 독일 클럽은 함부르크와 뉘른베르크였다. 두 클럽이 각각 세 명씩 데려가는 방식이었다. 나는 그 사실을 파주 트레이닝센터에 들어가고 나서도 몰랐다. 그냥 '독일 사람들이 와서 뽑아간다'는 정보가 내가 아는 전부였다.

내가 도착했을 때는 16세 이하 국가대표팀 상비군 선수들 30여 명이 이미 파주에 모여서 독일 관계자들 앞에서 훈련을 하고 있었다. 주말 리그 경기 일정 탓에 나는 마지막 이틀 동안 열리는 연습 경기에만 참가할 수 있었다. 중학교 3학년 때 처음 15세 국가대표팀으로 뽑아 주신 송경섭 감독님께 인사를 드리고 곧바로 연습 경기에 들어갔다.

경기는 25분씩 세 번을 뛰는 쓰리쿼터 방식이었다. 처음에는 원래 포지션인 오른쪽 측면에서 뛰었다. 주말 리그를 뛰고 온 터라 약간 힘들었지만, 처음 패스를 받았을 때 볼이 발에 닿는 느낌이 너무 좋았다. 속으로 '오늘 되겠다'는 느낌이 들었다. 볼이 발에서 도망가지 않은 덕분에 드리블도 내 마음대로 되었다.

첫 쿼터가 끝나자 독일 관계자와 함께 있던 현장 직원이 오더니 "다음에는 왼쪽 측면에서 뛰어봐"라고 말했다. 가슴이 덜컥 내려앉았다. 잘 뛰고 있는데 갑자기 자리를 바꾸라고 하니까. 분명 잘했다고 생각했는데 내가 그렇게 형편없었나? 머릿속이 복잡해졌다.

두 번째 쿼터에서 왼쪽 측면으로 이동해서 경기를 시작했다. 다행히 컨디션이 좋아서 불안감을 씻어낼 수 있었다. 왼쪽에서도 나는 드리블로 마크맨을 어렵지 않게 제쳤다. 끝까지 치고 들어가 왼발로 올린 크로스도 정확하게 문전으로 날아갔다. 어릴 때부터 양발을 쓸 줄 알아야 한다며 어린 아들을 그렇게 혹독하게 가르쳤던 아버지의 고집 덕분에 나는 왼발을 편하게 사용한다. 지금도 왼발 슛에 더 자신이 있을 정도다.

두 번째 쿼터도 그렇게 잘 마무리했다. 2쿼터가 끝나자 헐떡거리는 숨과 안도의 한숨이 섞여서 나왔다. 마지막 쿼터를 준비하는데 아까 그 직원이 다시 와서 "너, 이번에는 맨 앞에서 스트라이커 해 봐"라고 했다. 이건 뭐지? 왼쪽에서도 잘했던 것 같은데 왜 자꾸 나를 이곳저곳으로 보내는 건지 도통 알 수가 없었다.

스트라이커 포지션에서는 상대 중앙 수비수와 계속 부대끼며 볼을 다퉈야 한다. 공간으로 파고드는 플레이에 익숙한 터라 상대 수비수와 몸과 몸으로 힘을 겨뤄야 하는 플레이가 그리 쉽지 않았다. 더군다나 급조된 팀이다. 내게 패스를 넣어 주는 친구들과 일면식도 없었으니 내 움직임을 알아 주리라 기대할 수가 없었다. 거꾸로 나도 저 친구가 어떤 공격 플레이에 익숙한지 전혀 모르는 채 뛰어야 했다. 오기가 생겼다. 어차피 컨디션이 너무 좋았다. 뒤에서 날아오는 롱패스를 나의 빠른 발로 따내는 장면도 몇 번 나왔다. 무사히, 아니 아주 잘 경기를 마쳤다.

일주일이 지나도 연락이 없었다. 나는 정말 잘한 것 같은데. 그때 왜 자꾸 포지션을 바꾸라고 했을까? 역시 자기 포지션에서 두드러지지 못해서 그랬던 걸까? 나도 유럽에서 축구 일지를 써보고 싶은데. 별별 생각이 다 들었다. 그러다가 아버지께서 전화를 주셨다. 낯선 번호라서 안 받으려고 하다가 기분이 묘해서 받았더니 그게

어느날 운명처럼 찾아온 기회에서
유럽 진출이란 기회를 잡았다
꿈의 출발이었다

협회의 합격 통지였다고 했다. 세상에나! 내가 유럽에 가게 되었다. 함부르크 유소년 아카데미에서 축구를 배울 수 있게 되었다. 진짜? 초등학교 때 캐논슛 대회에서 플레이스테이션을 따냈을 때의 성취감은 애들 장난이었다. 기분이 너무 좋았다. 거짓말처럼 갑자기 유럽이 내 앞에 뚝 떨어졌다. 함부르크라고 했다. 뉘른베르크라고 해도 상관없었다. 유럽, 그것도 분데스리가가 있는 독일이었다. 아니, 이렇게 날 뽑을 거면서 그때는 왜 나를 다른 포지션으로 이리저리 돌리면서 내 마음을 그렇게 졸였던 걸까?

협회 담당자가 설명해 준 자초지종은 이랬다.

"사실 함부르크 스카우트가 그 전까지 좀 짜증이 나 있었어. 마음에 딱 드는 선수가 없다면서 말이야. 그러다가 막판에 네가 들어온 거야. 그 친구가 갑자기 '저 아이 누구지?'라고 묻더라고. 첫 쿼터가 끝나고 '저 아이를 왼쪽에서 뛰게 해 달라'고 했어. 그다음에는 또 '이번엔 원톱에 세워 봐'라더라. 그러고는 정말 너만 보는 거야. 네가 다양한 포지션을 소화할 수 있는지 지켜본 거였어. 그리고 바로 '저 아이를 데려가겠다'고 했지."

준비된 자만이 기회를 잡는다. 축구 선수들은 이 말을 귀에 못이 박히도록 듣는다. 당연하게 들려도 실천이 그만큼 어렵기에 지도자들이 이 말을 입에 달고 산다고 생각한다. 단 한 번 찾아온 기회, 그때는 몰랐지만 마지막이 될 기회를 내가 잡았다. 온 가족이 어려움 속에서도 나의 꿈을 끌어주고 응원해주지 않았더라면 불가능했다.

SON
7

구텐탁. 이히 하이세 흥민 손. 이히 프로이에 미히 디히 켄넨츨레르넨.

독일어 공부를 시작했다. 독일에 가서 축구를 배울 수 있게 되었으니까! 대한축구협회 해외 유학 프로그램 6기로 선발되면서 당장 유럽으로 갈 준비를 시작했다. 나는 그냥 기분이 좋아서 몸이 공중에 붕 뜬 상태로 지냈다. 유럽에서 볼을 찬다는 상상을 실현한 10대 축구 소년에게는 자연스러운 현상이다.

막내아들이 헤헤거리는 동안 아버지가 움직였다. 첫 번째 작업은 독일어 과외였다. 아버지는 '독어를 한 마디라도 알고 가는 게 낫다'면서 당장 선생님을 찾아 나섰다. 춘천은 생각보다 작은 도시다.

독일어 과외 선생님을 찾기가 쉽지 않았다. 며칠 동안 수소문한 끝에 독일 유학에서 돌아온 분을 모실 수 있었다. 아버지는 급한 성격을 뽐내기라도 하듯 수업량을 하루 4시간으로 잡았다. 해야 할 일이 생기면 죽어라 파는 가풍이 재차 진가를 발휘하는 것 같았다.

생전 처음 만나는 독일어는 황당한 녀석이었다. 단어마다 성별을 구분해서 말해야 한다는 사실부터 충격적이었다. 사람도 아닌 명사에 왜 성별이 있는 거지? 하나부터 열까지 한국어와 어쩜 그렇게 다를 수가 있는지 신기했다. 인사말을 배우고, 아인, 츠바이, 드라이를 외우고, 축구에서 쓸 수 있는 간단한 말들(오른쪽, 왼쪽, 길게, 짧게, 빨리 등등)을 익혔다.

교실보다 운동장에 더 익숙했던 내게는 그렇게 긴 시간을 한 자리에 앉아 있는 일 자체도 어려웠다. 꾹 참고 열심히 외우고 또 외웠다. 한마디라도 더 배워 놓아야 독일에서 빨리 적응할 수 있을 것 같았다. 나중에 안 사실인데 과외비가 우리 집 형편에 비해서 턱없이 비쌌다. 부모님께 감사하고 또 죄송할 따름이다.

학적 처리를 두고 약간의 갈등을 빚었다. 주위에서는 1년 연수 후의 일을 얘기했다. 한국으로 돌아올 때를 생각해야 한다는 것이다. 한국 축구의 현실을 생각하면 그 조언에도 일리가 있었다. 제도권에서 한번 밀리면 돌아가기가 쉽지 않다.

아버지는 완강했다. 한국으로 돌아올 생각이면 처음부터 가지도 않는다면서 배수의 진을 쳤다. 엘리트 축구계와 그리 말랑말랑한 사이가 아니었던 아버지는 선수의 신분을 놓고 어른들 사이에서 이루어지는 줄다리기를 극도로 싫어하셨다. 나는 이해하기 어려운 어른들의 대화도 오간 것 같았다.

결국 가족회의 끝에 동북고를 자퇴하기로 했다. 축구부 생활을 한 지 3개월이 채 되지 않는 시점에 각자 다른 길을 가기로 한 것이다. 재학 기간이 너무 짧았던 탓에 솔직히 동북고 시절의 추억이나 사진은 거의 없다. 쉬운 결정은 아니었다. 주위 축구부 친구들 학부모의 조언대로 만약 함부르크에서 살아남지 못한 채 한국으로 돌아오면 선수 생활이 끊길 수도 있었다. 학원 축구 시스템을 거부했던 전력이 있는 선수를 다시 받아줄 학교가 드물기 때문이다. 우리 가족은 모두의 만류를 뒤로 제친 채 결국 학교에 자퇴서를 제출했다. 예전에 한일전을 앞둔 국가대표팀의 이유형 감독님이 "일본을 이기지 못 하면 모두 현해탄에 몸을 던지겠다"라는 말로 필승을 다짐했다는 이야기를 들었다. 자퇴서를 내는 우리 가족의 각오도 그만큼 비장했다.

출국을 며칠 앞두고 현대아산병원에서 메디컬 테스트를 받았다. 간단한 검사인 줄 알고 갔다가 혼쭐이 났다. 몇 시간에 걸쳐서 정말 다양한 검사를 거쳐야 했다. 근력, 관절, 심폐 기능 등의 수치를 측정한다고 하는데 힘든 메뉴가 너무 많았다. 사이클은 바퀴를 회전하기도 힘들 정도로 장력이 세게 고정되어 있었다. 모든 테스트를 마친 뒤에 갑자기 '체력 미달로 연수가 취소되는 것 아닌가' 하는 걱정이 덜컥 들었다. 병원 선생님들이 시키는 대로 죽을힘을 다해서 뛰었다. 모든 검사를 마치고 집에 돌아오니 몸에 남아 있던 기가 모두 빠져나가는 기분이 들었다. 아무 일도 없겠지? 어렵게 잡은 기회가 이렇게 날아가진 않겠지? 별별 걱정을 다 하면서 잠이 들었다.

다행히 메디컬테스트의 결과는 유럽행에 아무런 영향을 끼치지 않았다. 한국을 떠날 날이 다가왔다. 짐은 최대한 단출하게 쌌다. 축구화와 운동복, 일상을 위한 기본 물품만 챙겼다. 원래 가진 것도 많지 않은 데다 유럽에 살아본 적이 없으니 뭐가 필요한지도 정확히 파악할 수 없었다. 독일에 가서 절실함을 깨달은 밥솥을 챙기지 않은 이유도 결국 경험 부족이었다. 어머니는 눈물을 흘리셨다. 나는 어려서부터 집에서 딸 노릇을 했다. 얼굴 생김새도 어머니와 판박이다. 어머니는 내가 외할아버지와 똑같이 생겼다고 한다. 반대로 형은 성격과 성향이 모두 아버지 쪽이다. 집안에 '센 남자'가 두 명이 있고, 어머니와 내가 부드러움과 애교를 담당하는 역할 분담이었다. 그런 막내를 멀리 독일로 보내야 한다는, 딸 같은 막내아들이 말도 통하지 않는 곳에서 혼자 1년을 살아야 한다는 현실은 어머니에게 엄청난 고통이었을 것이다. 그때를 떠올리면 지금 영국 런던에서 부모님과 함께 지낼 수 있다는 사실이 얼마나 행복한 일인지 새삼 깨닫는다.

출발 당일, 부모님과 함께 인천국제공항에 갔다. 유럽 축구가 아들에게 얼마나 큰 경험과 꿈인지 잘 아시기에 부모님은 피붙이와 떨어진다는 아쉬움보다 응원과 격려를 해주셨다. 장도에 나서는 사람이 나 혼자가 아니라는 점도 어느 정도 안도가 되었다. 순천고등학교의 김민혁, 장훈고등학교의 김종필 그리고 나까지 3명이 있었고, 대한축구협회에서도 꼬마들의 현지 적응을 도울 지도자가 함께했다. 협회는 함부르크가 제공하는 숙식 등을 제외한 항공료 등 모든 공식적 비용을 제공했다. 선수들에겐 큰 도움이 아닐 수 없었다.

기나긴 비행 끝에 도착한 함부르크는, 당연히, 생경했다. 모든 게 신기했다. 거짓말이라고 생각했던 '벤츠 택시'가 정말 공항 앞에 버젓이 줄지어 있는 광경을 보면서 우리끼리 신기해하기도 했다. 공항에서 우리를 태우고 간 미니밴도 벤츠였다. 우리 차는 아니어도 괜히 호강하는 기분이 들어 웃음이 나왔다. 클럽하우스 근처의 숙소가 마련될 때까지 머물 호텔에서 짐을 풀었다. 부모님께 전화를 걸어 무사 도착을 알렸다. 아버지는 유학 준비를 하면서 했던 말을 재차 강조하셨다.

"민아. 너는 아직 아무것도 이룬 게 없다는 걸 명심해. 네가 그렇게 가고 싶어 했던 유럽에 진짜 갔다고 만족하면 안 돼. 유럽 진출, 프리미어리그라는 꿈이 있잖니. 지금 너는 지금까지 꿈꾸던 곳의 옆 동네까지만 일단 간 거야. 거기서 행복하게 최선을 다하면 정말 꿈 안으로 들어갈 수 있어."

피로에 지쳐 호텔 방의 낯선 침대 위로 쓰러졌다. 유럽 축구고 뭐고 일단 좀 자야 할 것 같았다. 머리가 무겁게 베개 속으로 푹 꺼졌다. 호텔 방의 천장, 그리고 옆으로 누우니 바깥 풍경이 눈에 들어왔다. 내가 꿈꾸는 곳의 옆 동네가 저렇게 생겼구나. 유럽에 왔다는 만족감이 들기 전에 덜컥 걱정이 들기 시작했다. 여기서 계약하지 못하면 어쩌지? 1년 연수가 끝나고 함부르크와 계약하지 못한 채 한국으로 돌아가면 어떻게 되는 거지? 학교도 자퇴해서 나는 돌아갈 곳이 없는데. 지금까지 나를 위해 고생했던 부모님 얼굴을 어떻게 봐야 하지?

아버지가 나를 위해서 그동안 기울였던 지극정성은 값으로 따질 수 없다. 엘리트 코스에서 축구를 배운 기간이 1년 정도밖에 안 되었으니 나의 축구는 온전히 아버지의 작품이었다. 도공이 단 한 개의 작품을 세상에 내놓기 위해서 수많은 도자기를 빚고 깨기를 반복해야 한단다. 아버지는 나라는 도자기를 빚기 위해서 아무런 대가 없이 7년 세월을 보냈다. 내가 여기서 자리를 잡지 못한다면 엄청난 불효일 수밖에 없다.

어릴 때부터 나는 유럽에서 뛰는 내 모습을 상상하면서 꿈을 키웠다. 유럽에 가기만 하면 자신 있게 모든 일을 해낼 수 있을 거라고 믿었다. 정작 그런 바람이 이뤄진 날, 처음 자려고 누웠는데 흥분되기는커녕 걱정부터 하게 될 줄은 정말 몰랐다. 침대에 머리를 파묻고 눈을 감았지만 쏟아지는 걱정에 잠을 설쳤다.

다음날 구단은 우리를 데리고 클럽하우스와 트레이닝센터, 홈경기장인 HSH노르트방크아레나(지금 이름은 폴크스파르크슈타디온으로 바뀌

함부르크의 근사한 환경에서

우리 셋은 많은 것을 겪고 배웠다

었다)를 구경시켜 줬다. 클럽하우스는 거대한 규모는 아니었지만 독일 축구 명문의 풍모가 곳곳에서 느껴졌다. 과거 함부르크에서 뛰었던 레전드들의 사진도 많았다. 그 중에는 1970~80년대를 풍미했던 잉글랜드 스타 케빈 키건도 있었다. 중년이 된 모습만 알았던 내게 장발의 키건을 보는 것은 정말 재미있었다. 트로피 전시실에는 사진으로 봤던 분데스리가의 우승 트로피(커다란 은빛 방패)와 '빅이어'라고 불리는 챔피언스리그 트로피가 눈부시게 빛나고 있었다.

　1887년에 창단된 함부르크는 121년 역사를 자랑한다. 독일 1부 리그 우승 경력이 여섯 번이나 된다. 마지막 우승은 역사적 명장 에른스트 하펠 감독 하에서 거뒀던 1982-83시즌이었다. 그 해 함부르크는 유러피언컵(지금의 챔피언스리그)에서도 유벤투스를 1-0으로 꺾고 우승을 차지했다. 한국에서 온 10대 소년 세 명에게 홈경기장은 정말 근사해 보였다. 클럽 컬러인 파란색과 검은색이 곳곳에 장식되어 있었고, 57,000명을 수용하는 경기장의 내부 전경을 보자 가슴이 두근거렸다. 귀로는 경기장에 관련된 설명을 듣고 있었지만 머릿속에서는 온통 눈앞에 펼쳐진 푸른 잔디 그라운드에서 뛰는 나의 모습을 상상하고 있었다. 저곳에서 뛰는 기분은 어떨까? 파란색 유니폼을 입고 멋진 골을 터트린 뒤 만원 관중 앞에서 멋지게 뛰어 올라 골 셀러브레이션을 하는 손흥민, 소름이 돋았다.

MEMORIES

MY STORY 01

학교에서 10분 정도 쉬는 시간이 있잖아요.

저는 공 들고 운동장으로 나가서 그 잠깐이라도 친구들하고,

또는 혼자서 축구하고 수업시간에 늦게 들어가곤 했어요.

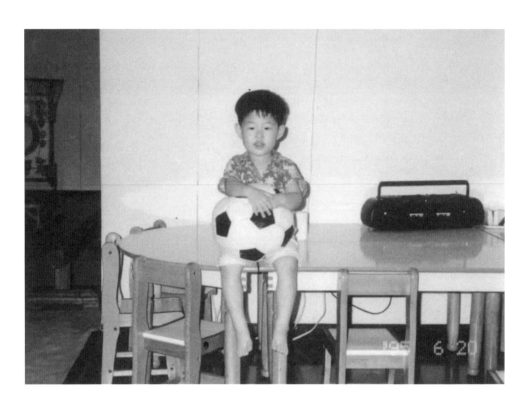

어릴 때 축구 말고는 관심 있는 게 별로 없었어요.

사실 지금도 크게 다르진 않아요.

운동장을 리프팅으로 세 바퀴를 돌았어요.

왼발로 한 바퀴, 오른발로 한 바퀴를 돌고,

양 발로 한 바퀴를 도는 거죠.

진짜 어려웠어요.

함부르크 유소년 아카데미에서 훈련하고 잠을 잤어요.

엄청난 경험들을 했죠. 저는 아직도 함부르크가

제2의 고향이라고 생각해요.

Son Heung Min

들이대기

SON
7

외국인 선수에게 최우선 키워드는 적응이다. 경기장 안은 물론 밖에서 얼마나 자연스럽게 지내느냐가 중요하다. 일상에서 스트레스가 쌓이면 그라운드에서 제 실력을 발휘할 수가 없다. 해당 국가의 언어를 최대한 빨리 습득해야 한다. 영어를 자유자재로 구사할 줄 알면 도움이 되지만 최고의 의사소통 방법은 역시 그 나라 말이다. 습득 과정은 쉽지 않다. 그걸 극복해야만 한다. 살아 보니 그랬다.

호텔에서 며칠을 보낸 뒤에 우리는 클럽하우스 근처에 있는 방 세 개짜리 아파트에 입주했다. 세 명 모두 축구부 숙소 생활 경험자들인 덕분에 생활을 위한 최소한의 집안일 개념을 각자 갖고 있었다. 셋이 모여서 밥, 설거지, 빨래 담당을 정했다. 나는 만들 줄 아는 요리가 전혀 없었다. 빨래에도 별로 재주가 없었다. 제일 자신 있게 해치울 수 있는 설거지를 하겠다고 했다.

황당한 불편함도 있었다. 아파트에 인터넷과 세탁기가 없었다. 협회 담당자가 현지 인터넷 업체에 문의를 넣었다. 설치까지 6개월이 걸린다는 회신이 왔다. 다행이라고 해야 할지 모르겠지만, 훈련장이 있는 클럽하우스가 와이파이와 세탁기를 갖추고 있었다. 우리 셋은 매일 훈련장에 갈 때마다 노트북과 빨랫감을 잔뜩 짊어진 채 시골길을 걸어가야 했다. 월요일부터 금요일까지 매일 학교에 가서 독어와 다양한 수업을 들었다. 독어는 어려웠다. 속성 과외로 얻은 일말의 자신감은 사방팔방에서 쏟아지는 현지 독일어 앞에서 깨끗이 녹아 내렸다. 손짓 발짓으로라도 의사소통하려고 애썼다.

구단은 우리 셋을 각기 다른 연령대 팀에 넣었다. 종필이는 16세 팀, 나는 17세 팀, 민혁이 형은 19세 팀으로 찢어졌다. 우리끼리 몰려다니지 못하도록 하는 조치였다. 그래서 더욱 필사적으로 독일어를 배워야 했다. 구단에서는 학교를 일주일에 사흘만 가도 좋다고 했다. 나는 월요일부터 금요일까지 매일 가겠다고 우겼다. 어렵게 잡은 기회에 내가 할 수 있는 건 뭐든지 다 해야 한다는 절박함이었다. 수업 내용은 잘 알아듣지 못했다. 훈련과 경기 때문에 힘들기도 했다. 그래도 억지로 참고 학교에 가서 수업을 꾸역꾸역 들었다.

동료들의 독일어를 빨리 알아듣고 싶어서 선택한 방법은 '다짜고짜 들이대기'였다. 클럽하우스에 들어갈 때마다 큰 목소리로 "구텐 모르겐!"이라고 외쳤다. 처음엔 당연히 창피했다. 그 다음에 돌아오는 말을 제대로 알아듣지 못했으니까. 한국이나 독일이나 웃는 얼굴에 침 뱉을 사람은 없다는 사실이 중요했다. 학교 수업에서 새로 배운 표현을 그날 훈련 중에 무조건 써먹었다. '예를 들어'라는 말을 배웠다고 치면 17세 팀 아이들과 함께 있다가 갑자기 "예를 들어!"라고 말했다. 독일 아이들은 뜬금없는 들이대기에 "너 그 말 어디서 배웠어?"라며 재미있어했다. 덕분에 한마디라도 더 말을 섞을 수 있었다. 내가 잘못 말하면 고쳐 주기도 했다. 그렇게 독일 친구들과 직접 주고받은 단어나 문장은 신기하게 저절로 외워졌다.

내가 속한 함부르크 U-17팀은 독일 북부권역 구단끼리 모이는 U-17리그에 참가하고 있었다. AFC U-16챔피언십에서 돌아와서 한자로스토크 U-17팀과의 리그 경기에 갔는데 내 이름이 출전 명단에 적혀 있었다. 벤치에서 시작한 경기는 0-1로 뒤진 채 전반전이 끝났다. 마르쿠스 폰 아흘렌 감독이 내게 "쏜, 후반전에 들어갈 거니까 빨리 몸 풀어!"라고 말했다. 드디어 독일에서 첫 출전 기회가 온 것이다. 마음이 조급했다. 감독에게 잘 보여야 한다는 생각보다 우리가 이겨야 한다는 생각이 컸기 때문이다. 나는 내가 뛰는 팀이 지는 꼴을 못 본다. 눈물이 많은 이유이기도 한 것 같다. 어렸을 때부터 뭔가 내 마음대로 되지 않을 때 울음이 터졌다. 슬퍼서 운다기보다 그냥 눈물이 나온다. 국가대표팀 유니폼을 입고 출전했던 메이저 대회에서 눈물을 보인 이유도 결국 그런 성격 때문이었다. 정말 이기고 싶은데 그게 마음대로 되지 않으면 나도 모르게 눈물이 나온다. 이 버릇은 커서도 고쳐지지 않는다. 2017-18시즌 UEFA 챔피언스리그 16강전에서 유벤투스에 패한 뒤에도 너무 분해서 눈물이 주룩 흘렀다. 이기고 싶은 마음이 컸던 경기일수록 더 그렇다.

어쨌든 후반전이 시작되면서 내가 교체로 들어갔다. 벤치에 있던 아이들이 큰 목소리로 나를 응원해 줬다. 팀과 함께 발을 맞춘 시간이 별로 없어서 들어간 뒤에도 얼마 동안 패스를 받지 못했다. 그러다가 후반 15분에 내가 달리는 앞쪽으로 파비가 기막힌 스루패스를 넣어 줬다. 있는 힘껏 치고 나가자 골키퍼와 내가 일대일로 맞서게 되었다. 빈 공간을 노려 슛, 골인. 유럽에서 내가 처음 넣은 골이었다. 아이들이 모두 달려와 축하해 줬다. 데뷔골의 기쁨은 팀의 1-2 패배로 빛이 바랬다. 경기가 끝나고도 골을 넣었다는 성취감보다 경기에서 졌다는 분함이 더 컸다.

본격적으로 U-17 팀에서 팀 훈련을 시작했다. '다짜고짜 들이대기' 독어 대화 시도가 통했는지 팀 아이들은 경기장 밖에서 내게 잘해 줬다. 문제는 경기장 안이었다. 누가 봐도 쉽게 알 정도로 아이들은 내게 패스를 주지 않았다. 인종 차별이라고 생각하고 싶진 않다. 아이들 사이에서 존재하는 텃세였을 것이다. 연습 경기 중에도 나는 패스를 받지 못해 혼자 뛰다가 끝나는 일이 반복되었다. 그래서 내가 먼저 가서 볼을 빼앗아 오기로 결심했다. 안 주면 내가 직접 챙길 수밖에 없다. 가까운 거리에 있는 상대가 볼을 잡을 때마다 과감하게 달려들었다. 남들 눈에는 이런 모습이 '투지 넘치는' 모습으로 보였을 것이다. 경기에서 득점도 조금씩 쌓여 가다 보니까 독일 친구들도 천천히 내게 마음과 패스를 열어 줬다. 내가 좋은 위치로 파고들 때마다 패스가 들어오기 시작했다.

그러면서 1년 연수 기간이 눈 깜짝할 사이에 끝나 버렸다. 할 수 있다는 자신감이 생겼다. 함부르크는 내게 함께 가자는 뜻을 밝혔다. 프로 계약 가능 연령인 만 18세에서 조금 모자란 나이였기 때문에 1년 유소년 계약을 제안했다. 여기서 비자 문제가 발생했다. 유소년 계약을 맺으려면 학생 비자가 필요했다. 그게 나오지 않았다. 함부르크 측은 "비자는 우리가 해결해 줄 수 없다"라며 한발 뒤로 물러났다. 결국 연수가 끝나고 일시적으로 무적 신세가 되었다. 고등학교를 자퇴한 상태라서 한국에 돌아갈 곳도 없었다. 꿈 같았던 1년 연수가 끝나자마자 세상이 갑자기 어두워지는 기분이었다.

어떻게든 나는 유럽에 남고 싶었다. 백방으로 내가 뛸 만한 구단을 수소문했다. 독일 구단은 물론 잉글랜드의 블랙번과 포츠머스에서 1~2주씩 함께 훈련하며 능력을 테스트 받았다. 다행히 나를 직접 봤던 구단들 대부분 나와 계약하고 싶어했다. 블랙번은 구체적인 계약 방법까지 제안했다. 프로 계약(영국은 만 16세부터 프로 계약을 맺을 수 있다)을 한 뒤에 독일 구단에서 일정 기간 임대로 지내고 돌아오는 방법이었다. 무적 신분이란 불안감에 휩싸였던 나는 그것만으로도 반가웠지만 주변에서 만류했다. 임대 중에 블랙번 안에서 변화가 생기면 쉽게 버려질 수 있다는 이유였다. 나를 뽑았던 지도자가 그때까지 블랙번에 남아 있으리라는 보장이 없었다. 유럽에는 그런 식으로 낯선 타지에서 버려지는 유망주가 정말 많다. 결국 우리는 10월 나이지리아에서 열리는 FIFA U-17 월드컵에 모든 것을 걸기로 했다. 이광종 감독님과 함께 나를 처음 U-15 대표팀에 뽑았던 송경섭 코치님이 팀을 지도하고 있었다. F조에서 우리는 전통의 축구 강국인 이탈리아와 우루과이, 아프리카 복병 알제리와 맞붙었다. 첫 경기인 우루과이전에서 나는 팀의 두 번째 골을 넣어 3-1 승리에 일조했다. 두 번째 경기에선 이탈리아에 패했지만, 마지막 경기에서 알제리를 2-0으로 꺾어 16강 진출에 성공했다. 그 경기에서 이종호(현 전남드래곤즈)가 선제골, 내가 추가골을 넣었다.

16강에서 멕시코를 승부차기로 제친 우리는 8강에서 개최국 나이지리아와 만났다. 1-3으로 패하긴 했지만 이날 전반 40분에 나는 1-1을 만드는 동점골을 넣었다. 상대 진영에서 상대 수비수를 떨구자 골문이 보였다. 골문까지 거리가 꽤 멀었지만 슈팅 하나만큼은 자신이 있었다. 뒤도 돌아보지 않고 있는 힘껏 슛을 때렸다. 체중이 제대로 실린 슛은 골키퍼의 손과 크로스바 사이로 꽂혔다. 당시 함부르크는 이 중거리포를 보면서 내 잠재력을 확신했다고 한다. 기량의 종합 점수를 중시하는 한국 축구와 달리 유럽에서는 개성을 중시한다. 차별화된 무기가 하나만 있어도 잠재력으로 평가받기가 수월하다. 내게는 슈팅 능력이 그런 무기였다.

월드컵이 끝나자 미지근했던 함부르크가 적극적으로 나왔다. 내심 너무 다행스러웠다. 비자 문제는 여전했다. 구단이 정식 교육기관이 아니기 때문에 비자 발급이 쉽지 않았다. 그렇다고 아무 이유 없이 나를 학생으로 받아줄 독일 학교도 없었다. 구단은 어떻게든 내가 비자만 해결해 오면 당장 계약해 주겠다고 했다. 필요한 서류를 챙겨 외무부 사무실로 가서 비자를 신청했다. 심사대 앞에서 우리는 초조하게 기다려야 했다. 유럽의 행정 처리는 한국처럼 빠르지 않다. 일 좀 하는가 싶으면 교대 시간이 되었다며 담당 직원이 바뀌기 일쑤였다. 교대한 직원은 서로 다른 서류를 요구하며 까다롭게 심사했다. 아침에 시작된 비자 심사는 결국 퇴근 시간이 거의 다 될 때까지 이어졌다. 속이 까맣게 타들어 갔다.

마지막 담당 직원은 베트남계 할머니였다. 할머니 직원도 내 서류를 들춰 보면서 고민스럽다는 듯이 한숨을 내쉬었다. 그날 하루에만 수없이 들었던 질문이 똑같이 반복되었고 우리는 거의 애원하다시피 했다. 외무부 비자 심사 시간이 거의 끝날 때쯤 할머니는 덕담과 함께 비자 발급 도장을 찍어줬다. 3개월 동안 나를 짓눌렀던 불안감을 털어 주는 도장이었다. 혹시나 하는 마음에 기쁨을 자제한 채 종일 피를 말렸던 사무실을 떠나 밖으로 나왔다. 그리곤 월드컵에서 우승이라도 한 듯이 소리를 지르며 환호했다. 길거리 행인들이 이상한 눈으로 돌아봤다.

엑스레이

SON
7

독일 학생 비자를 받자마자 곧바로 구단으로 달려갔다. 갓 구운(?) 비자를 보여 주자 함부르크 관계자가 믿지 못하겠다는 듯이 여권을 만지작거리며 놀라워했다. 구단 측 변호사도 "정말 비자가 나왔다고?"라면서 재차 반문했다. 그 변호사는 비자 문제를 근거로 구단의 유소년 계약에 비관적인 의견을 굽히지 않았던 인물이다. 내심 한 방 먹인 것 같아 통쾌했다. 그만큼 나의 비자 발급은 이례적이었다.

이제 함부르크 쪽에서 '비자만 가져오면 무조건 계약'이라는 약속을 지켜야 했다. 계약서는 이미 완성된 상태였다. 함부르크는 비자가 나오지 않을 거로 생각해 우리 쪽에서 요구한 각종 조건(시즌 중 한국 왕복 비행기 비용 처리 등)을 전부 합의했었다. 나의 서명으로 함부르크 최초의 한국인 공식 유소년 선수가 탄생했다. 비자 심사대 앞에서 머리를 쥐어뜯던 시간, 베트남 할머니 직원의 자비, 그리고 유소년 계약 체결이 모두 같은 날에 벌어졌다. 지금도 믿기지 않는다.

결과적으로 해외 유학 프로그램 6기 6명 중에서 나 혼자 독일에 남게 되었다. 친구들과 함께 지냈던 아파트에서 나와 클럽하우스에 딸린 유소년 전용 숙소에서 혼자 지내기 시작했다. 구단에서 먹여 주고 재워 주는 조건은 나처럼 가진 것 없는 형편에는 반가웠다. 단, 세상에 공짜는 없었다. 숙소의 식사가 한국인 청소년에게는 너무 부실했다. 모든 식사가 어릴 때부터 빵을 먹고 자란 현지 아이들에게 맞춰져 있었다.

나는 쌀밥을 먹어야 한다. 어릴 적 집에서 '밥돌이'라고 불릴 만큼 나는 밥을 좋아하는 식성이다. 내게는 기본 중 기본인 밥을 먹기가 힘들다는 점이 문제였다. 함부르크 유소년 주방에서 한국인 아이 한 명을 위한 쌀밥을 따로 차려 줄 리가 없다. 더군다나 숙소 규정상 개인 방에서 취사가 절대 불가했다. 숙소를 관리하는 책임자(사감 할머니?)는 유소년들의 방을 불시 점검했다. 방에서 규정에 어긋나는 물품이 발각되면 큰일이 난다. 끼니를 해결하기 위해 한식당이 있는 시내까지 매번 나갈 수도 없는 노릇이었다. 시간도 아깝고 돈도 없었다. 한국 음식을 너무 먹고 싶어서 인터넷으로 음식 사진을 검색해 구경하기까지 했다. 김치찌개가 생각나면 김치찌개를 검색했고 떡볶이가 떠오르면 떡볶이 이미지를 검색했다. 지금 생각해 보면 웃음이 나오지만 그때는 노트북 화면에 뜬 한국 음식을 쳐다 보면서 군침을 흘려야 하는 신세가 서러웠다. 유럽에서 뜬다는 판타지의 실사판은 늘 배고픈 일상이었다.

걱정하실까 봐 부모님께 그런 얘기를 절대 하지 않았다. 형과 통화를 하면 달랐다. 쌓였던 서러움이 한꺼번에 터졌다. 라면이 먹고 싶다며, 한국에 돌아가고 싶다며 끝없이 투정을 부렸다. 내가 힘든 티를 낼 때마다 아버지는 "성공은 선불이다"라고 말씀하셨다. 지금 인생을 투자해야 10년, 20년 후에 결과를 거둘 수 있다고. 항상 냉정한 아버지도 속내는 안타까움으로 가득했던 모양이다. 고민 끝에 아버지는 한국의 일을 정리하고 독일로 넘어오시기로 했다. 있는 돈, 없는 돈을 전부 끌어다 숙소 근처에서 제일 싼 호텔을 거처로 삼으셨다.

아버지는 내가 지내는 클럽하우스 숙소를 직접 보더니 기겁하셨다. 결벽증에 가까운 아버지의 청결 기준에 내가 지내던 방은 쓰레기통 수준이었기 때문이다. 아버지는 당장 청소부터 하셨다. 침대 매트리스를 들어내 숨은 먼지를 털어내고 물걸레로 방안 구석구석을 일일이 닦았다. 지금도 아버지는 런던 집을 매일 아침마다 두 시간 동안 청소한다. TV드라마에서 가끔 나오는 그런 대청소를 매일 하신다. 창틀 먼지까지 닦으신다. 진공청소기를 잡는 아버지의 손

부위에는 굳은살이 배겨 있다.

아버지는 한국에서부터 들고 온 밥솥으로 직접 흰쌀밥을 지어 막내아들에게 먹이셨다. 함께 잔뜩 싸 오신 김치와 김만으로도 너무 맛있었다. 남들에게는 보잘것없는 밥상일지 몰라도 내게는 진수성찬이었다. 숙소 규정 때문에 밥솥을 사용한 뒤에는 눈에 띄지 않는 곳에 감춰 둬야 했다. 내가 훈련을 나간 뒤에 아버지는 혼자 내 방에 남아서 밥솥을 옷장 안에 꼭꼭 숨기는 등 궂은일들을 도맡아 하셨다.

훈련도 직접 참관하셨다. 아버지는 멀리 떨어져서 꿈쩍하지 않은 채 처음부터 끝까지 훈련하는 아들을 지켜봤다. 팀 훈련이 끝나고 숙소로 함께 돌아온 아버지는 "이제 근력을 키워야 한다"라면서 작은 체력단련실에서 아들을 챙기셨다. 게으름이나 꾀병을 위한 틈은 없었다. 아버지는 말만 하고 뒷짐 지는 타입의 지도자가 아니다. 모든 근력 운동을 나와 똑같이 하셨다. 심지어 나보다 더 무거운 무게를 들 때도 있었다.

나를 위해서 한국에서 날아온 아버지가 눈앞에서 그렇게 열심히 하시는데 내가 게을러질 수는 없었다. 우리는 그렇게 클럽하우스 체력단련실의 귀신 부자가 되어 갔다. 독일 친구들은 한국인 부자를 신기하게 생각했다. 나는 아버지께 감사할 뿐이었다. 그때 아버지의 도움이 없었더라면 나는 중도에 포기했을지도 모른다. 혼자 버티기에는 함부르크 유소년 생활이 너무 외롭고 배고프고 힘들었다.

신분의 안정, 아버지의 지극정성 뒷바라지와 그에 보답해야 한다는 마음가짐 덕분에 나는 U-19 팀에서 리저브팀으로 승격했다. 2009-10시즌 하반기부터는 성인 선수들과 리저브 경기를 뛰며 경험을 쌓았다. 시즌이 끝나고 한국에 잠시 다녀오려고 하는데 당시 1군의 미카엘 외닝 수석코치로부터 연락을 받았다. 휴가가 끝나고 돌아오면 1군 프리시즌 훈련에 합류하라고 했다. 처음엔 잘못 들은 줄 알았다. 기회가 그렇게 빨리 올 줄은 꿈에도 몰랐기 때문이다. 물론 1군 승격이 확정된 것은 아니었다. 프리시즌에 가치를 증명하지 못하면 다시 리저브팀으로 돌아가야 한다. 한국에서 머무는 동안 정말 열심히 몸을 만들었다. 분데스리가 선수가 될 가능성이 막 생기려고 한다는 희망이 내게는 엄청난 동기 부여가 되었다.

6월 말 독일로 돌아가 1군 훈련에 처음 합류했다. TV로만 보아왔던 뤼트 판 니스텔로이가 있었다. 브라질 국가대표 제 호베르투도 있었고, 지난 시즌 분데스리가 베스트XI에 선정된 데니스 아오고, 페루 에이스 파올로 게레로와 인사를 나눴다. 연예인들 사이에 낀 것 같은 기분이었다. 이런 스타들과 내가 지금 함께 훈련을 하고 있다니 믿을 수가 없었다. 눈을 어디에 둬야 할지 몰랐다. 갑자기 판 니스텔로이가 먼저 다가와 "지(Ji, 박지성 선수의 애칭)랑 아는 사이냐?"라고 물었다. 맨체스터 유나이티드에서 함께 뛰었던 덕분에 판 니스텔로이는 한국인 선수에게 호감을 갖고 있는 것 같았다. 나는 박지성 선배를 너무 잘 알지만 저쪽에선 나라는 존재를 알 리가 없지. 박지성 선배나 판 니스텔로이나 내게는 그냥 TV에서나 볼 수 있는 '우주대스타'였다. 말 걸어 준 것만도 감사한데 판 니스텔로이는 "너는 특별한 재능을 가졌어. 자신감 있게 열심히 해봐"라고 조언했다. 이 말밖에 생각나지 않았다. '실화냐?'

프리시즌 평가전을 몇 차례 치른 뒤에 함부르크는 2010-11시즌을 시작하기 전 마지막 테스트에 나섰다. 상대는 프리미어리그 강호 첼시였다. 그 첼시? 맞다. 프리미어리그의 첼시였다. 1-1로 팽팽하게 맞서던 후반 37분 나는 교체로 경기에 들어갔다.

무승부로 끝날 것 같은 분위기 속에서 들어간 지 5분 만에 눈앞에 갑자기 기회가 찾아왔다. 뒤에서 온 패스를 존 테리가 걷어 낸다는 것이 내 발에 맞고 굴절되었다. 슈팅 각도를 찾기 위해서 왼쪽으로 치고 나가는데 히카르두 카르발류가 처지는 모습이 보였다. 골문 빈 구석이 보이자마자 왼발로 낮게 깔아 찼다. 그게 깔끔하게 첼시의 골라인을 통과했다. 내가 첼시를 상대로 골을 넣었다. 1군 스타들이 모두 달려와 머리를 쓰다듬으며 축하해 줬다. 이게 다 무슨 일인지. 들뜬 마음은 오래 가지 않았다. 경기 종료 직전 카르발류와 부딪혀 쓰러졌다. 왼발이 너무 아파서 일어설 수가 없었다. 설마.

다음 날 곧장 병원에 가서 퉁퉁 부은 발을 엑스레이대에 올려 놓았다. 잠시 후 의사가 촬영한 그림을 보여 줬다. 의사의 설명을 들을 필요도 없었다. 형광등에 비친 엑스레이 사진 안에서 왼쪽 새끼발가락이 그야말로 '똑' 부러져 있었다. 1군 합류가 눈앞인데 다쳐

버렸다. 말이 나오지 않았다.

　두툼한 깁스와 목발에 몸을 기댄 채로 홈경기장인 임테크아레나로 갔다. 하필 그날 2010-11시즌 1군 선수단 촬영이 있었기 때문이다. 현장에 도착해 유니폼으로 갈아입자 가슴속에서 뜨거운 응어리가 울컥 솟구쳤다. 1군 기회 앞에서 목발 신세라니. 카르발류도 원망스러웠고 내가 왜 그렇게 악착같이 볼을 다퉜는지도 후회스러웠다. 1군 선배들이 다가와서 힘을 내라고 격려해 줬다. 눈물을 꾹꾹 참았다.

　촬영장으로 나가기 직전에 화장실에서 숨을 고르고 있었다. 마침 판 니스텔로이가 들어왔다. 내 어깨를 꽉 잡으면서 "괜찮아. 우리는 널 기다릴 거야"라고 말했다. 참았던 눈물이 펑 하고 터지고 말았다. 겨우 참았는데, 정말 무슨 대단한 격려를 해 준 것도 아닌데, 판 니스텔로이의 그 한 마디가 내 속상한 마음을 제대로 찔렀다.

　열아홉 살짜리 한국인 신입생이 엉엉 울자 선수들과 스태프가 모두 다가와 어깨를 토닥여 줬다. 한국에 있던 나를 데려가 준 곳, 유소년 계약을 맺어 준 곳, 1군 승격 기회를 준 곳, 제일 어린 나의 슬픔을 봄날 햇볕처럼 따뜻하게 감싸 안아 주는 곳. 함부르크는 그런 곳이었다.

노트북

SON
7

"호황이면 좋고 불황이면 더 좋다."

나를 둘러싼 상황이 어두워질 때마다 아버지가 하시는 말씀이다. 글로벌 기업 도요타 자동차의 조 후지오 회장의 어록이다. 원래 뜻은 조금 달라도 나는 이 말을 곤경에 굴복하지 말고 더욱 노력하라는 뜻으로 해석한다.

함부르크 1군에 오르자마자 들이닥친 발가락 골절상은 큰 좌절이었다. 속상해서 눈물도 났다. 물론 내 축구가 멈출 일은 아니었다. 유럽 축구선수들은 다친 후에 '더 강해져서 돌아오겠다(I will be back stronger)'라는 표현을 사용한다. 두 달 동안 뼈가 붙기를 기다리고 발의 터치 감각을 되찾기 위한 재활을 거치면서 나도 더 강해지기 위해 최선을 다했다.

팀의 시즌 출발은 나쁘지 않았다. 개막 2연승으로 출발해서 9라운드까지 2패만 기록하면서 전반기를 보내고 있었다. 9라운드에서는 막강 바이에른 뮌헨과 홈에서 0-0으로 비겨 값진 승점 1점을 얻었다. 실전 복귀 오케이 사인을 받은 나는 마침내 DFB포칼에서 프랑크푸르트 원정 명단에 포함되었다. 부상으로 기회를 놓치게 될까 봐 마음 고생이 컸던지라 안도의 한숨을 내쉬었다.

정예 멤버로 나선 경기에서 우리는 전반전에만 세 골이나 허용해 1-3으로 뒤졌다. 하프타임이 되자 코치가 내게 몸을 풀라고 지시했다. 꿈 같은 1군 데뷔가 눈앞에 왔지만 생각보다 덤덤했다. 빨리 경기를 뒤집어야 한다는 마음이 더 컸다. 경기 중 슈팅도 날리고 공격에 적극적으로 관여하면서 애를 썼지만 2-5로 패하며 결국 컵 대회 탈락의 고배를 마셔야 했다. 유럽 프로 데뷔전이었다는 만족감은 딱히 없었다. 졌다는 게 분할 뿐이었다.

사흘 뒤에 기회가 또 왔다. 프랑크푸르트전에서 열심히 했다며 칭찬했던 아르민 페어 감독이 나를 쾰른 원정경기에 선발로 세운 것이다. 참고로 당시 페어 감독은 슈투트가르트의 리그 우승(2006-07 시즌)으로 한창 명성을 날리던 인기 지도자였다. 그런 감독의 눈에 들었다는 사실 자체가 내게는 큰 영광이었다.

갑자기 분데스리가 데뷔 기회가 찾아왔다. 심지어 선발 출전이라니. 클럽하우스 숙소에서 함께 지내는 무하메드 베시치가 자기 일처럼 기뻐했다. 경기는 시작하자마자 또 엉뚱한 방향으로 새어 나갔다. 킥오프 11분 만에 우리가 선제 실점을 내줬다. 내가 뭐 좀 하려고 할 때마다 왜 상황이 이렇게 되는 걸까? 다행히 조금 뒤에 믈라덴 페트리치가 동점골을 뽑아냈다. 함부르크 원정 팬들의 기세가 올랐다. 그로부터 9분 뒤에 그 일이 벌어졌다.

경기 투입 전부터 페어 감독은 "상대 수비의 뒤쪽이 열리면 네 스피드를 살려서 적극적으로 파고들어"라고 주문했다. 우리 진영에서 볼을 잡은 고이코 카차르와 내가 순간적으로 눈이 맞았다. 내 앞으로 상대 풀백과 드넓은 공간이 보였다. 무의식적으로 내달리기 시작했다. 내게 스타트 타이밍을 빼앗긴 상대는 오프사이드 트랩으로 만회하려고 했다. 이날 축구의 신은 내 편이었다. 온사이드. 순식간에 골키퍼와 일대일로 맞섰다. 골키퍼보다 내가 먼저 볼을 건드릴 수 있는 상황이었다. 짧은 순간에 별별 생각이 다 들었다. 골키퍼의 키를 넘길까? 옆으로 쳐서 돌아 들어갈까? 아니면 그대로 슛? 첫 번째 옵션을 선택했다. 볼터치의 느낌이 너무 좋았다. 달콤하다고 해도 좋을 만큼 부드러웠다. 골키퍼의 키를 넘긴 볼이 하늘에서 천천히 내 앞으로 떨어졌다. 왼발로 가볍게 터치. 볼은 얌전히 굴러 골문 안으로 들어갔다.

유럽에서 버틴 2년 2개월 동안 정말 많은 일이 있었다. 나를 뒷바라지해 주려고 아버지까지 독일로 날아 왔다. 짧게나마 경험했던

2010년 10월 30일,

분데스리가 데뷔, 첫 선발 출전

그리고 감격의 첫 골과

첫 셀러브레이션

무적 기간은 너무 괴로웠다. 정말 많은 일을 겪으면서 여기까지 왔는데 나의 슛은 그런 역사에 별 관심이 없다는 듯이 무덤덤하게 굴러서 골라인을 넘어갔다. 골인. 마인 에르스테스 토어(Mein erstes tor, 나의 첫 골). 함부르크 역대 최연소 득점 신기록. 노력에 대한 보상. 가족에게 바치는 선물. 2010년 10월 30일이었다.

나의 분데스리가 데뷔골은 팀의 2-3 패배로 빛이 바랬다. 허망했지만 이번만큼은 뛰는 가슴을 주체하기 어려웠다. 열아홉 살인 내가 그 유명한 분데스리가에서 골을 넣었다. 유소년 계약 1년 만에 말이다. 경기 후 선수단은 곧바로 함부르크로 돌아왔다. 클럽하우스 숙소에 도착했을 땐 이미 새벽 2시가 넘었다. 1층 로비에서 유소년 동료들과 주방 아주머니가 박수로 나를 반겼다. 축하는 물론이고 나를 신기한 존재처럼 본다는 느낌이었다. 클럽하우스에서 지내는 유소년이 1군 경기에서 뛰고 골까지 넣는 일은 매우 드물기 때문이다. 개중에는 마음이 편치 않은 아이들도 있었다고 생각한다. 매일 경쟁하는 사이이기 때문이다. 미래의 후배들에겐 내가 희망을 주는 사례로 기억되겠지만 지금 당장 경쟁하는 동기들에겐 '경쟁자가 치고 나갔다'는 위협이 될 수밖에 없다. 그래서 솔직히 동기들의 따뜻한 축하는 약간 의외였다. 실력만 있으면 인정받는다는 유럽 축구의 진리를 다시 한번 절감했다.

동기들의 축하를 뒤로 하고 내 방으로 올라갔다. 그 시간까지 아버지도 나를 기다리고 있었다. 나는 텅 빈 집에 혼자 들어가는 기분을 별로 좋아하지 않는다. 항상 문을 열고 들어가면 누군가가 반겨 주기를 바란다. 그런 성격을 잘 아시는 아버지는 그때도 지금도 내가 귀가할 때까지 주무시지 않는다. 울컥하는 마음에 아버지와 포옹했다. 아버지의 반응은 고요했다. 작은 목소리로 "수고했다. 어서 쉬어라. 다음 경기 준비해야지"라고만 하실 뿐이었다. 어떻게 반응해야 할지 몰라서 눈치를 보며 짐을 풀었다.

아버지는 내가 쓰던 노트북을 집어 들고는 "오늘 이건 내가 가져가마"라고 조용히 말했다. 프로 데뷔골에 대한 인터넷 반응을 구경하면서 웃으며 잠들고 싶었는데. 아버지는 "흥민아. 축구선수한테 제일 무서운 게 교만이야. 한 골 넣었다고 세상은 달라지지 않아. 지금 네가 할 일은 다음 경기 준비야. 내일 보자"라면서 방을 나가셨다. 갑자기 방이 휑하게 느껴졌다. 분데스리가 데뷔골의 감흥을 즐길 방법이 전혀 없었다. 최근에야 아버지는 그때 이야기를 하신다. 싸구려 호텔 방으로 돌아가면서 밤하늘을 올려다보며 기도를 하셨단다. "하느님, 흥민이가 오늘 하루만 기억상실증에 걸리게 해주세요"라는 기도. 아들의 프로 데뷔골에 대한 기쁨보다 어린 내가 자만할지 모른다는 걱정이 앞선 것이다.

아버지와 구단은 경기가 끝나자 구단 공식 홈페이지를 제외한 모든 언론 인터뷰를 금지시켰다. 어린 나를 들뜨게 해선 안 된다는 것이었다. 인터넷 반응은 구경도 못 한 채 나는 침대에 누워 눈을 감았다. 골을 넣었던 상황이 자꾸만 생각났다. 잠이 들 때까지 수도 없이 반복 재생되었다.

쾰른전 데뷔골은 구단에 확신을 심어 준 것 같았다. 며칠 뒤에 나는 구단 사무실에서 생애 첫 프로 계약을 체결했다. 진짜 프로 축구 선수가 되는 순간이었다. 이제 월급도 받는다. 프로 첫 월급은 1만 유로였다. 세금으로 절반이 나가고 이것저것 제하면 수중에 떨어지는 액수는 훨씬 적었다. 당장 생활이 분데스리가급(?)으로 바뀌지 않았다는 뜻이다. 그저 나와 아버지의 체류 비용을 내가 벌어서 충당할 수 있다는 사실에 감사했다.

그때까지 유소년 신분이었던 나는 보수를 받지 못하고 있었다. 내가 1군 선수가 되고, 분데스리가에서 골을 넣고, 함부르크 팬들을 열광시킬 때도 나와 아버지는 별 볼 일 없는 살림 속에서 어렵게 지냈다. 가족과 함께 지낼 집도 없었고 아버지는 자동차가 없어서 매일 호텔과 클럽하우스, 훈련장 사이를 몇 시간씩 걸어 다녔다. 유소년 때와 다르게 1군 훈련장에는 가족도 출입할 수가 없었다. 훈련이 시작되면 갈 곳이 없어진 아버지는 혼자 밖에서 몇 시간씩 추위를 견디며 기다리셨다. 비를 피할 곳도 없었다. 훈련을 마친 나를 챙겨야 한다는 생각으로 그냥 버티셨다.

축구선수는 직업 특성상 겉으로 화려해 보인다. 매력적인 직업이라고 할 수도 있겠지만 나는 반대로 선수를 혼란에 빠트리기 쉬운 요소라고 생각한다. 자칫 현실을 망각하거나 쉽게 외적 화려함에 빠질 수 있다. 10대 후반, 20대 초반에 스포트라이트를 받기 시작했

프로 계약 체결 후 꿈을 이룬 성취감과

가족에 보탬이 될 수 있다는 뿌듯함 속에

아버지와 기념 사진을 찍었다

다가 소리소문 없이 잊히는 선수가 정말 많다. 급증한 세상의 관심이 혼란을 일으켜 현실 감각을 잃어버리기 때문이다.

내가 함부르크 1군에서 막 데뷔했을 때, 겉으로 보이는 모습과 내 실제 생활은 정말 차이가 컸다. 함부르크에서 골을 넣고, 대한민국 국가대표팀의 일원으로서 아시안컵에 출전하고, 여기저기서 인터뷰 요청이 쇄도하며 한국 언론으로부터 '신성', '희망', '미래'라는 칭찬이 쏟아졌다. 그때도 나와 우리 가족은 힘겹게 버티고 있었다. 숙소에서 사감 선생의 눈을 피해 밥솥을 벽장 안에, 밑반찬을 책상 아래 숨기며 생활했다. '라이징스타' 아들을 둔 아버지는 매일 몇 시간씩 추위를 뚫고 먼 거리를 걸어 다녔고, 어머니는 한국 집에서 매일 마음 졸이며 기도만 하셨다. TV 뉴스에도 자주 등장했던 '신성' 손흥민의 일상은 대중의 짐작과 거리가 멀어도 한참 멀었다.

힘겨운 독일 생활이 조금이나마 펴지기 시작한 시점은 이듬해 2월 중순이었다. 클럽하우스 숙소에서 나와 함부르크 시내에 방 두 개짜리 거처를 구했다. 나는 아직 운전 면허가 없었지만 작은 자동차를 한 대 마련해서 아버지의 도보 고행에 마침표를 찍었다. 주위의 조언을 받아 지금 막 시작하는 신분에 어울릴 만한 차종을 선택했다. 좁디좁은 호텔 방에서 혼자 버텼던 아버지, 춘천 집을 지켜야 했던 어머니와 함께 지낼 수 있다는 안도감은 컸다. 온 가족이 함께 밥을 먹고 따뜻하게 잠들 수 있었다. 유럽으로 건너와서 처음 맛보는 '소확행'이었다.

룸메이트

^{SON} 7

자고 나니 세상이 바뀌었다는 말이 있다. 쾰른전 골을 넣은 다음 날부터 나를 둘러싼 세상도 그렇게 바뀌었다. 그때까지만 해도 나는 아무것도 모르는 촌놈이었다. 사인할 때도 손을 부들부들 떨었다. TV 카메라 앞에서 인터뷰할 때도 시선을 어디에다 둬야 할지, 손은 어떻게 해야 할지, 목소리 톤은 어떻게 유지해야 할지 몰라서 안절부절못했다. 그런데 쾰른전 데뷔골로 내 세상과 바깥 세상의 자전 속도가 어긋나기 시작했다.

구단 공식 홈페이지에서 '리오넬 메시도 데뷔했을 때가 18세였다. 우리는 지금 역사를 보고 있는지도 모른다'라며 자화자찬했다.

독일은 물론 한국 언론에서도 나를 다루는 기사들이 갑자기 쏟아졌다. 우리 가족은 깜짝 놀랄 만큼 많은 곳에서 연락을 받았다. 팀 훈련장에서도 사인과 기념 촬영을 요청하는 현지 팬들이 많아졌다. 팀 안에서도 대접이 달라졌다. 평소 훈련 중 인정사정없이 나를 몰아세웠던 대선배들이 나의 데뷔골을 진심으로 축하해줬다. 몸이 불편해서 마사지를 받으러 갔는데 물리치료사가 "어이, 골 넣더니 이제 치료도 받으러 오고. 많이 컸다!"라면서 깔깔거렸다. 선배들도 "내가 너 나이 때는 그라운드에서 먹고 자고 그랬다. 더 열심히 해라"라면서 애정을 듬뿍 담은 농담을 던졌다.

심지어 국가대표팀에서도 연락이 왔다. 조광래 감독님이 내 경기를 직접 보러 독일까지 날아오신다고 했다. 2011 아시안컵을 준비하면서 해외파 선수를 점검하는 일정에 나도 포함된 것이다. 뽑을 생각이 있으니까 조광래 감독님이 먼 곳까지 오시는 거겠지? 내가 A대표팀에 가서 박지성, 이영표, 차두리 같은 스타들과 함께 뛴다고? 침대에 누울 때마다 오만 가지 상상이 펑펑 터졌다.

축구를 게을리하진 않았다. 내가 지금 막 함부르크 1군에서 출전하기 시작한 애송이라는 사실은 변하지 않기 때문이다. 조광래 감독님의 관전 소식도 동기 부여로 삼았다. 일정을 맞춰 보니 11월 20일 하노버 원정경기가 되었다. 팀 상황이 나를 도왔다. 전 경기였던 도르트문트 원정에서 패하면서 팀이 최근 5경기에서 1승 1무 3패로 부진에 빠졌다. 코칭스태프로서는 변화를 줘야 했다. 덕분에 하노버 원정에서 나는 선발 명단에 이름을 올렸다. 쾰른전에 이어 두 번째 선발 출전이었다.

경기 당일 숙소에서 조광래 감독님과 박태하 코치님을 만났다. 알다시피 나는 한국 축구의 제도권과 거리가 먼 데다 나이도 어려서 축구계의 선후배 인연이 거의 없었다. 당연히 조광래 감독님도 처음 뵈었다. 골을 넣었던 쾰른전을 보셨다고 해서 기뻤다. 컨디션 조절을 잘하라는 덕담으로 짧은 대화를 마치고 경기장으로 갔다. 이런 작은 칭찬도 어린 선수에게는 큰 동기 부여가 된다.

잘하고 싶다는 마음이 집중력을 끌어올렸는지 결과가 좋았다. 0-1로 뒤진 상태에서 내가 연속 두 골을 터트려 역전시킨 것이다. 두 번째 골은 특히 기분이 좋았다. 평소 내가 약점이라고 여기는 헤더 골이었기 때문이다. 딱 거기까지만 좋았다. 우리는 곧바로 동점골을 허용했고 후반 추가시간에 통한의 재역전골을 헌납하고 말았다. 2-3 패배. 쾰른전처럼 내가 골을 넣고 패하는 시나리오가 반복되었다. 사실 보이는 것보다 더 상황이 나빴다. 후반 34분 천금 같은 기회에 내가 때린 왼발 슛이 골대에 막혔기 때문이다. 뒤지는 상황에서는 해트트릭 욕심 같은 건 존재하지 않는다. 오직 이기고 싶다는 생각뿐이었다. 때문에 경기가 끝나고 정말 분통이 터졌다.

내가 골을 넣을수록 아버지는 더 노심초사했다. 들뜨지 말라는 말을 입에 달고 사셨다. 그리스 신화의 이카로스 이야기도 빠지지 않았다. 이카로스가 너무 높이 날지 말라는 아버지 다이달로스의 당부를 망각한 채 하늘 높이 떠올랐다가 태양의 열기에 날개를 붙였던 밀랍이 녹아 바다로 떨어져 죽었다는 이야기다.

세상은 아버지의 우려와 정반대 방향으로 내달렸다. 12월 초 아시안컵 대비 제주도 전지훈련 예비명단 47인에 내가 포함된 것이다. 함부르크는 대한축구협회의 조기 차출 요청을 거절했다. 그만큼 구단이 나를 중시한다는 뜻이기도 해서 기분이 나쁘지 않았다. 사실 나도 최대한 소속팀에서 뛰고 싶었다. 발가락 골절상으로 시즌 초반을 날렸기 때문이다. 어떻게든 소속팀에서 자리를 잡아야 할 시점이었다. 뮌헨글라트바흐 원정까지 마친 뒤인 12월 21일에 나는 제주 전훈 캠프에 합류했다. 크리스마스이브에 발표된 최종 23인 엔트리에도 내 이름이 포함되었다.

대표팀에 가서는 '폴더 인사' 하기 바빴다. 얼마 전 TV로 봤던 남아공 월드컵 16강의 주역들이 눈앞으로 지나가는 광경에 정신이 하나도 없었다. 심지어 첫 룸메이트가 바로 한국 축구의 절대 영웅인 지성이 형이었다. 이게 말이 되나? 어느 날 갑자기 당신이 제일 좋아하는 연예인과 같은 방을 쓴다고 상상해 보라. 구름 위를 걷는 기분이었다. 지성이 형이 뭘 먹는지, 언제 자고 언제 일어나는지, 휴식을 취할 때는 어떻게 하는지를 계속 관찰했다. 지성이 형은 유럽과 한국을 자주 왕래해야 하는 해외파가 어떻게 컨디션을 유지해야 하는지, 유럽 현지에서 어떻게 경쟁해야 하는지 등 뼈가 되고 살이 되는 조언을 해줬다. 날마다 잠들기 전에 해줬던 "네가 한국 축구의 미래다"라는 말은 막내인 내게 정말 큰 힘이 되었다. 팀 동료인 판 니스텔로이도 대화 소재로 등장했다. 함부르크에서 함께 식사를 하던 자리에서 판 니스텔로이는 내게 "지(Ji: 박지성 선배의 애칭)는 A매치 일정으로 20시간 넘게 비행기를 타고 오가느라 지칠 텐데 영국으로 돌아온 다음 날도 미친 듯이 뛰어다닌다"라면서 웃었던 적이 있다. 지성이 형이 너무 대스타였던 탓에 내가 원했던 만큼 찰싹 달라붙기는 어려웠다. 사실 처음에는 너무 어려워서 그나마 나이 차이가 적었던 선배들 방이나 치료실에 가서 시간을 때우고 방에, 아주 조용히, 돌아오곤 했다. 슈퍼스타의 중요한 휴식을 방해하면 큰일이다!

나의 A매치 데뷔는 아랍에미리트 전지훈련 캠프 중에 있었던 시리아 평가전에서 이루어졌다. 나는 하프타임에 (김)보경이 형과 교체되어 들어가 후반 45분을 소화했다. 아시안컵이 목전인지라 양팀 모두 컨디션을 조절하는 분위기 속에서 경기가 진행되었다.

운 좋게 아시안컵 첫 경기였던 C조 바레인전에서도 후반에 교체로 들어갈 기회를 얻었다. 호사다마였다. 내가 들어간 지 20분 만에 중앙수비를 책임지던 (곽)태휘 형이 퇴장을 당하고 말았다. 2-1 리드 상황을 지켜야 했던 한국 벤치는 부득이하게 공격수 한 명을 희생시켜야 했는데 그게 바로 나였다. 결국 교체로 들어갔다가 22분 만에 다시 나와야 했다. 축구선수라면 누구나 그렇다. 모든 경기에 출전하고 싶다. 원하지 않은 시간대에 교체로 나와야 하면 속이 상하다. 숙소로 돌아갔더니 형이 전화를 걸어와 내 마음을 달래 줬다. 형도 축구선수였기 때문에 그때 내가 어떤 마음인지를 잘 알아줬다.

조별리그 2승 상태에서 우리는 인도와 마지막 경기를 가졌다. 조 1위로 8강에 올라서 대진을 수월하게 하려면 다득점이 필요했다. 우리는 전반전을 3-1로 마쳤다. 골이 더 필요했기 때문에 조광래 감독님은 공격적 교체 카드를 사용했다. 하프타임에 나는 (ㄱ)성용이 형과 교체되어 경기에 투입되었다. 마음 같아선 골을 정말 많이 넣고 싶은데 상대 골키퍼가 말도 안 되는 슈퍼세이브를 펼치면서 우리를 조급하게 했다. 후반 36분 (ㄱ)자철이 형이 내 앞쪽으로 패스를 찔렀다. 더는 기회를 놓칠 수가 없었다. 가까운 쪽 골대와 골키퍼의 머리 사이 공간을 노려 힘껏 왼발로 슛을 때렸다. 머릿속으로 찍었던 지점으로 슛이 정확하게 꽂혔다. 팀의 네 번째 골이자 내 인생 A매치 첫 골이었다. 첫 셀러브레이션은 형에게 보내는 하트였다. 그날이 형의 생일이었다. 이날 입었던 유니폼은 지금도 소중히 간직하고 있다.

골 득실에서 한 골이 뒤지는 바람에 우리는 8강에서 난적 이란을 상대해야 했다. 연장전까지 가는 접전 끝에 (ㅇ)빛가람 형의 천금 같은 결승골로 우리는 준결승에 올랐다. 고행이 이어졌다. 한일전이었다. 한국의 축구선수들은 어려서부터 한일전이 어떤 의미인지 배우면서 자란다. 가슴에 태극 마크를 다는 선수라면 의미가 더 특별하다. 무조건 이겨야 하는 경기다.

많은 것을 보고 배웠던 2011 AFC 아시안컵

인도전에서 나는 A매치 데뷔골을 넣었다

내 인생에서 잊을 수 없는 순간

일본은 역시 아기자기한 패싱게임을 구사했다. 솔직히 내가 생각했던 것보다 훨씬 잘했다. 나는 1-1 동점이던 후반 37분 (이)청용이 형과 교체되어 경기에 들어갔다. 팀 승리를 위해서 나는 모든 것을 쏟아붓고 싶었다. 이길 수 있다는 희망은 연장 전반 역전골을 내주면서 절망으로 돌변했다. 일본이 수비 블록을 촘촘하게 세우는 바람에 슛을 때릴 각도를 만들기가 정말 어려웠다.

연장전도 거의 끝나갔다. 생애 첫 아시안컵에서 일본에 져서 떨어진다는 건 상상도 하지 못했다. 마지막 공격에서 우리는 거짓말처럼 2-2 동점골을 뽑았다. 일본의 페널티킥 역전골로 이어진 반칙을 저질렀던 재원이 형의 골이었기에 더 기뻤다. 그렇다. 다른 팀은 몰라도 한일전만큼은 절대 패해선 안 된다. 코칭스태프가 승부차기 순서를 알렸다. 내가 네 번째 키커였다. 긴장 속에 시작된 승부차기는 허망하게 우리의 3연속 실축으로 끝나고 말았다. 나는 승부차기에 나설 기회도 없이 패배를 받아들여야 했다. 눈물을 참을 수 없었다. 어릴 때부터 나는 내 마음대로 되지 않을 때, 이길 수 있다고 철석같이 믿었던 경기에서 졌을 때 울음을 터트리곤 했다. 한일전이 시작되고 경기가 끝나는 마지막 순간까지 나는 패배를 단 1초도 생각해 본 적이 없었다. 일본에 결승행 티켓을 넘겨 줘서, 한 번도 패하지 않는데도 결승에 오르지 못 해서, 나를 응원해 준 가족에게 미안해서 눈물을 참기가 어려웠다. 내 마음속에 영원히 남을 한국 축구의 영웅들과 함께했던 첫 메이저 대회는 그렇게 끝났다.

4kg

SON
7

2011 아시안컵이 끝나고 일단 한국에 들어가기로 했다. 가족과 집 밥을 고대하며 날아간 비행기 안에서는 인천국제공항에서 무슨 일 이 기다리고 있을지 전혀 몰랐다. 나는 태어나서 그렇게 많은 취재 진과 팬을 본 적이 없었다. 우승하지 못했다는 자책감을 갖고 있던 터라 뜨거운 환대가 너무 황송했다. 인터뷰를 하긴 했는데 뭐라고 했는지 잘 기억이 나지 않았다. 경기장 밖에서 이런 관심을 직접 체 험한 것은 처음이었다.

만 하루도 되지 않아 독일행 비행기를 탔다. 아버지의 표정이 심 상치 않았다. 내가 너무 들떠 있다고 했다. 아시안컵에 출전하면서 스타 선배들과 얼굴을 익혔다고 해서, 국내 팬들의 반응이 뜨겁다고 해서, 함부르크 안에서 상황이 조금 좋아졌다고 해서 교만해지면 안 된다고 꾸중을 들었다. 건방 떨지 말고 겸손하게 새로 시작하라는 충고는 회초리보다 더 따끔했다. 스스로 느낀 바가 없지 않아 새겨듣기로 마음 먹었다.

그런데 문제가 발생했다. 아버지의 꾸지람을 내 마음만 알아듣고 몸은 귀를 닫았다. 아시안컵이 끝난 뒤 곧바로 이어진 A매치에도 차출되는 바람에 분데스리가 경기에는 2월 19일이 되어서야 복귀할 수 있었다. 이후 팀 훈련에서 몸무게를 쟀는데 내 눈을 믿을 수가 없었다. 아시안컵 차출 전보다 몸무게가 4kg이 늘어난 것이었다. '들떴다'는 아버지의 말은 사실이었다.

한 달 동안 이어졌던 아시안컵 합숙에서 나는 체중 관리에 완전히 실패했다. 우선 너무 많이 먹었다. 대표팀에서 제공되는 식사는 맛있기로 유명하다. 삼시 세끼가 착착 차려진다. 독일에서 지내는 동안 제대로 된 한식을 먹지 못했던 내게는 천국 같았다. 한창 먹을 나이였던지라 저녁 시간에 열린 경기를 마치고 대표팀 숙소로 돌아와서 야식에도 손을 댔다. 대회 기간 내내 출전 시간이 충분하지 않기 때문에 칼로리는 몸 안에 차곡차곡 쌓였다. 섭취량을 줄이든 출전 시간 부족을 개인 운동으로 채워서든 체중을 관리했어야 했다. 그때 나는 그런 상황을 효과적으로 제어할 만큼 성숙하거나 현명하지 못했다. 불어난 체중이 숫자로 표시되자 스스로 큰 충격을 받았다. 주위에 있는 모든 분이 '체중 게이트'를 심각하게 받아들였다. 특히 소식을 접한 아버지의 두 눈에서는 분노의 불길이 치솟았다. 평소 "조금 좋다고 꼴값 떨고 교만해지고 나대면 안 된다. 반대로 조금 상황이 힘들다고 소심하게 있을 것도 아니다. 항상 자기 선을 지켜야 한다"라고 그렇게 강조했던 부분이 내 안에서 아시안컵에 다녀온 딱 한 달 만에 와장창 무너졌기 때문이다.

설상가상 내가 없는 동안 함부르크는 평가전과 분데스리가 경기를 포함해 4승 1패로 반등하고 있었다. 그때는 너무 어렸던 탓에 내가 없는 동안 팀이 잘하면 덜컥 겁부터 먹었다. 내가 필요 없다는 소리인가? 포지션 경쟁자들이 잘하면 내가 밥그릇을 빼앗기는 건데? 체중은 늘어났고 팀에 내가 치고 들어갈 틈이 전보다 훨씬 좁아 보였다.

상파울리와 더비 매치에서 패한 충격과 빠듯한 경기 일정 덕분에 나는 리그 23라운드 베르더 브레멘전에 선발 출전할 수 있었다. 경기 전일 코칭스태프로부터 선발로 나갈 테니까 몸을 잘 만들라는 언질을 받았다. 아시안컵 차출 공백 이후 처음 뛰게 되었으니 너무 기뻤다. 내심 '역시 내 쓰임새가 아직 죽지 않았어'라는 안심도 되었다. 기분이 좋아져서 친한 대표팀 선배들과 메신저를 주고받으며 선발 출전 소식을 알렸다. 부쩍 관심이 커졌던 트위터로도 은연중에 선발을 예고했다. 내 짤막한 멘션 하나가 국내 언론에 보도되는 것이 꽤 재미있었다. 아버지는 정반대였다. '들떠 있다'라는 진단의 근원이 바로 이런 '나대는 꼴'이었던 것이다. SNS를 스트레스 푸는 방법으로 용인했던 아버지가 화를 버럭 냈다. 내가 고개 숙인 벼처럼 겸손하고 단단하게 지내길 원했던 당신의 눈에는 그렇게 보일 수밖에 없었을 것이다.

어쨌든 예고대로 나는 브레멘전에 선발 출전했고 후반전 교체될 때까지 83분을 뛰었다. 뛰는 내내 몸이 너무 무거웠다. 내 마음대로 되었던 플레이가 거의 없었다. 드리블 돌파도 머릿속과 실제가 너무 달랐다. 나와 교체되어 들어갔던 아니스 벤하티라는 투입 4분 만에 쐐기골을 뽑아내며 팀의 4-0 승리에 큰 공을 세웠다.

그날 이후 나는 출전 경쟁에서 밀리기 시작했다. 복귀와 때를 맞춰 팀 성적이 곤두박질친 끝에 3월 중순 페어 감독님이 경질되고 미카엘 외닝 수석코치님이 자리를 대신했다. 외닝 코치님은 나의 1군 승격을 적극 추천했던 은인이다. 내 경기력은 나아지지 않았다. 시즌이 끝날 때까지 출전했던 6경기에서 득점은커녕 도움도 기록하지 못했다. 밸런스가 무너진 몸 상태로는 아무리 노력해 봤자 소용이 없었다.

몸은 무겁고 경기도 풀리지 않는 상태로 2010-11시즌이 막을 내렸다. 개인 기록은 시즌 15경기(선발 8회) 3골이었다. 만족할 만한 기록은 아니어도, 프로 데뷔전에서 골을 넣었고 국가대표팀에 뽑혀 아시안컵에도 다녀왔다. 타지에서 2년 넘게 버틴 고생을 생각하면 나름 의미를 부여할 수 있는 내용이라고 생각했다. 하루라도 빨리 한국으로 돌아가고 싶었다. 가족도 그리웠고 집밥도 실컷 먹고 싶었다. 아시안컵에서 친해진 형들과 만나서 놀고도 싶었다.

어떻게든 아버지를 설득해야 했다. 시즌이 거의 끝나갈 즈음 아버지가 "나는 자존심 상해서 못 돌아간다"라고 선언했기 때문이다. 아시안컵 직후 무너진 밸런스와(SNS의 재미를 알아 버린?) 나의 달라진 태도가 아버지의 분노를 샀다. 아버지가 무서워서 나는 한국에 돌아가고 싶다는 말은 꺼내지도 못하고 속으로 끙끙 앓았다.

고민 끝에 아버지를 붙잡고 사정사정했다. 한국에 돌아가서 시키는 건 뭐든지 다 할 테니 제발 돌아가자고. 무슨 훈련을 하라고 하든, 힘들어서 죽든 말든, 무슨 말이든 다 들을 테니까 제발 아버지… 나는 한국에 너무나 돌아가고 싶었고, 무너진 내 밸런스도 되찾고 싶었다. 아버지는 기나긴 충고와 훈계를 주시면서 겨우 귀국에 동의했다. 드디어 한국으로 돌아갈 수 있게 되었다. 한국만 가면 숨을 쉴 수 있을 것 같았다.

귀국하자마자 춘천으로 갔다. 대표팀에서 알게 된 선후배, 친구들에게는 일단 나중에 보자고 메시지를 남겼다. 아버지의 훈련이 영원히 이어지진 않을 테니까. 독일로 돌아가기 전에 휴가를 즐길 수 있을 거라고 생각했다.

엄청난 착각이었다. 다음 날부터 나는 죽었다. 아침 8시에 밥을 먹고 아버지와 함께 근력 운동을 했다. 그리고는 뒷산의 높다란 계단을 오르락내리락했다. 웨이트가 끝나면 운동장으로 향했다. 아버지는 축구공 20개를 들고 내 앞에 나타났다. 나는 위치를 옮겨 가면서 슛을 때리기 시작했다. 매일 1천 개씩. 그렇다. 1천 개다. 같은 골문을 향해서 오른발 500번, 왼발 500번 슛을 때렸다. 내가 슛 능력을 타고났다고 말하는 사람들이 있다. 전혀 사실이 아니다. 나의 슈팅은 2011년 여름 지옥훈련이 만들어 낸 결과물이다.

성미 급한 초여름 햇살이 내 정수리를 열정적으로 찔러 댔다. 죽을 것 같았다. 정말 죽을 수도 있겠다는 생각이 들었다. 땀을 너무 많이 흘려서 어지러웠다. 눈앞이 흐려졌다. 슈퍼마켓에서 사온 초콜릿과 바나나를 입안에 욱여넣어 떨어진 당을 채웠다. 서 있기만 해도 다리가 후들거렸다.

매일 아버지의 성에 찰 때까지 슛 훈련은 계속되었다. 입에서 신맛이 났다. 페널티박스 지점마다 오른발로 감아 차고 왼발로 감아 찼다. 적당히 하는 것 같다 싶으면 불호령이 떨어졌다. 아버지에게 나는 분데스리가 유망주가 아니라 아직 철부지 축구선수일 뿐이었다. 옛날에 봤던 〈공포의 외인구단〉의 장면들이 떠올랐다. 척박하기 짝이 없는 독일 클럽하우스 숙소로 돌아가는 게 낫겠다는 생각까지 들었다.

훈련을 끝내고 집에 돌아오면 저녁을 먹자마자 쓰러져 자기 바빴다. 스마트폰을 들어 올릴 힘조차도 남아 있지 않았다. SNS는 끊긴 지 오래였다. 대표팀 형들의 각종 경조사도 모두 건너 뛰었다. 혹시나 사람들이 내가 건방지다고 생각하지 않을까 걱정도 들었다.

한국에 잠시 돌아왔던
2011년 프리시즌,
나는 아버지와 함께
혹독한 훈련에 매진했다

누워서 그런 걱정을 하다가 이내 잠에 곯아떨어졌다. 다음 날 일어나면 지옥훈련이 다시 시작되었다. 그렇게 5주를 보냈다. 하루도 쉬지 않았다. 단 하루도.

함부르크의 여름 프리시즌 훈련 일정에 맞춰 독일로 향했다. 아버지는 다른 일이 있었던 탓에 나 혼자 비행기에 올랐다. 5주 훈련은 지옥 같았지만 그 과정을 버틴 몸은 천국의 날개 달린 천사처럼 가벼웠다. 살면서 이런 컨디션은 처음이었다. 함부르크 국제공항에 내리자 익숙한 독일의 공기 내음이 몸 안으로 들어왔다. 분데스리가로 돌아왔다는 느낌이 확실했다. 힘든 기억밖에 없어도 익숙한 감정은 어쩔 수 없는 것 같다.

프리시즌을 준비하기 위해 훈련장을 찾았다. 구단 스태프들은 한국에서 돌아온 나를 보면서 하나같이 "무슨 일이 있었어?"라며 놀랐다. 춘천 뙤약볕은 내 얼굴을 새카맣게 태웠고, 끔찍하게 이어졌던 지옥 훈련은 온몸의 군살을 쏙 뺐기 때문이었다. 이미 몸 상태가 최상이었던 덕분에 나는 당장 시즌을 시작해도 될 정도로 준비 상태가 완벽했다. 프리시즌 첫날, 긴 여름 휴가에서 돌아온 동료들은 너나 할 것 없이 거친 숨을 몰아쉬며 힘들어했다. 나 혼자 표정 하나 변하지 않고 훈련을 마쳤다. 아버지와 함께했던 훈련 강도에 비하면 함부르크의 프리시즌 첫 훈련은 내게 몸을 푸는 조깅 수준이었다. 자기 관리에 실패했던 애송이는 그렇게 프로축구선수로서 한 단계 올라설 준비를 마쳤다.

FATHER

MY STORY 02

어릴 때는 무서웠어요.

아버지 마음에 안 들면 많이 혼났으니까요.

소리도 지르고 호통도 치시고…

그래도 그런 부분이 지금 저에게
너무나 큰 작용을 하는 것 같아요.

어릴 때부터 저 대신 고생해 주셨죠.

제가 축구에만 전념할 수 있게

도와주신다는 것 자체가 감사해요.

11

롤러코스터

SON
7

롤러코스터에는 변치 않는 사실이 하나 있다. 올라가면 금방 떨어진다. 반대로 떨어지기가 무섭게 하늘로 솟구치고. 우리 인생도 롤러코스터와 닮은 구석이 있는 것 같다. 좋은 일만 있는 삶은 없다. 그 대신에 무슨 일이든 좋게 생각하려고 노력할 수는 있다. 춘천의 지옥훈련은 내게 최상의 컨디션을 선물했다. 체중이 줄고 근력을 키웠으니 그라운드에서 몸이 날아갈 것 같았다. 훈련과 연습 경기에서 내 페이스를 따라올 상대가 없었다. 프리시즌에 뛰었던 6경기에서 나는 15골을 몰아쳤다. 최강 바이에른 뮌헨을 상대로도 두 골을 넣었다. 코칭스태프를 비롯해 구단 식구들 모두 이런 나의 모습에 깜짝 놀랐다.

시간이 흐른 뒤에 들은 이야기가 있다. 첫 시즌을 마치고 한국으로 돌아갈 때 구단에서는 나를 거의 포기했다고 한다. 내부적으로 '손흥민은 이제 끝났다. 저렇게 불어난 체중에 휴가까지 다녀오면 절대 원래 모습으로 돌아오지 못한다'라고 진단했다. '반짝 유망주'로 끝날 것이라는 자체 판단이었다. 다행히 나는 완전히 달라진 모습으로 돌아왔다. 구단에서는 나의 격변이 큰 화제였다. 아버지의 지옥훈련 내용을 살짝 알려주자 다들 혀를 내둘렀다. 구단에서는 "아버지가 너를 살렸다"라고 말했다. 나는 '반짝 유망주'로 끝나지 않는다. 왜냐하면 그렇게 끝날 수가 없기 때문이다.

외닝 감독님은 리저브 시절부터 나를 좋게 봐주신 분이다. 한 번은 선수 전원이 모인 식당에서 한 선수를 꾸짖은 적이 있었다. 외닝 감독님은 "내가 너를 여기로 데려왔는데 우리 기대만큼 해주지 못하고 있다"라고 혼을 냈다. 그러더니 갑자기 나를 가리키면서 "쏘니 좀 보라. 항상 최선을 다하잖아. 어린 애가 얼마나 잘하고 있어?"라고 말씀하셨다. 기라성 같은 1군 선배들도 있는 자리에서 그런 말씀을 하셔서 나도 깜짝 놀랐다.

시즌 초반부터 나는 출전 기회를 받았다. 개막 2라운드였던 헤르타 베를린전에서 나는 풀타임을 뛰고 한 골을 넣었다. 출전 2경기 만에 나온 시즌 첫 골은 큰 자신감을 주었다. 4라운드에서는 쾰른을 상대했다. 지난 시즌 내가 프로 데뷔골을 신고했던 바로 그 팀이었다. 경기 당일 아침부터 느낌이 아주 좋았다. 1-2로 역전을 허용했던 후반 14분 내가 슬로보단 라이코비치의 동점골을 도왔다. 거기서 멈추지 않았다. 3분 뒤에는 직접 골을 터트렸다. 골을 넣는 기분은 언제나 짜릿하다. 내 골로 팀이 한 골 앞선다면 짜릿함은 배가 된다.

그렇게 몸에서 솟구치는 에너지를 느끼던 후반 30분, 공중볼 싸움 후 착지를 하면서 발목이 돌아갔다. 통증이 끔찍했다. 마음은 더 아팠다. 지난해 시즌 초반의 부상 불운이 반복된 셈이다. 다음 날 병원에서 정밀 검사를 받았다. 바깥쪽 인대에 검은 부분이 보였다. 파열된 것이다. 주치의는 실전 복귀까지 6주 진단을 내렸다.

단, 지난 시즌과 차이가 하나 있었다. 부상을 대하는 마음가짐이었다. 전 시즌의 부상 경험은 나를 강하게 만들었다. 아버지의 조언대로 좌절에 발목 잡혀 허우적거리지 않았다. 이를 악물고 치료와 재활에 100%를 쏟아부었다. 빨리 그라운드로 돌아가고 싶다는 일념이었다. 지성이면 감천이라더니 나는 2주 만에 훈련에 복귀할 수 있었다. 다들 놀랐다.

9월 중순 6라운드였던 보루시아 묀헨글라트바흐전에서 교체 투입되며 부상 복귀에 성공했다. 그때까지 나는 이것이 롤러코스터 시즌의 시작에 불과하다는 사실을 인지하지 못했다. 그날 경기에서도 우리는 0-1로 패했다. 개막 6경기에서 1무 5패라는 참혹한 성적으로 최하위까지 떨어졌다. 부상을 일찍 털었다는 성취감은 하루

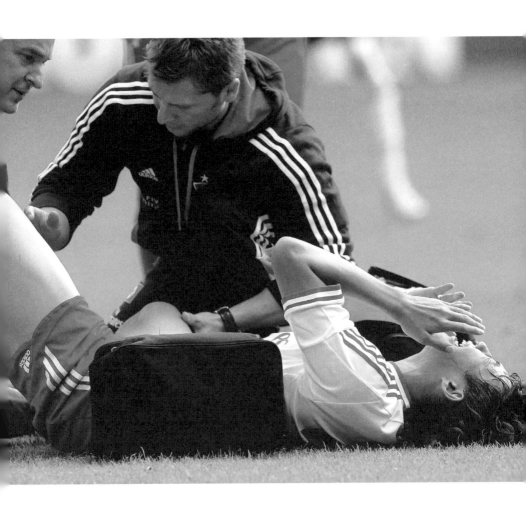

역전골을 넣은 경기에서

또 다시 부상을 당하고 말았다

불운이었지만, 전 시즌의 경험 덕분에

좌절하지 않고 재활에 전념했다

이틀밖에 가지 않았다.

구단은 외닝 감독님의 경질을 발표했다. 나와 팀의 상황이 계속 엇갈리는 것 같아서 혼란스러웠다. 최고의 몸 상태로 돌아왔다가 발목을 다쳤다. 이런 와중에 은인이 떠났다. 과거를 모르는 새 감독이 내가 어떻게 노력해 왔는지를 알 턱이 없다. 매일 돌다리를 두드리고 건너는 심정으로 두 번째 함부르크 시즌을 보내는데 팀의 상황과 주전 경쟁 구도가 자꾸 꼬여만 갔다. 답답했다.

시즌 초반부터 계속 희비가 교차되는 탓에 머릿속이 복잡했다. 그 와중에 10월 국가대표팀 소집은 내게 반가운 리프레시가 되리라 믿었다. 첫 경기인 폴란드 평가전에서 후반 45분을 소화했다. 무승부의 아쉬움을 달래며 나흘 뒤에 있을 아랍에미리트전을 준비했다. 나로서는 처음 경험하는 월드컵 지역 예선이었기에 기대가 컸다. 이 경기에서는 후반 27분에 교체로 들어가 약 18분을 뛰고 경기를 마쳤다. 2-1로 이겨서 기분은 좋았지만 더 긴 시간 뛰고 싶다는 마음이 컸다.

다음 날 인천국제공항으로 가는 차 안에서 아버지가 화를 많이 냈다. 소속팀에서의 복잡한 경쟁 상황으로 빚어진 조바심이 대표팀 출전 시간 부족의 실망감과 섞이면서 부작용을 낳은 것이다. 공항 출국장 앞에서 아버지는 국내 취재진을 상대로 답답한 속마음을 여과 없이 밝혔다. 너무 놀랐다. 속상하고 당황스러웠다.

'공항 게이트'의 후폭풍은 거셌다. 국내에서 비난 기사가 매일 수

십 건씩 생산되었다. 조광래 감독님은 직접 전화를 걸어 와 "세상 모든 아버지의 마음은 똑같다"라고 위로해 주셨다. 당분간 인터넷을 끊고 조용히 지내야겠다고 마음먹었지만 어느샌가 또 악플을 보면서 고통스러워하는 날이 계속되었다. 사람은 원래 자기 일은 버텨도 가족 일은 하염없이 걱정한다. 내가 사랑하는 가족이 '공공의 적'으로 몰리는 상황이 너무 가슴 아팠다. 국적을 바꾸라는 댓글을 봤을 때는 눈물이 쏟아질 뻔했다. 축구화에 태극기까지 새기고 뛰는 내 마음을 왜 몰라 줄까?

평소대로 생활하려는 아버지의 모습도 안쓰러웠다. 아버지는 항상 "대들보가 휘면 기둥이 휜다"라고 말씀하신다. 지금도 아들 앞에서 흐트러진 모습을 보이면 안 된다며 수도승처럼 생활하신다. 그런 아버지의 수심 가득한 표정을 가만히 지켜보기 힘들었다. 두리 선배의 SNS 게시글이 일종의 계기가 된 것 같다. 아시안컵 때부터 두리 선배는 나를 친동생처럼 아껴 줬다. 눈치를 보던 막내에게 먼저 다가와 독어로 말을 걸며 서먹함을 깨 줬던 은인이다. 자철이 형과 성용이 형도 따뜻한 말로 나를 쓰다듬어 줬다.

나를 둘러싼 격랑은 사그라들 줄 몰랐다. 많은 루머와 추측 끝에 토어스텐 핑크 감독이 함부르크의 지휘봉을 잡았다. 감독이 바뀌면 선수단 안에서는 많은 변화가 일어난다. 새 감독은 주변의 시선과 기대 속에서 본능적으로 전임자와 다른 방법을 써야 한다는 강박을 느낀다. 주전과 벤치 멤버 사이에서 경쟁도 심화된다. 핑크 감독은 패기보다 노련미를 우선시했다. 팀을 강등권에서 꺼내야 했던 상황이었으니 합리적 선택이었는지도 모른다. 결과적으로 그 판단은 1군 내에서 나의 입지를 좁게 했다.

우울한 일은 계속되었다. 레바논 원정경기에서 1-2로 패하는 바람에 조광래 감독님까지 물러난 것이다. 그날 나는 선발로 출전했다가 하프타임에 교체되었을 정도로 제 역할을 하지 못했다. 죄책감이 들었다. 해가 바뀌면서 소속팀과 국가대표팀에서의 내 입지가 계속 줄어들었다. 새롭게 출범한 '최강희호'에서 나는 선택을 받지 못했다.

국내에서는 국내파와 해외파의 편 가르기 논란이 한창이었다. 솔직히 그때 나는 그런 논란에 관해서 고민할 겨를도 없었다. 소속팀에서 완전히 벤치로 밀려 있었기 때문이다. 매 경기 나는 경기가 거의 끝나가는 시간에만 그라운드를 밟을 수 있었다. 10분밖에 뛰지 못하는 선수가 할 수 있는 있는 일은 별로 없었다. 팀도 하위권에 처박힌 채였다.

이를 악물고 버텼다. 아버지는 "좌절하지 말고 24시간 준비된 상태를 유지하는 것이 프로의 자세"라며 강한 정신력을 주문하셨다. 나도 프로답게 멘탈을 유지해야 한다고 매번 다짐했다. 막상 경기에 출전하지 못해 어깨에서 힘이 쭉 빠진 채 집으로 돌아오는 날이 많아졌다.

그런 와중에 엉뚱한 사건이 벌어졌다. 함부르크의 주전 공격수

파올로 게레로가 슈투트가르트전에서 끔찍한 백태클로 8경기 출전 정지 징계를 받았다. 과거 전력 탓에 이례적인 중징계가 내려진 것이다. 믈라덴 페트리치가 다음 시즌 팀을 떠난다는 소문도 구단에 의해 공식 확인되었다. 시즌 종료까지 네 경기가 남은 시점에 우리는 강등 플레이오프 순위보다 달랑 승점 2점 떨어져 있었다. 분데스리가 역사상 한 번도 강등된 적이 없는 함부르크의 전통이 흔들리자 팬들은 패닉 상태에 빠졌다.

31라운드 하노버전에서 드디어 내가 선발 출전 기회를 얻었다. 마지막 선발(지난해 12월 4일)로부터 세어 보니 무려 132일 만이었다. 나도 팀도 물러날 곳이 없었다. 마침 한국을 다녀온 아버지와 이야기를 나누면서 나는 "아빠, 감이 너무 좋아. 골 넣을 것 같아"라고 얘기했다. 겨우 선발 기회를 얻은 백업 주제에 그런 자신감이 어디서 나왔는지 아직도 잘 모르겠다.

스웨덴 공격수 마르쿠스 베리(러시아 월드컵에서 맞대결하게 될 줄이야!)가 원톱으로, 내가 바로 뒤에서 세컨드 스트라이커로 나섰다. 롤러코스터 시즌이 나에게 부담감을 버티는 내성을 길러 준 걸까? 킥오프 휘슬이 울리는 그 순간에도 너무나 편안했다. 함부르크 홈 팬들의 절규 가운데 시작한 경기에서 나는 전반 12분 상대의 왼쪽 측면을 파고들었다. 드리블 감각이 최고였다. 엔드라인에서 다시 뒤쪽으로 올라왔다. 반대편에 동료들이 보였지만 상대 골문도 함께 보였다. 오른발 슛. 잔디를 매끄럽게 쓸면서 돌진하는 그런 슛. 들어갔다. 시즌 4호. 182일 만에 맛보는 골. 홈 팬들을 향해 내가 여기 있다는 외침이었다.

경기 종료 직전에 나는 톨가이 아슬란과 교체되어 나왔다. 홈 관중 5만 명이 기립해서 내 이름을 연호하며 박수를 보냈다. 소름이 돋았다. 어제까지 백업이었을지 몰라도 그날 나는 함부르크를 강등 위기에서 구해낸 영웅이었다. 태어나서 처음 경험하는 카타르시스였다. 일주일 뒤 뉘른베르크 원정에서도 내가 넣은 선제골 덕분에 1-1 무승부를 거두며 우리는 강등 플레이오프 순위와 승점 차이를 5점으로 벌렸다. 팬들은 나를 '강등을 막은 구세주'라고 칭송했다. 희비가 무질서하게 교차되었던 2011-12시즌의 마지막에 나는 웃었다. 물론 우리 가족도.

12

양봉업자

SON

7

세상 어디에나 편견이 있다. 유럽에 온 한국인 선수는 '축구 못하는 동네에서 온 녀석'이라는 편견을 극복해야 한다. 유럽 기준으로 동양 선수들은 의사 표현이 소극적인 편이어서 만만하게 보기도 한다. 인종 차별과는 약간 다르다. 유럽의 '축구 부심'이 샛길로 빠졌다고 해야 할까. 나도 독일에 처음 왔을 때 그런 편견과 싸워야 했다. 팀 동료들은 내게 패스를 주지 않았다. 말도 잘 걸지 않았다. 내가 먼저 가서 볼을 빼앗아 와야 했고, 내가 먼저 다가가 독일어로 말을 걸어야 했다. 마음의 담을 무너뜨리려면 경기장 안에서는 실력을 입증해야 하고, 밖에서는 '내가 너희 문화를 배우려고 노력 중이다'라는 모습을 보여야 한다.

1군에 올라가서도 나는 주눅드는 모습을 절대 보이지 않았다. 어린 선수들에겐 쉽지 않은 일이다. 1군에는 스타도 많고 덩치도 나보다 두세 배 큰 선배들이 득실거린다. 내가 어리다고 봐주지도 않는다. 베테랑 골키퍼 프랑크 로스트는 덩치가 엄청나서 어린 선수들에겐 공포의 대상이었다. 그냥 쳐다보기만 해도 무서운 사람이었다. 그렇다고 물러설 순 없었다. 경쟁해야 할 훈련에서는 절대 지지 않았다. 1군에서 통하는 언어는 오직 실력밖에 없기 때문이다. 상대가 누구든 상관없이 필요할 때는 나도 강하게, 세게 나갔다. 유럽 축구에선 그게 당연하다. 훈련 중에 그렇게 거칠게 경쟁해도 일단 끝나고 나면 다들 일상으로 돌아갔다. 어릴 때부터 그런 프로페셔널한 태도를 배울 수 있었던 점도 내겐 큰 도움이었다.

가끔 더 세게 나가야 할 때도 있다. 예를 들어 소위 '썩은 사과'와 맞닥뜨릴 때다. 한국이든 독일이든 '썩은 사과'가 있기 마련이다. 그런 상황에서는 강하게 나가야 한다. 내가 행동하려는 의지가 있다는 사실을 상대에게 분명히 알려야 한다. 2012-13시즌 프리시즌 훈련 중 팀 동료와 한판 붙은 적이 있다. 그날따라 훈련을 시작하기 전부터 라이코비치가 약을 올렸다. 당연히 이유는 몰랐다. 처음에는 농담으로 받아 줬는데 훈련이 진행되면서 그 친구의 실언이 계속되었다. 안에서 서서히 열이 오르기 시작했다. 그러다가 임계점에 도달했다. 라이코비치가 먼저 내게 달려들자 나도 펑 하고 터졌다. 나는 그를 피하면서 킥(격투기로 따지면 미들킥 정도?)을 날렸다. 둘이 마구 엉키자 주위에 있던 동료들이 달라붙어 둘을 말렸다. 그 와중에 라이코비치의 주먹이 나를 말리던 동료의 이마를 스쳤다. 정신을 차리고 보니 내 단짝 톨가이 아슬란이 피를 흘리고 있었다. 눈이 뒤집혔지만 동료들에게 온몸이 포박(?) 당한 탓에 분을 삼켜야 했다. 현장에 있던 모든 사람이 원인 제공자가 누구인지 잘 알고 있었다. 그날 이후 라이코비치는 리저브팀으로 쫓겨났다.

세 번째 시즌을 앞두고 나는 완전히 1군 선발로 자리를 잡았다. 지난 시즌 막판 하노버전과 뉘른베르크전의 2연속 골이 결정적이었다. 주전 공격수였던 파올로 게레로와 플라덴 페트리치가 떠난 것도 내 입지 상승을 도왔다. 지난 시즌 나를 애타게 했던 핑크 감독님도 이제 완전히 내 편이 되었다. 개막 징크스가 또 번졌다. 세 번째 시즌도 출발하면서부터 팀 경기력이 신기할 정도로 허우적댔다. DFB포칼부터 리그 3라운드까지 우리는 4경기에서 내리 패했다. 주전 자리를 꿰찼다는 만족감은커녕 지난 시즌 겪었던 팀의 경기력 저하가 반복되는 것 같아서 화가 났다.

3전 전패에 리그 17위(당연히 강등권)인 상태로 위르겐 클롭 감독의 보루시아 도르트문트와 만났다. 로베르트 레반도프스키, 마르코 로이스, 마리오 괴체, 이반 페리시치, 마츠 후멜스등 호화로운 스쿼드를 자랑하는 디펜딩 챔피언을 하필 이럴 때 상대해야 한다니. 반대로 생각하기로 했다. 오히려 기회라고. 강팀을 꺾으면 개막 3연패로

나를 믿고 기용해 준 핑크 감독님에게

팀을 반등시킨 동점골과 셀러브레이션으로 보답했다

떨어진 분위기를 단번에 씻을 수 있다. 어려운 상황 속에서도 나를 계속 선발로 기용해 주는 핑크 감독님에게도 도르트문트전 골만큼 좋은 보답은 없다. 지난 리그 경기에서 마수걸이 골을 넣어서 자신 감도 올라온 상태였다. 새로 영입된 아르티옴스 루드네브스가 최전 방에 나섰고 나는 거물 복귀생 라파엘 판데르파르트와 함께 2선 공격을 맡았다. 판데르파르트는 함부르크에서 뛰다가 레알 마드리드로 이적한 네덜란드 스타다. 함께 발을 맞춘 지가 얼마 되지 않았어도 훈련과 경기 중 나오는 클래스가 남달랐다. 내가 쇄도할 때 딱 맞춰 보내 주는 패스는 정말 일품이었다.

경기 시작 2분 만에 판데르파르트는 그런 크로스를 내게 선물했다. 머리에 맞히기만 하면 되는 '택배 크로스'였다. 정확히 왼쪽 골대와 골키퍼의 사이를 꿰뚫었다. 약점이라고 생각하던 헤더로 도르트문트의 골문을 열고 나니 기분이 너무 좋았다. 이후 한 골씩 주고받아 2-1이 된 후반 14분 내가 하프라인 근처에서 패스를 받았다. 앞뒤 재지 않고 드넓게 펼쳐진 공간을 향해 돌진했다. 커트인, 한 명, 두 명, 왼발 슛, 골인. 기뻤다. 1년 전 춘천 뙤약볕 아래서 현기증이 나도록 반복했던 딱 그 지점이었다. 골을 넣은 나는 곧바로 핑크 감독님에게 가서 안겼다. 이 정도면 꽤 괜찮은 보은 사례 아니겠는가! 도르트문트전 3-2 승리야말로 우리 시즌의 진짜 시작이었다.

10월이 되면서 구단이 재계약 협의를 제안했다. 아버지가 복잡한 계약 문제를 처리하는 동안 나는 한발 떨어져 운동에만 집중했다. 구단의 제안에 내심 기뻤다. 그만큼 나를 인정한다는 뜻이었다. 그때 내 계약은 2014년까지로 되어 있었다. 구단으로서는 주전으로 자리를 잡은 스무 살짜리 공격수를 당연히 잡아야 한다는 판단을 내렸던 것 같다. 다른 구단에 팔아야 할 때도 대비해야 한다. 계약 기간이 많이 남은 선수일수록 구단이 구매자에게 비싼 값을 요구할 수 있다.

사실 나는 경기에 매번 뛸 수 있는 함부르크에서 행복했다. 언제 어디서든 나의 최우선 기준은 출전 여부다. 축구선수는 뛸 때가 제일 행복하다. 아무리 빅클럽이라고 해도 벤치에만 앉아있으면 의미가 없다. 내게 처음 기회를 준 곳도 함부르크다. 지금처럼 매 경기 뛸 수 있으면 그걸로 대만족이었다. 이곳에서 더 잘하고 싶었다.

함부르크에서 주전으로 꾸준히 활약하자 유럽 각지에서 많은 오퍼가 왔다. 내가 그렇게도 꿈꿨던 프리미어리그 구단들도 구체적인 관심을 나타내며 접근했다. 마음 같아선 덥석 물고 싶었다. 다행히 아버지는 나보다 훨씬 냉철했다. 결론을 내기까지는 오래 걸리지 않았다. 첫째, 뛸 수 있는 팀이어야 한다. 둘째, UEFA 챔피언스리그처럼 큰 대회를 경험할 수 있는 곳이어야 한다. 연봉은 상관없었다. 돈은 항상 나의 목표가 아니라 내가 잘해서 따라오는 보너스라고 생각했다. 만약 함부르크가 다음 시즌 유럽 대회 출전권을 따면 남아도 상관없었다. 함부르크 재계약 협상, 타 구단의 제안 검토 등을 아버지에게 맡기고 나의 안테나는 그라운드에 고정했다.

경기장 밖에서 재계약 협상이 진행되는 동안 나의 축구는 열심히 돌아갔다. 강등을 걱정하며 노심초사했던 지난 시즌과 달리 함부르크는 유럽 대회 순위권을 놓고 치열하게 경쟁했다. 독일 분데스리가는 1위부터 4위까지 UEFA 챔피언스리그, 5위와 6위가 UEFA 유로파리그에 각각 출전한다.

2월 9일 우리는 도르트문트와 시즌 두 번째 맞대결에 나섰다. 꾸준한 출전 덕분에 나는 최상의 경기력을 유지했다. 경기 초반 오버헤드킥이 골키퍼의 품에 안겼고, 왼쪽에서 때린 슛은 골대에 맞고 튕겼다. 골이 들어가는 순간에 점점 가까워지는 느낌이었다.

1-1 동점 상황에서 나는 1차전 골의 데자뷔라고 해도 좋은 역전골을 터트렸다. 차는 순간 골을 직감했을 정도로 발에 닿는 느낌이 좋았다. 양쪽에서 퇴장자가 한 명씩 나오는 격전이 이어졌지만 경기 막판 나는 두 번째 골까지 넣으며 4-1 대승의 주인공이 되었다.

디펜딩 챔피언을 상대로 2경기 4골을 기록하자 현지 언론도 크게 흥분했다. 독일 공영방송 ZDF로부터 토크쇼에 출연해 달라는 연락을 받았다. 1-5로 대패했던 하노버 원정(2월 23일)을 끝내자마자 방송국이 준비한 전세기를 타고 곧바로 스튜디오로 날아갔다. 직전 경기의 결과 때문에 가뜩이나 우울했는데 진행자가 짓궂은 질문을 해대는 통에 약간 당황했다. 이해해야 한다. 이런 부분이야말로 축구가 일상으로 자리 잡았음을 말해준다고 할 수 있다. 하나하나 일희일비하기보다 매일 겪는 일처럼 축구를 이야기하는 사회적 분위기가 참 부럽다.

5월 11일 호펜하임전에서 보탠 1골 1도움을 포함해 나는 시즌을 12골 2도움으로 마쳤다. 위대한 '차붐' 차범근 감독님 이후 처음으로 분데스리가 단일 시즌에 두 자릿수 득점을 기록한 한국인 선수가 되었다는 사실이 만족스러웠다. 리그 34경기 중 33경기에 출전했고 31경기에서 선발로 출전했다. 출전 시간이 급격히 늘어난 탓에 시즌 막판에는 힘에 부친다는 느낌도 들었다.

시즌 종료와 함께 나의 거취 문제를 둘러싼 논의가 급박하게 진행되는 것 같았다. 리버풀과 토트넘은 거액의 이적료를 제시하면서 적극적으로 다가왔다. 당시 사우샘프턴을 이끌던 마우리시오 포체티노 감독님도 나를 영입하고 싶다며 러브콜을 보냈다. 지금 당장 꿈꾸던 프리미어리그에 갈 수 있다는 상황이 비현실적으로 다가오는 동시에 내 고민을 키웠다.

긴 고민 끝에 나의 행선지를 바이어 레버쿠젠으로 선택했다. 선발 출전 가능성도 높을 뿐 아니라 분데스리가가 3위 자격으로 다음 시즌 챔피언스리그 조별리그에 직행한다는 점, 적응을 마친 분데스리가에서 계속 뛴다는 점에서 최적이라고 판단했다. 레버쿠젠은 그때까지 구단 역대 최고 기록인 1천만 유로를 제시했다. 금액의 크기가 선수의 실력과 정비례하진 않지만 그만큼 나를 원한다는 마음이 크다는 뜻이었다. 내 인생에도 이제 챔피언스리그 테마곡이 울려 퍼지게 되었다. 챔피언.

챔피언스리그

SON
7

독일에 와서 신기했던 것이 있다. 어딜 가나 이곳 사람들이 차범근 감독님을 안다는 사실이다. 인터넷을 찾아보니 차 감독님이 레버쿠젠에서 마지막으로 출전했을 때가 1988-89시즌이었다. 좋은 음악도 1년만 흐르면 잊히는 판에 30년이 지나서까지 기억되는 축구선수라니 놀라울 뿐이다. 언론에서 나를 감독님과 비교할 때마다 죄송한 마음이 앞선다. 감독님의 천금 동점골이 있었던 1987-88시즌 UEFA컵 우승이 지금까지 레버쿠젠의 유일한 유럽 타이틀이다.

　레버쿠젠 이적은 내게 여러 가지 기대감을 줬다. 레버쿠젠은 분데스리가 우승에 도전할 전력을 갖춘 팀이었다. 지난 시즌 리그 득점왕 슈테판 키슬링과 함께 뛰는 것은 나의 기량 발전에 큰 도움이 된다. 무엇보다 UEFA 챔피언스리그에 출전한다. 이전 시즌 레버쿠젠은 분데스리가에서 3위를 차지하여 유럽 최고의 무대로 가는 티켓을 손에 넣었다. 국가대표팀의 최고 영예가 FIFA 월드컵 출전이라면 클럽 축구의 가장 높은 곳에 UEFA 챔피언스리그가 있다. 전 세계 모든 축구선수는 피치 위에서 챔피언스리그의 테마곡을 듣는 순간을 꿈꾼다. 유럽 어느 리그에서나 챔피언스리그에 출전하는 구단과 선수는 최고의 엘리트로 통한다. 나도 그 무대에서 뛰어보고 싶었다.

부담도 분명했다. 레버쿠젠은 나를 영입하기 위해 거금 1천만 유로를 투자했다. 함부르크의 유망주에서 갑자기 독일 명문 구단의 최고 이적료를 기록한 선수가 되었다는 뜻이다. 레버쿠젠 창단 이래 최고액 선수라면 반드시 그에 걸맞은 활약이 요구된다.

고액 선수라는 딱지는 국내외에서 큰 관심을 불러일으켰다. 연봉도 크게 올랐다. 솔직히 우리 가족은 내 연봉이 그렇게 높아질 줄 전혀 몰랐다. 나를 둘러싼 돈과 관심이 급증함에 따라 아버지의 걱정도 커지는 것 같았다. 레버쿠젠으로 이적하면서 아버지는 "겸손해야 한다"라는 말씀을 자주 하셨다. 성공 안에서 길을 잃지 말아야 한다는 조언도 빠지지 않았다.

유럽으로 가는 기회를 잡았을 때, 함부르크에서 처음 프로 계약을 맺었을 때, 국가대표팀에 처음 선발되었을 때도 귀에 못이 박히도록 들었던 메시지가 바로 겸손이었다. 항상 상대방을 높이고 자신을 낮춰야 한다는 말씀도 나는 지금까지 실천하려고 노력한다. 레버쿠젠을 선택한 가장 큰 이유는 돈이 아니라 나의 축구였다. 간단한 결론이다. 무거워진 통장은 그냥 겉모습이다. 내가 제일 좋아하는 축구를 뛰어난 동료들과 함께 행복하게 즐기는 삶이 무엇보다 중요했다.

계약서에 서명하러 구단을 찾아갔던 날부터 레버쿠젠 식구들은 나를 따뜻하게 환영해줬다. 우리는 서류 절차만 마치고 돌아올 생각이었는데 클럽하우스 계단에서 라스 벤더(독일 국가대표 미드필더)와 마주쳤다. 벤더는 활짝 웃으면서 다짜고짜 나를 라커룸으로 데려갔다. 훈련을 준비하던 새 동료들이 나를 반겼다. 벤더는 "야, 빨리 옷 갈아입어. 훈련하러 가야지!"라면서 크게 웃었다. 필립 볼샤이드(센터백)도 반가워했다. 지난 시즌 최종전을 끝내고 볼샤이드는 내게 "어디로 이적하는 거야? 레버쿠젠으로 와서 같이 뛰자"라고 말을 걸었다. 그 말이 현실이 될 줄은 꿈에도 몰랐다.

시즌 출발은 좋았다. 시즌 전부터 독일 언론은 안드레 슈얼레의 이적 공백을 내가 메울 수 있을지를 주요 이슈로 삼았다. 나는 공식 데뷔전인 DFB 포칼에서 1골 1도움으로 팀의 6-1 대승에 공헌한 데 이어 분데스리가 개막전에서도 선발 출전해서 한 골을 넣었다. 데뷔 2경기 연속 골을 기록했으니 주위에서 쏟아지는 관심에 나쁘지 않은 응답을 한 것이다.

개막전을 마치자 인터뷰 요청이 쇄도했다. 구단이 나섰다. 구단 스태프가 내게 "미안하지만 오늘과 내일은 너를 위해서 인터뷰를 하지 않는 게 좋을 것 같다"라고 조언했다. 스물한 살밖에 되지 않은 선수가 과도한 관심에 노출되어 나타날 수 있는 부작용을 걱정했기 때문이다. 나도 흔쾌히 동의했다. 경기 외적인 부분보다 우선 레버쿠젠이라는 새 팀에서 내가 터를 잡는 일이 훨씬 중요했다.

A매치로 한국을 다녀온 지 일주일 만에 드디어 챔피언스리그 일정이 시작되었다. 첫 경기부터 내 기대는 100% 충족되었다. 맨체스터 유나이티드 원정. 챔피언스리그라는 엄청난 무대에 데뷔하는 경기의 상대가 맨유라니, 아드레날린이 마구 솟구쳤다. 경기가 열릴 올드 트래퍼드는 너무나 유명하다. 지성이 형의 경기를 보느라 아마도 TV 중계에서 가장 많이 본 경기장이었을 것이다. 경기 전일 공식 훈련을 위해서 처음 올드 트래퍼드의 잔디를 밟았을 때는 정말 신기했다. TV에서 봤던 외관, 벤치, 관중석이 정말 그곳에 그대로 있었다. 좋아하는 드라마의 촬영 세트장에 놀러 간 기분이랄까. 경기를 치르기 전부터 축구 오감은 이미 대만족이었다.

경기에 앞서 양 팀 선수들이 도열하자 챔피언스리그 주제곡이 울려 퍼졌다. 아, 바로 이 멜로디. 어릴 때 공이 좋아서 축구를 했던 꼬마가 여기 이렇게 서서 챔피언스리그 테마곡을 듣다니 신기할 뿐이었다. 그날은 내 축구 인생에서 절대 잊을 수 없는 순간 중 하나로 남았다

마침내 서게 된 꿈의 챔피언스리그 무대

그러나 높은 현실의 벽을 함께 느껴야 했다

아쉽게도 경기 결과는 인상적이지 않았다. 1-1 동점골의 도움을 기록했을 때까지만 해도 우리는 나쁘지 않았다. 레버쿠젠의 경험은 후반전이 진행될수록 바닥을 드러냈다. 루니가 한 골을 추가하며 자신의 맨유 200호 골 달성을 자축했다. 결국 우리는 올드 트래퍼드에서 2-4로 무릎을 꿇었다. 챔피언스리그는 확실히 분데스리가보다 한 단계 위였다. 꿈의 실현이자 현실의 자각이 동시에 벌어진 저녁이었다. 여러모로 이날 맨유전은 내 축구 인생에서 오랫동안 기억될 것 같다.

이후 분데스리가 개막전 골로부터 두 달 가까이 골을 넣지 못하는 침체기가 이어졌다. 골이란 지독하게 들어가지 않다가도 한 번 들어가면 언제 그랬냐는 듯이 아주 쉽게 들어가곤 한다. 최대한 평정심을 유지하면서 새 팀에 적응해 갔다. 사실 나보다 주위에서 나를 걱정해 주는 마음이 더 커 보였다. 언론에서는 '슬럼프', '골 침묵' 등으로 나의 무득점을 큰 이슈로 보도했다. 시간이 지나면서 슬슬 그런 소리에 신경이 쓰이기 시작했다.

그런 와중에 이적 후 처음으로 친정인 함부르크와 만났다. 개막전 때처럼 다시 스포트라이트가 내게 맞춰졌다. 그리고 마침내 굳게 닫혔던 골문이 거짓말처럼 활짝 열렸다. 나는 전반 9분 선제골에 이어 16분에 두 번째 골을 터트렸다. 골 셀러브레이션을 자제하겠다는 경기 전 각오는 그라운드에서 나를 향해 쏟아진 함부르크 서포터즈의 야유를 듣자 온데간데없이 사라졌다. 후반 들어 2-2 동점을 허용해 불안감이 휩싸였던 바이아레나는 나의 해트트릭 달성으로 다시 뜨거워졌다. 내 프로 경력에서도 처음, 유럽 진출 한국인을 통틀어도 처음 밟아 보는 해트트릭 고지였다. 슈테판 키슬링과 곤살로 카스트로도 골을 보탠 덕분에 우리는 5-3 대승을 거뒀다. 두 달 동안 이어졌던 무득점 사슬을 해트트릭으로 끊을 줄은 미처 기대하지 못했다. 친정 함부르크가 이를 위한 제물이 되리라고는 더더욱 몰랐고.

2013-14시즌 하반기는 내게 고통스럽지만 값진 경험을 선사했다. 2월 12일 카이저슬라우텐전 패배를 시작으로 챔피언스리그 16강 파리 생제르맹전을 거쳐 3월 23일 호펜하임전까지 팀은 9경기 1무 8패라는 최악의 부진에 빠졌다. 해당 기간에 나 역시 한 골도 넣지 못하면서 팀을 돕지 못했다. 나쁜 상황 속에서도 꾸준히 선발로 기용해 준 사미 히피아 감독님에게 보답하지 못하는 것 같아서 마음이 불편했다.

챔피언스리그 진출권인 4위 수성이 위태로워지자 히피아 감독님의 입지가 불안해졌다. 결국 시즌 종료 한 달을 남기고 구단은 감독 경질이라는 극약 처방을 내리기에 이르렀다. 1년 전만 해도 유럽 최고의 역습 전술로 칭송받던 지도자가 하루아침에 쫓겨난 것이다. 유소년팀을 지도하던 사샤 레반도프스키가 대행으로서 잔여 시즌을 책임지기로 했다. 다행히 반짝 효과가 있었다. 큰 자극을 받은 선수들은 남은 리그 5경기에서 4승 1무 성적을 거두며 마지막에 챔피언스리그 출전 자격을 확보했다. 충분치는 않았지만 나도 1골 2도움으로 그나마 체면치레를 했다.

시즌 하반기 들어서 나의 경기력이 떨어진 최대 원인은 체력 관리 실패였다. 2013-14시즌에만 나는 총 43경기에 출전했다. 국가대표팀 경기까지 합치면 출전 수가 49경기로 늘어났다. 유럽파가 감내할 수밖에 없는 대표팀 선발 장거리 이동, 그리고 태어나서 처음 50경기 가까이 뛴 출전 기록이 겹치면서 힘에 부쳤다. 챔피언스리그에서만 8경기를 뛰었다. 함부르크 시절에는 아예 없는 경기 일정이었다. 유럽 대회에 출전하는 팀의 선수라면 출전, 회복, 휴식으로 구성되는 나만의 시즌 사이클을 갖고 있어야 한다. 내게는 아직 그런 노하우가 없었다. 나름대로 휴식도 훈련의 일부라는 생각으로 한눈팔지 않고 열심히 에너지 누수를 막으려고 노력했다. 아무리 노력해도 실제 해본 적이 없었으니 체력과 경기력의 동반 저하가 어찌 보면 당연한 결과일지도 모른다.

레버쿠젠에서의 첫 시즌은 내게 정말 귀중한 경험이었다. 만약 이때 예방 주사를 맞아 내성을 키우지 않았다면 살인적 경기 일정으로 악명 높은 프리미어리그에서 나는 살아남지 못했을 것이다. 레버쿠젠에서 쌓은 경험 덕분에 나는 한 시즌에만 66경기를 뛸 수 있는 선수로 성장했다. 2018-19시즌에만 나는 토트넘에서 48경기, 국가대표팀에서 18경기에 출전했다.

14

팬

SON
7

골을 넣을 때마다 나는 손으로 하트를 만든다. 2011 아시안컵 인도 전에서 국가대표팀 데뷔골을 넣었을 때도 내 셀러브레이션은 '손하 트'였다. 나에 대한 세상의 관심이 커지면서 많은 언론에서는 하트 의 대상이 누구인지 궁금해하는 것 같았다.

지금껏 내 하트들은 모두 가족을 향해 날아갔다. 앞서 언급했듯 인도전에서 하트를 받은 사람은 우리 형이었다. 그날이 형의 생일 이었다. 힘든 훈련을 함께 받을 때 곁에 있어 줬고, 독일에서 힘겨 워할 때도 핸드폰 속 형의 유머는 내게 큰 위안이었다. 인도전 하트 는 그런 형에게 보내는 고마움의 표시였다. 낯간지럽다고 생각하는 사람도 있을지 모른다. 어릴 때부터 나는 애교가 많았는데 나이가 들면서 가족에게 감정 표현을 하기가 조금씩 쑥스러워졌다. 골을 넣고 하트를 보내는 것이야말로 그런 표현을 할 수 있는 절호의 기회다.

'하트 뿅뿅' 외에 따로 생각해낸 셀러브레이션은 없다. 그냥 막 뛰어가다가 점프 하는 정도다. 골을 넣는 기분은 세상에서 제일 짜릿하다. 머릿속이 하얘진 채 어디로 어떻게 달려가서 무슨 퍼포먼스를 펼칠지 생각할 겨를이 없다. 여러 가지 셀러브레이션을 한꺼번에 대방출할 때도 있다. 그냥 막 한다는 소리다. 2018-19시즌 UEFA 챔피언스리그 8강에서 맨체스터 시티를 상대로 골을 넣은 나를 보면 쉽게 이해할 수 있다. 중계 카메라를 향해 우리가 이길 거라고 외치긴 했는데 그런 말이 왜 입에서 갑자기 튀어나왔는지 나도 알 수가 없다. 모든 셀러브레이션이 즉흥적이다.

얼마 전에 '세상축빠'인 (류)준열이 형은 "너도 셀러브레이션을 하나 만들어 봐"라고 했다. 크리스티아누 호날두나 파울로 디발라처럼 누가 봐도 주인공을 떠올릴 수 있는 셀러브레이션이 있으면 좋을 것 같다는 생각이 들기도 했다. 아직 어떻게 할지는 모르겠다. 조금 짜 보다가 '뭘 그런 것까지'라며 이내 포기하곤 한다. 아무래도 이쪽으로는 소질이 없는 것 같다.

개인적으로 내 사인은 마음에 든다. 함부르크에서 프로에 데뷔할 때만 해도 사인이 딱히 없었다. 갑자기 현지 팬들이 내게 사인을 해

달라고 부탁하기 시작하면서 어떤 사인이 좋을지 머리를 짰다. 한글보다는 영어로 된 사인을 하는 게 괜찮을 것 같다고 생각했다. 특별한 이유는 없었다. 독일 현지 팬들에게 드리는 사인이니만큼 영어로 하는 게 맞다고 생각했던 것 같다. 사인이 약간 길어서 팬이 많으면 시간이 좀 걸린다는 단점이 있다. 그래도 내 사인을 받기 위해서 기다리는 팬들을 생각하면 모든 분께 정성을 담아서 사인해 드리고 싶다.

우리 가족은 나의 모든 홈경기를 현장에서 지켜봐 준다. 함부르크, 레버쿠젠, 토트넘에서 모두 나는 경기장에서 가족이 앉은 위치를 미리 알 수 있었다. 경기 시작 전과 후, 그리고 골을 넣었을 때 나는 그 지점을 향해서 손을 흔들거나 하트를 보낸다.

원정 경기장에서는 정확한 위치를 파악하기가 어려워서 인사를 정확히 배달하기가 쉽지 않다. 사실 인파 속에서 누군가를 찾는 일은 생각보다 쉽지 않다. 그라운드에서 관중석에 누가 어디에 있는지 단번에 찾아내는 일은 인간의 능력 밖이다. 사인회나 각종 행사처럼 내 앞에 많은 사람이 모이는 상황에서도 그렇다. 친구나 지인이 코앞에 있어도 못 알아볼 때가 많다. 나중에 "야, 너 나 못 알아보더라!"라는 말을 들으면 정말 미안해진다.

아주 드물게 콕 집어서 찾아낼 때도 있긴 하다. 최근 한국에서 (박)서준이 형이 화보 촬영차 런던에 온 김에 내 경기를 보러 온 적이 있었다. 서준이 형이 선수 초청석 구역에 있다는 정보만 알고 있

나 한 사람을 보기 위해

먼 길을 찾아와서 기다려 주시는 팬들께

항상 감사한 마음뿐이다

었다. 골을 넣고 하프라인으로 가면서 그쪽을 봤는데 거짓말처럼 서준이 형이 정확히 보였다. 너무 신기해서 웃으며 손을 흔들었다. 그런데 정작 서준이 형이 나를 보지 않고 있었다. 세상 쉽지 않다는 게 이런 건가 보다!

가족 외에 내게 힘을 주는 존재가 있다. 팬이다. 내가 제일 소름 돋을 때가 언제인지 고백하면, 주말 경기에서 골을 넣으면 한국에 있는 팬들이 월요일에 출근하면서 너무 좋아한다는 이야기를 들을 때다. 출근길 지하철에서 내 골 동영상을 보면서 좋아하고, 학교나 직장에서 친구, 동료들과 함께 내 골을 이야기한단다. 처음 그 말을 전해 들었을 때 온몸에 소름이 돋았다. 사실 이런 말을 하는 지금도 소름이 돋는다.

타인을 행복하게 하는 일이야말로 개인이 할 수 있는 가장 아름다운 성취라고 생각한다. 나도 2002년 4강 신화를 보면서 너무 행복했다. 지성이 형이 뛰는 챔피언스리그 결승전을 보면서도 가슴이 쿵쾅거렸다. 지금 내가 누군가에게 그런 경험을 선물하고 있다니. 내가 다른 사람을 행복하게 해줄 수 있다니. 믿을 수 없을 정도로 기분이 좋다.

항상 팬들에게 감사하면서 지낸다. 믿을지 모르겠지만 이 역시 무뚝뚝한 아버지의 가르침이 만들어 준 마음가짐이다. 아버지는 "이렇게 팬들이 좋아해 주는 것도 현역으로 뛸 때 잠깐이다. 은퇴하면 아무도 너를 찾지 않을 거다. 관심 가져 줄 때 감사하는 마음으로 사인이든 기념 촬영이든 최대한 열심히 해드려야 한다"라고 항상 말씀하신다.

국가대표팀 소집으로 한국으로 돌아갈 때마다 팬들의 큰 사랑을 실감한다. 대표팀의 오픈트레이닝, A매치, 각종 행사 현장에서 팬들의 정성이 담긴 선물을 많이 받는다. 모든 분께 인사하고 모든 선물을 받고 싶지만 현실적으로 쉽지 않아서 아쉽다. 그렇게 정성을 담아 준비한 선물을 건넬 방법이 없어서 내 쪽으로 던지는 팬들도 많다. 땅에 떨어진 선물을 조심스럽게 주워서 온 적도 꽤 된다. 기발한 선물 아이디어에 웃음이 절로 나올 때가 많다. 내 얼굴이 새겨진 스마트폰 케이스, 스위치를 넣으면 응원 문구가 탁 들어오는 네온 사인 무드등, 내 얼굴을 수놓은 베개 등등 집으로 가져와서 볼 때마다 "도대체 이런 아이디어는 어디서 나오는 걸까?"라면서 기분 좋게 웃는다. 모든 팬, 모든 선물이 내게는 너무나 소중하다. 참, 커다란 베개를 선물 받았다. 몰랐는데 손으로 스윽 문지르니까 뒷면에 내 얼굴이 나타났다. 아이디어 상이라도 드리고 싶을 정도다.

레버쿠젠 시절의 일이다. 주중 저녁에 치른 챔피언스리그 경기가 끝나고 귀가하려는데 경기장 밖에 족히 백 명이 넘어 보이는 팬들이 보였다. 차를 타고 나가면서 보니까 전부 나를 기다린 한국인 팬들이었다. 이렇게 늦은 시간까지 나 한 명을 보기 위해 낯선 곳에서 기다린 분들이라고 생각하니까 도저히 그냥 지나칠 수가 없었다. 하필 그때 비가 내렸다. 차에 함께 타고 있던 우리는 일단 팬들

134

이 비를 피하도록 해야 한다고 생각해서 경기장 바로 옆을 지나는 고가도로 아래로 이동했다. 도로변이기 때문에 안전이 우선이었다. 모든 팬이 사인을 받을 수 있도록 줄을 세웠다. 레버쿠젠이라는 작은 동네, 그것도 늦은 밤에 갑자기 '손흥민 사인회'가 열린 사연이다.

팬 서비스에 관한 또 하나의 원칙이 있다. 천재지변이 일어나지 않는 한 어린이와 몸이 불편하신 팬의 요청은 백 퍼센트 받아 드린다. 한국의 어느 대학교를 방문했을 때의 일이다. 비공개 스케줄이었기 때문에 별 생각 없이 현장에 갔는데 어느 순간 우리 일행의 차가 아예 움직이지도 못할 정도로 인파가 몰렸다. 팬들의 안전이 심각하게 걱정될 정도로 삽시간에 벌어진 상황이었다. 꼼짝없이 차 안에 갇힌 상태로 고민하던 차에 아버지가 갑자기 차문을 열고 현장 스태프를 불렀다. "저기 저 아이랑 저 분이 들고 있는 것 좀 가져다 주세요." 무슨 일인지 봤더니 휠체어를 탄 팬과 어린이가 인파 탓에 뒤쪽으로 밀려 있었다. 현장 스태프가 인파를 뚫고 그 팬들이 들고 있던 종이와 축구공을 받아왔다. 아버지는 "지금 밖에 나가진 못해도 이건 꼭 해드려야 할 것 같다. 빨리 사인해라"라면서 공을 내게 주셨다. 또 언제인지는 정확히 기억나지 않지만 토트넘 경기를 끝내고 관중석에서 '셔츠 좀 갖다주세요'라고 한글로 쓴 피켓을 들고 응원하는 외국인 꼬마를 본 적이 있다. 말해 뭐 하겠는가. 당첨이다.

태극기도 특별하게 모신다! 프로로 데뷔한 이래 종종 경기장에서 나를 응원하는 태극기를 볼 수 있다. 정말 감사하다는 말 외에 달리 표현하기가 어렵다. 어린 나이부터 타지에서 혼자 지내 와서 그런지 태극기는 내게 더 특별하게 다가온다. 해외 여행을 가면 태극기나 한국 기업의 로고를 보면서 뿌듯해하는 애국자가 된다고 하는데 비슷한 심정인지도 모르겠다. 처음 참가했던 2014 브라질월드컵에서 경기 전 태극기를 보며 애국가를 부를 때도 울컥해서 눈물을 참느라 혼났다.

유럽 축구 경기장에서 태극기를 볼 때마다 가슴이 뜨거워진다. 북런던 더비에서 이긴 뒤에 태극기를 흔든 외국인 팬과 내 유니폼을 맞바꾼 적도 있다. 2018-19시즌 챔피언스리그 8강 2차전에서도 경기가 끝나고 내 유니폼은 태극기를 흔든 외국인 팬에게 향했다. 거리가 있었던 탓에 앞에 있던 다른 팬에게 건네야 했다. 무사히 전달되었기를 바란다. 내가 뛰는 경기장에서 팬들이 흔드는 태극기만큼 예뻐 보이는 것도 없는 것 같다. 이상, 나의 마음을 공략하는 요령을 모두 공개했다. 참고하세요!

15
패기

SON
7

2014 브라질 월드컵을 앞두고 한 일간지 인터뷰에서 "생애 첫 월드컵은 어떨 것 같나?"라는 질문을 받았다. 나는 "누구보다 궁금한 사람이 바로 나"라고 대답했다. 레버쿠젠으로 이적한 2013-14시즌에 나는 UEFA 챔피언스리그라는 꿈을 이뤘다. 시즌이 끝나고 나니까 또 다른 꿈인 FIFA 월드컵이 코앞으로 다가왔다. 믿기는가? 4년 전, 나는 함부르크 클럽하우스 숙소에서 혼자 2010 남아공 월드컵 중계를 시청했다. 1군 승격만으로도 감격했던 시절이다. 그때 월드컵은 목표가 아니라 꿈이었다. 내가 월드컵에 출전할 것이라는 생각조차 못했다. 4년 뒤에 내가 월드컵을 준비하고 있으리라는 생각은

더더욱 하지 못했다. 그러던 어느 날 갑자기 월드컵이 내 인생에 들어왔다.

브라질로 가는 나의 키워드는 자신감이었다. 말도 통하지 않는 독일 함부르크에서 나는 아무것도 없이 시작해서 프로선수가 되었고, 골을 넣었고, UEFA 챔피언스리그에서 뛰는 선수가 되었다. 기본 문법부터 시작한 독일어는 이제 공식 기자회견에 나설 정도로 익숙해졌다. 이번 변화는 운이 좋아서 얻어걸린 게 아니다. 모두 피와 땀과 노력과 맞바꾼 결과물이었다.

나는 항상 자신감에 차 있었다. 월드컵은 분명히 대단한 무대였지만 지금껏 내가 해왔던 대로 강하게 부딪치면 된다고 믿었다. 2013-14시즌 UEFA 챔피언스리그에서 나는 팀의 8경기에 모두 선발로 출전했다. 챔피언스리그는 축구의 이론과 전술, 테크닉 면에서 월드컵보다 높다고 한다. 그런 무대에서도 잘 해냈는데 두려울 게 없었다. 2014 브라질 월드컵을 앞두고 '크리스티아누 호날두와 맞붙지 못해 아쉽다'라고 생각할 만큼 나는 자신감의 화신이었다.

조 추첨부터 좋은 느낌이 왔다. 2013-14시즌 15라운드 보루시아 도르트문트 원정 버스에서 조 추첨 생중계를 지켜봤다. 월드컵에 출전하는 동료들의 국가가 호명될 때마다 버스 안에서는 희비가 교차했다. 그날의 주인공은 호주의 로비 크루즈였다. 호주는 네덜란드, 칠레, 스페인이 있는 B조에 들어갔다. 디펜딩 챔피언은 물론 유럽과 남미를 대표하는 강호들이 모인 최악의 조였다. 호주의 운명이 결정되는 순간 버스 안에서는 폭소가 터졌다. 다들 크루즈의 어깨를 두들기며 "힘내!", "부럽다 부러워!"라며 격려하면서도 웃음을 참지 못했다.

반면에 버스 안에서 제일 행복했던 사람은 바로 나였다. 벨기에와 알제리가 있던 H조의 세 번째 팀으로 한국이 들어갔다. 마지막 네 번째 팀이 러시아로 결정되는 순간 나는 "우리 16강 확정!"이라고 외쳤다. 동료들은 내게 야유를 보내면서 낄낄거렸다. 그만큼 분위기가 좋았다. 월드컵 조 추첨은 4개 포트로 나뉘어 각 포트에서 한 팀씩 모여 한 조를 이룬다. 한국이 들어간 H조에는 각 포트에서 사실상 가장 약한 팀들이 모인 셈이었다. 국내 언론도 '역대 최상의 조 추첨'으로 평가했다. 출발이 아주 좋았다.

대표팀의 대회 직전 전지훈련 캠프는 미국의 마이애미에 차려졌다. 본선을 치를 브라질 현지 도시와 기후가 가장 비슷하고 훈련 환경도 훌륭하다는 판단이었다. 만반의 준비를 해서 갔는데 마이애미의 날씨가 심술을 부렸다. 훈련 도중에 갑자기 천둥이 치더니 요란한 경보음이 울렸다. 벼락주의보가 발령된 것이다. 벼락에 맞을까봐 실내로 대피하는 경험은 이때가 태어나서 처음이었다.

마이애미 캠프에서 마지막 훈련을 마친 대표팀은 브라질의 이구아수 베이스캠프에 입성했다. 듣던 대로 월드컵이란 대회는 엄청났다. 참가국 32개 팀은 어딜 가나 초특급 대우를 받았다. 공항에 착륙해서 비행기 문을 나서자 대표팀 전용 버스가 이미 활주로에 대기하고 있어서 공항 청사를 거치지도 않고 선수단 숙소로 직행했다. 버스 앞뒤로 경찰차가 에스코트하고 숙소에서도 극진한 대접이 이어졌다. 엄청난 인원과 세심한 운영, 거액의 비용이 투입되는 지상 최고의 축구 대회임을 실감할 수 있었다.

H조 첫 경기 러시아전이 벌어질 쿠이아바의 아레나 판타날로 향하는 버스 안에서 내가 긴장하고 있다는 사실을 깨달았다. 생애 첫 월드컵 출전을 앞둔 사람이 떨지 않는다면 그게 더 이상할지 모른다. 경기장에 도착해 푸른 잔디 위에서 몸을 풀자 거짓말처럼 긴장이 풀렸다. 나의 습관 중 하나다. 빅매치를 앞두고 긴장하다가 경기가 시작되기 직전에 사르르 풀린다.

러시아전의 출발은 나쁘지 않았다. 우리가 준비한 전술이 잘 먹힌다는 느낌을 받았다. 전반 45분 동안 우리가 경기를 주도했고 중원에서도 훈련했던 내용들이 나왔다. 그럼에도 전반전에 나는 득점 기회를 두 개나 날렸다. 제일 좋아하는 코스에서 생긴 찬스에서 슛이 높이 떠 버렸다. '왔다' 싶은 생각이 너무 커서 힘이 과도하게 들어간 것 같다. 슛을 때리는 순간 볼이 살짝 뜨는 바람에 정확한 임팩트에 실패한 장면도 있었다.

하프타임 동안 숨을 고르면서 빨리 잊으려고 애썼다. 후반 23분 (이)근호 형이 선제골을 터트렸다. 상대 골키퍼의 실수가 명백했지만 어쨌든 스코어는 1-0으로 우리가 앞서 나가기 시작했다. 계획대로 되어 간다는 생각에 만족스러웠다. 월드컵은 역시 달랐다. 선제

골이란 만족감은 2분밖에 가지 않았다. 수비 조직력이 순간적으로 무너지면서 우리는 알렉산드르 케르자코프에게 동점골을 내줬다. 결국 우리는 첫 경기에서 1-1 무승부에 만족해야 했다. 나쁘지는 않은 결과였다. 첫 단추를 잘 꿰었다는 생각이 먼저 들었다.

알제리는 일찌감치 우리의 1승 제물로 여겨졌었다. 월드컵에서 만만한 팀은 없지만 그래도 객관적으로 알제리는 우리에게 제일 해볼 만한 상대였다. 첫 경기 러시아전에서 승점 1점을 번 상태다. 이 경기만 잡으면 승점 4점으로 16강행 가능성이 매우 높아진다.

긍정적인 상황은 우리에게 동기 부여가 되기보다 안이함으로 변질되었다. 전반전에만 우리는 세 골이나 내주면서 무너졌다. 그야말로 속절없이 당했다. 하프타임에 라커룸에 앉아서도 전반 45분 동안 벌어진 일을 믿을 수가 없었다. 너덜너덜해진 투지가 라커룸 바닥에서 지저분하게 굴러다녔다. 다시 주워 담아야 했다. 45분을 망쳤지만 다른 45분이 남아 있다. 후반전을 위해 나가는 통로에서 우리는 "후회 없는 플레이라도 하고 들어오자"라고 다짐했다.

후반 들어 플레이가 확연히 좋아졌다. 후반 5분 나는 인생 첫 월드컵 골을 넣었다. 우리가 아직 죽지 않았다는 사실에 감사했다. 계속 우리의 기세가 이어졌지만 또 다른 실수로 네 번째 실점까지 내주고 말았다. (구)자철이 형의 골을 끝으로 우리의 '알제리 꿈'은 2-4 패배로 끝났다.

경기 종료 휘슬을 들으면서 나는 완전히 무너졌다. 속이 상해서

내 생애 첫 월드컵은 나에게

뼈저린 깨달음과 눈물을 주었다

눈물이 나왔다. 시간을 90분 전으로 되돌리고 싶었다. 경기가 시작할 때부터 우리는 후반전처럼 싸웠어야 했다. 그 동안 준비했던 게 몽땅 수포로 돌아가는 기분이었다. 원통하고 분했다.

조별 리그 마지막 경기에서도 우리는 벨기에를 넘지 못했다. 상대 선수가 일찍 퇴장당해 경기의 절반을 한 명이 많은 상태로 뛰고도 결국 0-1로 패하고 말았다. 애꿎게도 결승골의 주인공은 1년 뒤 런던에서 팀 동료가 될 얀 베르통언이었다. 역대 최상이었다는 조 추첨 결과에서 우리는 1무 2패 조 최하위로 대회를 끝마쳤다. 긴 시즌을 마치자마자 쉬지도 못하고 월드컵 하나만 바라보고 여기까지 온 우리에게 이날 결과는 너무 처참했다.

우리를 꺾은 알제리와 벨기에 선수들이 경기 후 자국 팬들과 함께 즐거워하는 모습을 보았다. 브라질까지 찾아와 우리를 응원해준, 우리의 승리를 기대해 준, 늦은 시간까지 한국에서 우리를 응원해준 국민들께 죄송해서 고개를 들 수가 없었다. 평소 내 입에서 나오는 '국가대표의 책임감'이라는 말은 순도 100% 진심이다. 나는 태극마크가 자랑스럽고 조국을 대표해서 뛰는 일을 인생 최고의 영광이라고 굳게 믿는다. 나는 아무리 나이가 들어도 스스로 태극마크를 반납할 생각이 없다. 국가대표는 내가 먼저 고사할 수 있는 팀이 아니라고 생각하기 때문이다.

아무리 힘들어도 내게 있어서 국가대표팀은 절대선이다. 소속팀과 마찬가지로 대표팀 경기에서 나오는 나의 골과 우리의 승리로 한국 축구 팬 모두를 행복하게 해드리는 것보다 기쁜 일은 없다. 그 책임을 다하지 못했을 때, 국가 대 국가로 맞붙은 대결에서 무릎을 꿇었을 때, 국민 모두를 실망시켰을 때 내 마음은 갈가리 찢어진다. 브라질 월드컵은 내게 그런 경험으로 남게 되었다.

우리가 왜 브라질에서 실패했을까? 기술보다 마음의 준비가 부족했다고 생각한다. 우선 나부터 그랬다. 자신감과 패기만 있으면 월드컵에서 누구와 붙어도 다 해치울 수 있을 줄 알았다. 순진한 착각이었다. 월드컵 무대에서 한국은 영락없는 약체였다. 같은 조에 속한 상대들이 꼽는 '승점 3점 제물'이다. 우리 실력 이상을 발휘해야만 겨우 체면치레라도 할 수 있는 대회다.

러시아와 알제리, 벨기에의 선수들을 차례로 상대하면서 내가 목격했던 그들의 눈빛을 절대 잊을 수가 없다. 나도 나름대로 각오를 다졌다고 생각했는데 그라운드 위에서 만난 상대 선수들의 눈빛은 그야말로 활활 불타고 있었다. 전쟁터에 나가는 군인의 눈빛이었다. 그때까지 나는 그라운드에서 그렇게 투지에 불타는 눈빛을 본 적이 없었다. 우리는 투철한 정신력이 한국 축구의 전통이라는 말을 귀가 따갑도록 듣는다. 월드컵에 가서 싸워 보니 그곳에 모인 32개국 모든 선수가 전쟁터에 나서는 마음가짐으로 똘똘 뭉쳐 있었다. 그제야 깨달았다. 훈련 시간이 부족한 각국 대표팀들이 출전하는 월드컵에서 그토록 멋진 플레이와 명승부가 속출하는 이유를 말이다. 브라질에서 우리는 처절한 희생양이 되고 말았다.

FRIEND

MY STORY 03

제 가장 친한 친구는 친형이에요.

지금도 온라인에서 종종 만나서 게임을 하죠.

어릴 때부터 형은 내 인생에서

없어선 안 될 친구였어요.

어릴 때부터 유럽 생활을 해서

축구장 바깥에서는 친구가 많이 없어요.

대신 이런 동료들과 공도 차고 즐기며
친하게 지낼 수 있어서 좋아요.

2

H A L F

SON

7

자리

SON
7

매년 여름을 고대한다. 나의 1년 쳇바퀴는 7월 프리시즌, 8월 시즌 개막, 해를 넘겨 5월 시즌 종료의 순서로 돌아간다. 5월 시즌이 끝나는 시점부터 다음 프리시즌 훈련이 시작되기 전까지가 나의 휴가 기간이다. 이론적으로는 한 달이 조금 넘는데 국가대표팀과 각종 행사 일정이 끼어 있어 실제로 쉴 시간은 대략 2주 정도인 것 같다. 10개월 내내 돌린 엔진이 과열되기 전에 잠깐 시동을 멈춘다고 생각하면 된다.

2014년 나는 그런 '꿀휴식'을 누리지 못했다. 솔직히 쉬지 못한 정도가 아니라 몸과 마음이 탈탈 털렸다고 해도 될 만큼 우울했다.

생애 첫 월드컵이 눈물로 끝났다. 한동안 잠을 잘 때도 자꾸 경기 장면이 떠올랐다. 여기서 이렇게 했어야 했는데. 저기서 그렇게 하면 좋았을 텐데. 매일 이렇게 잠을 설쳤다.

무거운 마음으로 한국에 돌아왔다. 취재진 앞에 줄지어 서 있는데 발 앞으로 뭔가 작은 물체들이 톡톡 하고 떨어졌다. 처음에는 그게 뭔지 몰랐다. 자세히 보니까 엿이었다. 그 뜻을 제대로 인지할 때까지 시간이 제법 걸렸다. 당시 겨우 스물두 살이었던 내게는 심리적인 타격이 너무나 컸다.

한국에 머무는 동안 레버쿠젠의 신임 감독 부임 소식을 접했다. 오스트리아의 레드불 잘츠부르크에서 승승장구하던 로저 슈미트 감독님이었다. 감독 교체는 언제나 크고 작은 변화를 일으킨다. 내가 아무리 비싼 값에 영입된 선수라고 해도 전술부터 선수 기용까지 모든 권한은 결국 감독에게 있다. 선수들 모두 처음부터 다시 시작해야 한다는 뜻이다.

휴식 후 레버쿠젠의 프리시즌 훈련에 맞춰 합류했다. 오스트리아에 차려진 전지훈련 캠프에서 처음 슈미트 감독님과 인사를 나눴다. 합류와 거의 동시에 프랑스 리그앙 명문인 마르세유와 친선전에 출전했다. 감독이 바뀐 데다 선수들이 아직 휴가 느낌에서 완전히 깨어나지 못한 탓에 우리는 크게 뒤지며 끌려갔다. 벤치에서 경기를 지켜보자니 답답했다.

경기가 거의 끝날 때쯤 감독님이 컨디션 조절 차원에서 나를 기용했다. 들어간 지 1분도 되지 않아 사고가 터졌다. 측면에서 볼을 다투다가 상대(베누스 셰이루)와 엉켰다. 발을 빼는 동작에서 내가 자신을 밟았다고 착각한 상대가 내 멱살을 잡으며 흥분했다. 황당한 상황에 나도 화가 나서 몸싸움을 벌였다. 양 팀 선수들이 총출동한 덕분에 거창한 우격다짐으로 번졌다. 이런 해프닝을 정말 꺼리는 이유는 바로 언론 보도 때문이다. 싸움, 불화, 의견 충돌 등은 말초신경을 자극하기 딱 좋은 '꺼리'다. 작은 일이라고 해도 기사량이 많아지면 자연히 큰일처럼 부푼다.

프리시즌의 마무리는 레버쿠젠의 한국 방문이었다. LG전자가 주선해서 성사된 투어에서 우리는 FC서울과 친선경기를 갖게 되었다. 긴 인연은 아니지만 FC서울 산하 유스인 동북고가 나의 마지막 한국 축구와 연결고리였기 때문에 내심 반가웠다. 팀 동료들에게 한국을 보여 줄 수 있어서 기분이 좋았다.

그런데 한국 방문 직전에 아버지가 한 언론사로부터 전화를 받았다. 내 사생활을 찍은 사진의 공개 여부를 놓고 모종의 제안을 해왔다고 했다. 아버지는 "내 아들이 범죄라도 저질렀는가?"라면서 모두 거절했다. 레버쿠젠이 한국에 도착하던 날에 맞춰 파파라치 사진들이 공개되었다. 악마적 타이밍이었다. 상상할 수 없을 만큼 많은 기사가 쏟아졌다. 멀리 한국까지 온 동료들에게 폐를 끼치는 것 같아서 레버쿠젠 투어 3박 4일 내내 가시방석에서 지냈다. 동료들에게 맛있는 한국 음식을 먹여 가면서 재미있게 시간을 보내려던 계획은 산산이 조각났다. 마음 같아선 호텔 방에 콕 박혀 있고 싶었지만 한국 투어 중 잡힌 각종 행사에서 나는 항상 주인공 역할을 해야 했다. 속으로 울면서 겉으로 관객을 웃겨야 하는 코미디언이라도 된 듯한 기분이었다.

독일로 돌아가서도 축구선수인 나는 축구와 무관한 기사들의 주인공으로 끊임없이 소환되었다. 생전 본 적도 없는 언론사들까지 인터넷에서 돌아다니는 정보를 짜맞춰서 기사를 쏟아냈다. 새 시즌 준비에 집중해도 모자랄 판에 이런 일에 신경 써야 하는 상황이 너무 화가 났다. 이 일은 우리 가족에게 언론의 어두운 면을 일깨워주는 계기가 되었다. 공식 기자회견을 제외한 인터뷰 횟수가 급격히 줄어든 출발점이었다.

독일로 돌아온 지 2주 뒤에 2014 인천 아시안게임 남자축구 최종 명단이 발표되었다. 레버쿠젠과 대한축구협회의 대화는 결국 소속팀의 차출 거부로 결론이 났다. 2014-15시즌 레버쿠젠은 8월부터 UEFA 챔피언스리그 조별 리그 출전권이 걸린 최종 예선 경기를 치러야 했다. 챔피언스리그 출전 여부는 구단 재정에 막대한 영향을 끼친다. 경기 티켓 판매부터 시작해서 대회 상금(UEFA는 경기마다 구단에 거액의 파이트머니를 지급한다), 스폰서십에 이르기까지 챔피언스 리그 신분 유지는 유럽의 모든 구단에 지상 과제다. 그런 상황에서 국제축구연맹(FIFA)의 대표팀 선수 차출 의무가 없는 아시안게임에 출전하겠다고 내가 떼를 쓸 수는 없는 노릇이었다. 브라질 월드컵의 아픈 기억부터 시작해서 갖가지 혼돈을 거쳐 인천 아시안게임 명단 제외까지 이어진 2개월이 마치 20년처럼 느껴졌다.

우울함 속에서 나를 지켜 준 것은 축구였다. 나는 축구를 좋아한다. 사람들이 생각하는 것보다 훨씬 좋아한다. 쉴 때도 나는 축구 영상을 찾아본다. 내 경기 영상도 자주 본다. 상황마다 다른 판단을 했을 때를 상상해 본다. 다른 팀이나 선수의 영상을 보면서 잘한 부분과 못한 부분을 찾아내며 공부한다.

훈련과 경기를 위해서 그라운드 안에 들어가 있는 시간이 세상에서 제일 행복하다. 어제 경기에서 져도, 파파라치 컷으로 곤욕을 치러도, 다른 엉뚱한 일들이 끊이지 않아도 일단 축구화를 신고 잔디 위에서 축구공을 차는 순간 머릿속에 있던 모든 잡념이 사라진다. 내가 제일 잘할 수 있는 것도 축구, 내가 제일 좋아하는 것도 축구다. 축구만 할 수 있다면 나는 매일 새롭게 태어난다. 컴퓨터를 리부팅하면 속도가 빨라지는 그런 느낌이다.

'오늘 최선을 다해 행복해야 한다'라는 아버지의 신념도 나를 지켜 준 원동력이었다. 어제의 일을 계속 끌어안거나 내일을 걱정하는 통에 오늘을 제대로 즐기지 못하면 아무런 의미가 없다고 생각한다. 오늘 행복하지 못한 사람은 내일이 되어도 불행하기는 마찬가지다. 독일 유소년 시절부터 그렇게 자기 암시를 해왔다. 지금 나는 행복하다, 누구에게나 주어지는 기회가 아니다, 이 기회를 절대 놓쳐선 안 된다, 오늘 나의 축구는 행복하고 즐거워야 한다고 속으

동료들이 UEFA 챔피언스리그에서의

내 데뷔골을 축하해 주었다

로 되뇌었다.

　운동장을 나와서 혼자 있을 때도 계속 축구만 생각하려고 애를 썼다. 다른 생각들이 치고 들어올 틈을 주지 않아야 했다. 인천 아시안게임 최종명단 발표로부터 이틀 뒤에 레버쿠젠의 2014-15시즌 첫 공식 경기가 열렸다. DFB 포칼에서 우리는 발달게스하임을 만났다. 월드컵 피로가 남아 있어 나는 벤치에서 후반전을 준비하고 있었다. 팀의 주득점원인 슈테판 키슬링이 혼자 다섯 골을 넣으며 대폭발했다. 나는 후반 중반에 교체로 들어갔다. 우울했던 여름이 공식적으로 끝나는 순간이었다. 경기 막판 나는 반대편에서 날아온 크로스를 왼발 발리슛으로 때려 시즌 1호 골을 뽑아 냈다. 기분 좋은 출발이었다.

　나흘 뒤 운명의 챔피언스리그 조별 리그 출전 플레이오프가 덴마크의 코펜하겐에서 열렸다. 숨 가쁜 2-2 동점 상황에서 내가 승리를 결정 짓는 팀의 세 번째 골을 넣었다. 기막히게 들어온 스루패스와 마지막 마무리로 이어지는 과정이 환상적이었다. 원정경기에서 우리는 세 골이나 넣고 대승을 거뒀다. 예선이긴 했지만 챔피언스리그 공식전 데뷔골이어서 더 특별했다. 지난 시즌 나는 챔피언스리그 8경기에 모두 출전하면서도 한 골도 기록하지 못했었다. 코펜하겐 원정에서 나온 결승골은 우리 팀과 내 개인에게 모두 의미가 컸다. 일주일 뒤 홈에서 벌어진 예선 2차전에서도 나는 킥오프 1분 만에 선제골을 터트렸다. 기분 좋은 기세를 이어 간 우리는 합산 스코어 7-2로 챔피언스리그 조별 리그에 합류할 수 있었다.

분데스리가 개막전에서 우리는 우승 라이벌 도르트문트를 2-0으로 꺾었다. 나는 개막 세 번째 경기였던 베르더 브레멘전에서 리그 1호(시즌 4호) 골을 신고했다. 하이라이트는 챔피언스리그 조별리그 4차전이었던 제니트 원정에서 연출되었다. 득점 없이 맞서던 후반 23분 프리킥 기회에서 내가 선제골을 터트렸다. 훈련하면서 우리끼리 짰던 프리킥 패턴이 그대로 적중한 것이다. 5분 뒤 나는 키슬링의 패스를 페널티박스 안에서 왼발로 마무리했다. 이날의 2-1 승리로 우리는 C조에서 3연승을 기록하며 승점 9점 단독 선두로 뛰어올랐다. 1차전에서 모나코에 당했던 패배를 완벽하게 씻어 낸 것이었다. 9호와 10호 골을 한 경기에서 뽑아 내면서 나는 시즌 17경기 만에 두 자릿수 득점에 도달했다. 시즌 전반기에 10골 고지를 밟은 것은 처음이었다.

프로 데뷔 이래 최고의 시즌 스타트는 나에 관한 신변잡기성 기사들을 '축구 기사'들로 빠르게 바꿔 갔다. 생소한 이름의 언론사들도 차츰 시야에서 멀어지고 익숙한 스포츠 매체들의 이름이 눈에 들어왔다. 내가 있어야 할 곳은 인터넷 가십난이 아니라 푸른 잔디 위다. 그곳으로 돌아올 수 있도록 나를 잡아 준 축구에 다시 한번 감사했다.

다운언더

SON
7

클럽 축구는 경기가 많아서 늘 몸이 피곤하다. 그 대신 장점이 있다. 한 번 패해도 빠르면 사흘, 길어 봤자 일주일 뒤에 만회할 기회가 생긴다. 경기와 대회의 주기가 굉장히 긴 국가대표팀에서는 얻기 힘든 기회다. 월드컵에서는 한 번 삐끗하면 장장 4년을 기다려야 한다. 그런 면에서 아시아 국가들은 월드컵과 아시안컵이 항상 붙어 있어서 다행일지도 모른다.

브라질의 눈물로부터 6개월이 지나 2015호주 아시안컵이 닥쳐왔다. 이번에야말로 잘하고 싶었다. 브라질에서 너무 못해서? 첫 월드컵이 허망하게 끝나 버려서? 발 앞에 날아들었던 엿에 복수하고 싶어서? 온갖 화살을 맞고 쓰러진 보스를 위해서? 잘 모르겠다. 굳이 한 가지를 꼽자면 팬심이었다. 브라질 월드컵 부진으로 돌아선 팬심을 꼭 되찾고 싶었다. 팬들이 대표팀을 이야기하면서 웃었으면 좋겠고, 더 많은 아이들이 대표팀의 성취를 보면서 부모님께 축구를 하고 싶다고 떼를 썼으면 좋겠다. 밤잠을 설치면서 우리를 응원해 준 모든 국민께 기분 좋은 소식을 전하고 싶었다. 호주에서는 꼭 그렇게 하고 싶었다.

호주에서 나는 (김)진수와 함께 방을 썼다. 진수와 나는 연이 깊다. 함부르크 유소년 계약으로 이어졌던 2009년 U-17 월드컵에서 우리는 함께 뛰었다. 그때 진수는 작은 체구에도 불구하고 주장 완장을 차고 팀을 이끈 대들보였다. 브라질 월드컵 이후 진수가 호펜하임으로 이적한 덕분에 우리는 분데스리가 무대에서 재회했다. 아시안컵에 소집되기 직전에 열렸던 호펜하임 원정(레버쿠젠이 1-0으로 이겼다!)이 끝나고 우리는 서로 유니폼을 맞바꿨다. 분데스리가 그라운드에서 한국인 동료를 만나는 기분은 정말 특별할 수밖에 없다.

4년 전 아시안컵 숙소 방 안에서는 한국 축구의 레전드로부터 주옥같은 조언을 받았는데, 이번 대회에서는 진수와 묶인 덕분에 또래끼리의 편안함이란 보너스를 즐길 수 있었다. 더군다나 진수와 나는 왼쪽 측면의 앞과 뒤에 서서 뛰었다. 경기장 안팎에서 합을 맞출 수 있으면 그만큼 플레이 효율이 높아진다.

대표팀은 '꼭 우승하자'는 각오를 다지며 호주 대회를 준비하기 시작했다. 대외적으로는 "아시안컵도 어려운 무대"라고 입을 맞췄지만 선수들 모두 속으로는 우승할 수 있다는 믿음이 단단했다. 역시나 세상일은 생각한 대로만 돌아가지 않았다. A조 첫 경기인 오만전에서 (이)청용이 형이 상대의 깊숙한 태클에 쓰러졌다. 다행히 우리는 1-0 승리를 지켜 첫 경기의 부담감을 떨쳤다.

두 번째 경기인 쿠웨이트전을 앞두고 부상 악재가 닥쳤다. 괜찮아 보였던 청용이 형의 정강이뼈에 실금이 발견되었다고 했다. 오만전에서 다친 (김)창수 형도 훈련에 참가하지 못했다. 엎친 데 덮친 격으로 나와 (구)자철이 형, (김)진현이 형이 한꺼번에 감기 몸살로 쓰러졌다. 딱 한 경기 치렀을 뿐인데 우리는 공격 에이스를 잃었고, 남은 네 명이 두 번째 경기(쿠웨이트전)의 엔트리에도 들지 못하는 초유의 사태가 발생한 것이다.

악재 속에서 우리는 2연속 1-0 승리로 대회 출전국 중 가장 먼저 8강 진출을 확정했다. 조별 리그 마지막 경기에서 우리는 개최국 호주까지 1-0으로 꺾으며 우승 후보의 자존심을 지켰다. 조 1위를 차지한 덕분에 개최국 호주와 일본은 토너먼트 대진표 반대편으로 보낼 수 있었다.

물론 꽃길일 리는 없었다. 8강에서 만난 우즈베키스탄은 끈질겼다. 팽팽히 맞선 경기는 결국 연장전으로 이어졌다. 연장 전반이 끝나기 직전 상대 페널티박스 근처에서 진수가 볼을 빼앗아 치고 들어갔다. 골문 안에 있던 나와 순간적으로 눈이 맞았다. 진수의 크로스가 차려준 상 위에 내가 숟가락을 얹어 선제골을 뽑아냈다.

뭔가 되는 날이었는지 그냥 끝나지 않았다. 연장전 종료 직전 두리 선배가 미친 드리블로 폭주하더니 내게 완벽한 패스를 찔러 줬다. 수고하셨습니다. 감사합니다. 2-0으로 가겠습니다. 골인. 시원하게 흔들리는 골네트를 보면서 나는 쓰러졌다. 종아리 근육이 찢어질 듯이 아팠다. 위로 덮친 두리 선배에게 나는 "쥐 났어, 쥐!"라며 신음했다. 제대로 설 수도 없었지만 우리의 기분이 멜버른 밤하늘의 별처럼 반짝인다는 사실이 제일 중요했다.

준결승에서 우리는 이라크도 2-0으로 꺾고 결승전에 진출했다. 한국의 아시안컵 결승 진출은 27년 만이라고 했다. 상대가 개최국 호주라는 사실은 상관없었다. 우리는 '퍼펙트'했다. 조별리그부터 결승전까지 5전 전승 무실점이었다. 7만 6천여 관중 앞에서 시작된 결승전에서도 우리는 경기를 유리하게 전개했다. 골에 조금씩 다가가는 느낌이 들었다. 조금만 더 하면 골을 넣을 수 있을 것 같았다.

축구는 역시 심술궂었다. 전반 종료 직전 호주가 드문 기회에서 선제골을 터트렸다. 그런 상황에서 때린 슛이 득점으로 연결되는 확률이 얼마나 될까? 알다가도 모를 일이었다. 조바심과 자신감이 쉼 없이 교차하는 사이에 후반 45분이 훅 지나갔다. 진다는 생각을 한 번도 하지 않았기에 모든 상황이 비현실적으로 느껴졌다. 추가 시간에 들어가자마자 비현실은 우리가 믿는 현실로 돌아왔다. (ㄱ) 성용이 형이 밀어 준 볼을 끌고 들어갔다. 나를 향해 달려드는 상대

164

골키퍼와 수비수들이 보였다. 간절하게 왼발로 슛을 때렸다. 축구의 여신이 우리에게 입을 맞췄다. 들어갔다. 극적인 1-1 동점골이었다. 정신 나간 사람처럼 달려가서 붉은 악마의 품에 안겼다.

최고의 순간은 15분밖에 지속되지 않았다. 연장 전반전 종료 직전, 우리 페널티박스에서 진수가 토미 쥬리치와 볼을 다투며 엉겼다. 내가 가서 도와줘야 한다는 생각이 들었다. 진수와 나 사이에 끼어 있던 쥬리치가 기적적으로 볼을 살려 박스 안으로 치고 들어갔고, 제임스 트로이시가 결승골을 터트렸다. 1-2 패배. 아시안컵은 힘겹게 뻗었던 우리의 손을 매정하게 뿌리쳤다.

우리가 믿었던 현실은 비현실적 결과로 끝나 버렸다. 물론 6개월 전 브라질 월드컵의 상처를 생각하면 아시안컵 준우승은 큰 위안일지도 모른다. 결승전의 내 득점이 한국의 아시안컵 통산 100호 골이었다고 했다. 1972년 박이천 선생님의 골로부터 43년 만에 나온 결승전 득점이라고도 했다. 슈틸리케 감독님은 "우승컵은 없지만 우승하지 못했다고 생각하지 않는다"라고 말했다. 공항에서도 우리는 뜨거운 환영을 받았다. 언론은 칭찬 일색이었다. 우리에겐 편리한 변명거리가 많았다. 대회를 시작하자마자 에이스를 두 명(이청용, 구자철)이나 잃었다. 동료들은 크고 작은 부상을 정신력 하나로 버텼다. 대회 기간 내내 나도 몸이 무거웠고 발목이 아팠다.

그런데도 우리가 우승하지 못했다는 사실은 변하지 않는다. 우승할 절호의 기회를 놓쳤다. 내 안에서는 또 다른 생채기가 생겼다.

자신의 마지막 국제 대회 경기가 끝난 후

두리 선배는 나를 안아 주었지만

나는 미안함과 아쉬움에 고개를 들지 못했다

은퇴 경기에서 두리 선배가 분루를 삼켰다. 우리가 결승전까지 가는 길에 제일 돋보였던 진수를 마지막 순간에 지켜주지 못했다. 두 사람의 처진 어깨를 보면서 나는 죄책감을 느꼈다. 최선을 다했으니 후회는 없었다. 하지만 아쉬움은 그 어느 때보다 진했다.

아시안컵에서 느꼈던 아쉬움이 레버쿠젠 복귀 후 두 번째 경기였던 리그 21라운드 볼프스부르크전에서도 반복되었다. 해트트릭을 달성하고도 4-5 패배라는 현실을 받아들여야 했다. 내가 아무리 잘해도 경기에서 원하는 결과를 얻지 못하면 아무 소용이 없다. 프로 두 번째 해트트릭이 기억에 남을 것 같은가? 아니다. 홈에서 패한 경기를 오래 기억하고 싶은 사람은 없다. 내가 네 골, 다섯 골을 넣었다고 해도 결국 패자일 뿐이다.

시즌 하반기로 가면서 우울함이 줄어드는 대신 이상한 교체가 늘었다. 슈미트 감독님은 후반 초반에 나를 제일 먼저 빼기 시작했다. 체력이나 경기력에 큰 문제가 없는데도 내 출전 시간이 60분으로 고정되어 갔다. 별다른 설명도 없었다. 프로 데뷔 이래 처음으로 팀 안에서 존중받지 못한다는 생각이 들었다.

작은 불만이 조금씩 쌓여 가고 있을 때 언론에서 다시 이적설이 나돌았다. 솔직히 어느 정도 근거가 있는 소문이었다. 호주 아시안컵이 끝나고 리버풀과 토트넘이 다시 적극적으로 구애를 보내 왔기 때문이다. 두 팀 모두 진지했다. 자신들의 영입 의지와 플랜을 구체적으로 밝히기도 했다. 토트넘은 "등번호 7번을 준비해 놓았다. 오기만 하면 된다"라고 말하기도 했다. 생각해 보면 토트넘의 관심은 어제오늘 일이 아니었다. 나중에 안 사실이지만 내가 함부르크에서 막 프로에 데뷔했을 때 이미 토트넘은 이적료 1200만 유로를 제안했던 적이 있었다고 한다. 어린 내가 토트넘에 가서 출전할 기회가 없을 것으로 판단해서 거절했다고 들었다. 마우리시오 포체티노 감독님 개인적으로만 봐도 사우샘프턴에서, 토트넘으로 부임해서, 그리고 이번이 벌써 세 번째 영입 제안이었다.

시즌이 끝나고 다시 가족 회의가 소집되었다. 사실 내 마음은 많이 기울어져 있었다. 2014-15시즌 하반기에 계속된 이상한 교체로 받은 스트레스가 컸기 때문이다. 그런 상황에서 꿈에 그리던 프리미어리그, 그것도 런던의 명문 구단이라면 마다할 이유가 없다고 생각했다. 함부르크에서 레버쿠젠으로 이적할 때보다 나는 확실히 성숙해 있었다. 나이는 여전히 어렸지만 그라운드 안팎에서 워낙 많은 일을 겪은 덕분에 심리적 내성이 커졌다. 전혀 다른 환경에서도 해낼 수 있다는 자신감도 생겼다. 우리의 최우선 조건인 플레이 스타일 궁합과 출전 기회 여부 면에서 진지한 대화가 오갔다.

결론은 리버풀보다 토트넘이었다. 그러는 사이에 2015-16시즌이 개막되었다. 역시나 첫 경기에서 후반 19분, 두 번째 경기에서도 1순위로 벤치로 물러나야 했다. 이적하기로 완전히 마음을 굳혔다. 움직여야 할 때가 왔다.

18

협상

SON
7

이적은 일반 직장인의 이직과 비슷하다. 회사를 옮기는 행위다. 현재 소속 구단과 계약이 살아 있는 선수는 특정 시기에만 옮길 수 있다. 유럽 축구의 이적시장은 1년에 두 번 열린다. 리그마다 조금씩 차이가 있는데 잉글랜드 프리미어리그는 시즌과 시즌 사이에 있는 여름(보통 6, 7, 8월)과 시즌 중간(1월)에 각각 이적시장이 열린다. 사고 파는 구단과 선수, 이렇게 3자가 모두 합의해야만 이적이 성사된다.

레버쿠젠은 나의 이적을 거부했다. 계약이 3년이나 남았기 때문에 구단이 매우 유리한 상황이었다. 단, 레버쿠젠과 나의 계약에 바이아웃 조항이 명시되어 있었다. 일정한 금액을 지급하면 선수가 구단과의 계약이 만료되기 전에 이를 해지할 수 있다는 내용이다. 덩치가 큰 토트넘의 제안 조건은 처음부터 바이아웃 금액을 온전히 충족했다. 레버쿠젠은 계약 내용을 잘 알고 있었기 때문에 오히려 더 완강하게 이적을 반대했다. 바이아웃 조건이 맞춰지더라도 결국 구단이 이적에 동의해야 한다는 주장을 폈다. 막후에서 치열한 '밀당'이 벌어지는 동안 나는 라치오와 UEFA 챔피언스리그 플레이오프를 준비하고 있었다.

바이아웃 금액만으로도 레버쿠젠은 내게 투자한 1천만 유로에서 2년 만에 두 배 이상 이익을 남긴다. 유리한 상황에 선 만큼 레버쿠젠은 자신이 쥔 칼자루를 더 세차게 움켜쥐었다. 너무한 것 아니냐고? 유럽 축구 비즈니스에서는 그게 당연하다. 어마어마한 액수가 거래되기 때문이다.

토트넘과 레버쿠젠의 협상이 표류하는 사이에 이적시장 마감이 코앞으로 다가왔다. 토트넘 쪽에서 급기야 비장의 카드를 내놓았다. 다니엘 레비 회장이 "내가 직접 레버쿠젠으로 가서 담판을 짓겠다"라고 선언한 것이다. 레비 회장은 프리미어리그에서도 이적 협상의 달인으로 통한다. 이날 저녁 나는 레비 회장을 처음 만났는데 스마트폰 3대와 노트북, 아이패드를 항상 갖고 다녔다. 할리우드 영화에서 구경하는 펀드매니저 같은 느낌이었다. 똘망똘망한 눈빛도 인상적이다.

아침 일찍 근사한 전용기를 탄 레비 회장이 레버쿠젠 현지에 도착했다. 공항에 딸린 호텔의 비즈니스룸에서 아버지가 레비 회장을 만났다. 실제 협상이 벌어질 룸에는 레버쿠젠의 루디 펠러 단장과 요나스 볼트 이사가 기다리고 있었다. 참고로 펠러 단장은 1990년 이탈리아 월드컵에서 우승했던 독일 축구의 레전드 골잡이다.

이적은 어디까지나 사고파는 구단 간의 일이기 때문에 협상 테이블에는 양 구단을 공식적으로 대표하는 사람만 앉을 수 있다. 아버지에게 협상 전략을 설명한 레비 회장이 "다녀오겠다"라고 말한 뒤 방을 나갔다. 1차 협상의 시작이었다. 그때 나는 챔피언스리그 사전 공식 기자회견에 슈미트 감독님과 동석할 예정이었지만 협상 결과를 기다려야 하므로 숙소에 머무르고 있었다.

아침부터 시작된 협상은 좀처럼 합의를 찾지 못했다. 레비 회장이 "바이아웃 금액에 웃돈을 이만큼 얹어 주겠다"라고 제안해도 펠러 단장은 "바이아웃 조항은 절대 조건이 아니다. 우리는 팔지 않는다"라며 버텼다. 시장에서 벌어지는 가격 흥정과 비슷하다. 사는 쪽은 조금이라도 싸게 사려고, 파는 쪽은 한푼이라도 더 받으려고 애쓴다. 금액이 큰 만큼 '밀당'이 더 치열하다고 생각하면 된다.

사실 급한 쪽은 토트넘과 우리 쪽이었다. 시간에 쫓겼기 때문이다. 이적시장 마감이 코앞이었다. 레버쿠젠이 이적에 합의해도 토트넘과 나는 메디컬 테스트, 계약서 작성 및 날인, 국제축구연맹(FIFA)의 이적관리시스템 등록, 프리미어리그 사무국의 선수 등록까지 마쳐야 비로소 이적이 마무리된다. 이런 행정 절차를 이적시장이 닫히기 전에 마무리하려면, 최종 담판이 벌어진 이날 무조건 레버쿠젠의 동의를 받아야 했다. 레버쿠젠이 이런 상황을 너무나 잘 알고 있는 탓에 협상은 제자리에서 한 발짝도 나아가지 못했다.

아침에 시작한 양 구단의 '밀당'은 오후 4시까지 이어졌다. 레비 회장은 "이번이 마지막이다. 이번에도 레버쿠젠이 양보하지 않으면 이적은 없는 걸로 생각해야 한다"라는 말을 남기고 협상 룸으로 향했다. 아버지는 초조하게 기다릴 수밖에 없었다.

30분여가 지난 뒤에 레비 회장이 굳은 표정으로 돌아와 "미안하다. 얘기가 잘 안 되었다"라고 결렬을 선언했다. 깜짝 놀란 아버지가 "그럼 펠러 단장은 지금 어디 있는가?"라고 묻자 레비 회장은 "떠났다"라고 대답했다. 호텔 밖으로 나가자 거짓말처럼 반대편 통로를 통해 호텔을 떠나는 펠러 단장과 볼트 이사가 보였다고 한다. 부리나케 달려가 펠러 단장을 잡았다. 분을 참지 못한 아버지는 펠러 단장의 소매를 잡고 부들부들 떨었다고 한다. 펠러 단장은 크게 당황했다고 한다. 선수 측의 이적 의지가 이 정도인 줄 몰랐기 때문이다.

레비 회장이 그 틈을 놓치지 않았다. "이적을 마무리하려면 행정 절차가 많다. 일단 오늘 선수를 런던으로 데려가겠다. 구단끼리 이적료 협상은 유선상으로 하자. 그게 깨지면 선수를 다시 돌려보내겠다"라는 제안을 즉석에서 내놓았다. 펠러 단장도 결국 오케이 사인을 내렸다. 떠나겠다는 의지가 이렇게 강한 선수를 잡아봤자 당사자와 팀 모두에 좋을 게 없다는 현실 인식도 있었을 것이다. 이런 모든 사달이 벌어질 동안 나는 혼자 집에서 기다리고 있었다. 오후 늦게 드디어 전화를 받았다. "홍민아, 지금 당장 여권 들고 공항으로 와!"

그날 저녁 우리 가족은 레비 회장과 함께 런던으로 날아갔다. 전용기 안에서 레비 회장은 "선수를 데리고 있는 쪽이 유리하다"라며 의미심장한 미소를 보였다. 런던 북쪽에 있는 루턴 공항에 착륙한 우리는 외부 시선을 피해 승합차로 재빨리 환승해 런던 내 숙소로 향했다. 개인적으로는 아무것도 한 것 없이 집에서 대기만 하고 있었는데도 호텔 방에 들어서니 긴장이 탁 풀렸다.

다음 날 레비 회장은 펠러 단장과 이적료 협상을 마무리했다. 그동안 나를 태운 차는 런던 시내 곳곳에 있는 각종 병원을 돌며 메디컬 테스트를 받았다. A 병원에서 A 검사를 받고 B 병원에서 B 검사를 받는 식이었다. 가는 날이 장날이라고 가는 곳마다 교통 체증이 엄청났다.

낮말은 새가 듣고 밤말은 쥐가 듣는다더니 그 말이 사실이었다. 이날부터 독일과 영국 현지에서 나의 토트넘 이적 기사가 쏟아지기 시작했다. 이적시장 마감 직전에 레버쿠젠 선수가 런던에서 포착되었기 때문이다. 레버쿠젠 쪽에서 '훈련 무단 불참'이라는 이야기가 나온 것은 오해였다. 펠러 단장이 이적 협상 중이었기 때문에 선수단에조차 내 행방을 알리지 않고 있었다. 자초지종을 모르는 동료들이 내게 전화와 문자를 보내 "지금 어디 있어?", "왜 안 와?"라고 물었다. 나는 뭐라고 대답해야 할지 몰라서 섣불리 회신할 수가 없었다. 섣불리 대답했다가 내 말이 고스란히 언론으로 흘러갈지도 모르는 상황이었다.

(박)지성이 형도 전화를 걸어 왔다. 하필이면 메디컬 테스트를 받느라 몸에 각종 센서를 붙이고 심장 검사를 받던 중이었다. 런던에 왔냐고 묻길래 아니라고 몇 번이나 강조해서 대답했다. 나중에 생각해 보면 그게 더 의심스럽게 들렸을 것 같다. 본의 아니게 거짓말을 한 꼴이 되어서 정말 죄송했다. 축구에서는 말 한마디 때문에 성사 일보 직전에 이적이 결렬되는 건도 많다. 모든 절차가 끝날 때까지 돌다리를 두드리는 심정으로 런던에서 이틀을 보냈다.

드디어 이적 절차가 완료되었다. 토트넘은 레버쿠젠에 2,200만 파운드(3천만 유로), 원화 약 400억 원에 달하는 거액을 지급하기로 했다. 토트넘 창단 이래 세 번째로 비싼 영입이라고 했다. 레버쿠젠은 구단 역대 최고액 영입 선수를 활용해 단 2년 만에 구단 역대 최고액 수입을 올리는 거래에 성공했다.

8월 28일, 우리는 토트넘 홋스퍼 트레이닝센터에서 계약서에 서명했다. 공식적으로 내가 토트넘 홋스퍼의 선수가 되는 순간이었다. 영국 내무부의 노동 허가를 득해야 하는 마지막 단계가 남아 있었지만 이적료 금액이 워낙 커서 발급은 시간 문제였다.

구단은 내게 '7번 손흥민'이라고 마킹한 유니폼을 건넸다. 7번은 원래 측면 공격수 애런 레넌의 번호였다. 그 사실을 알고 있었기 때문에 우리도 "비어있다면 7번을 원한다"라고 조심스럽게 요청했다. 레넌이 구단을 떠난다는 사실을 미리 알고 있던 구단은 흔쾌히 내가 원하는 등번호를 선물했다.

처음 유니폼을 받는 순간을 잊을 수가 없다. 어떻게 생긴 유니폼인지는 뻔히 알고 있었다. 뒷면에 내 이름이 선명히 새겨져 있다면 이야기가 전혀 다르다. 커다란 7번의 아랫부분에 프리미어리그의 사자 로고가 작게 디자인되어 있었다. 그 로고가 내게 너무나 크게 다가왔다. 사자 로고를 처음 쓰다듬었던 손의 촉감은 지금도 생생하다.

구단 홍보팀의 인터뷰 영상 촬영이 있었다. 아직 영어에 익숙하지 않았던 터라 홍보팀 직원이 미리 알려준 간단한 영어 문장을 외워서 대답했다. 정확한 내용은 가물가물한데 "아이, 엠, 음, 베리 해피, 음"라고 겨우겨우 넘긴 걸로 기억한다. 구단은 홈페이지와 각종 SNS 채널에 나의 이적 사실을 공식 발표했다. 스마트폰이 쉴 새 없이 부르르 떨렸다.

계약 날인을 한 바로 다음 날 토트넘은 홈경기장인 화이트 하트 레인에서 프리미어리그 4라운드 에버턴전을 치를 예정이었다. 구단은 내게 이날 현장에서 홈 팬들에게 인사하자는 아이디어를 제안했다. TV로만 봐 왔던 프리미어리그 현장을 빨리 보고 싶어서 흔쾌히 동의했다. 한적한 외곽에 자리를 잡는 분데스리가의 경기장들과 달리 화이트 하트 레인은 주택가 한가운데에 있었다.

경기장에 들어서면서 많은 구단 식구들과 인사를 나눴다. 아직 잘 모르지만 구단의 레전드로 보이는 어르신들도 많았다. 경기 시작 전에 나는 유니폼을 입고 그라운드로 나가서 홈 팬들과 첫인사를 나눴다. 3만 6천 관중의 열렬한 환영이 눈과 귀, 피부로 생생하게 와 닿아 소름이 돋았다. 고등학교 1학년 나이로 집을 떠났던 2008년 8월로부터 정확히 7년 후, 내가 프리미어리그 그라운드에서 잉글랜드 팬들로부터 큰 박수를 받고 있었다.

독일 함부르크에서 출발해서 영국 런던에 오기까지 많은 일이 있었다. 기쁜 일만큼 슬픈 일도 많았다. 꿈만 바라보고 노력했다. 세상에서 제일 재미있는 축구를 더 잘하고 싶어서 쉬지 않고 훈련했다. 그 대가가 이런 환영이라면 나쁘지 않다.

19

런던 일상 I

SON
7

런던은 내 인생에서 두 번째로 긴 시간을 보내고 있는 곳이다. 2015년부터 지금까지 4년째 살고 있다. 내가 살아 봤던 곳 중에서는 제일 큰 도시이기도 하다. 직전까지 살았던 인구 16만 명의 레버쿠젠과는 비교할 수 없을 만큼 크다. 2017년 기준으로 런던의 인구는 880만 명이다.

우선 축구 이야기부터 하자. 런던에는 프로축구 구단이 몇 개나 있을까? 2019-20시즌 기준으로 프리미어리그에만 5개 구단(토트넘, 아스널, 첼시, 크리스털 팰리스, 웨스트햄)이 있다. 왓퍼드는 행정 구역상 런던은 아니지만 토트넘 훈련장 기준으로 런던 시내보다 가까운 곳

에 있다. 2부 리그인 챔피언십에는 브렌트퍼드, 풀럼(지난 시즌 강등),
밀월, 퀸즈파크 레인저스 4개 구단이 있다. 언젠가 한국에서 돌아
오는 비행기 안에서 런던을 내려다봤는데 이곳저곳에 축구 경기장
이 미니어처처럼 보여서 신기해 했던 적이 있다. 독자 여러분도 런
던 상공을 관통할 때 아는 경기장이 몇 개나 있는지 찾아보면 재미
있을 것 같다.

우리 가족은 2019년 초 런던에서 세 번째 집으로 이사했다. 티비
엔(tvN)방송사의 다큐멘터리 〈손세이셔널: 그를 만든 시간〉에서 등
장했던 바로 그 집이다. 타운 형식의 작은 단지에 있는 이 집으로
이사한 이유는 편리함이었다. 단지 안에는 주민들이 공동으로 사용
하는 작은 주민센터가 있는데 이곳에 우리가 필요로 하는 모든 시
설이 있다. 체력 단련실과 수영장을 비롯해서 휴게실, 마사지실, 헤
어메이크업실, 휴게실, 바, 식당, 미팅룸, 미니 영화관까지 완벽한
라인업이 갖춰져 있다. 단지의 주민은 예약 후 모든 시설을 단독으
로 사용할 수 있다.

이곳 시설은 나의 컨디션 유지에 정말 큰 도움을 준다. 예전에는
개인 운동이나 근육 마사지 등을 받기 위해서 먼 곳에 있는 해당 시
설까지 가야 했다. 알다시피 런던 시내는 항상 길이 막힌다. 앞에
서 사소한 사고만 나도 교통경찰이 길을 터줄 때까지 정말 오래 기
다려야 할 때도 많다. 그럴 때마다 매번 시간이 아깝다고 생각했다.
이제는 모든 몸 관리를 단지 안에서 해결할 수 있게 되었다. 자연스

레 집 밖으로 나갈 일이 크게 줄었다.

특히 저녁 경기가 있는 날에 새집 효과가 쏠쏠하다. 주중 저녁에 열리는 경기는 밤 10시 정도에 끝난다. 에너지를 소진했으니까 곧바로 곯아떨어질 것이라고 생각할 수도 있다. 그렇지 않다. 많은 운동선수, 특히 나는 경기를 마친 직후에는 좀처럼 쉽게 잠들지 못한다. 우선 공허함 때문이다. 6만 관중의 환호성을 들으며 격렬하게 뛰고 집으로 돌아오면 기분이 정말 이상해질 때가 많다. 집에 깔린 고요함이 너무나 어색하게 느껴질 때도 있다. 항상 스포트라이트와 대중의 관심을 갈구한다는 뜻은 아니다. 아마도 환경이 순식간에 바뀌면서 느끼는 허전함인 것 같다. 그런 환경 급변은 내 신체에도 영향을 끼친다. 경기 중 과다 분비된 아드레날린과 근육을 달궜던 열기가 몸 안에서 금방 없어지지 않기 때문이다. 이런 수치가 정상으로 돌아올 때까지는 시간이 걸린다. 몸은 천근만근인데 정신이 말똥말똥해서 잠을 자기가 굉장히 어렵다. 몸에서 열이 나는 탓에 침대 위에서 계속 뒤척이다 보면 새벽 3~4시를 훌쩍 넘길 때가 많다.

새집에서는 그런 문제를 쉽게 해결할 수 있다. 곧바로 수영장에서 몸을 식힐 수가 있는 덕분이다. 30분 정도 천천히 찬물에서 몸을 식힌 뒤에 침대에 누우면 몸이 훨씬 편안하다. 마사지 시설도 완벽하게 갖춰져 있어서 근육을 케어해 주는 선생님을 모시기도 편리해졌다. 근육 마사지는 한 번에 세 시간씩 걸리는 큰일이다. 연말연시처럼 사흘 간격으로 경기를 계속 치르는 시기에는 이런 근육

케어를 매일 받는다. 근육 상태를 최상으로 유지해야 부상도 방지할 수 있다.

축구선수는 이론적으로 자유 시간이 많은 직업이다. 아침에 출근해서 훈련하고 퇴근하면 오후 1~2시 정도가 된다. 이후부터 다음 날 출근할 때까지는 계속 내가 마음대로 사용할 수 있는 시간이다. 만약 가족이 있는 선수라면 아내와 자녀를 위해 시간을 쓸 수도 있고 에너지가 넘친다면 실컷 놀러 다닐 수도 있다. 시간을 보내는 많은 방법 중에서 나는 집에 머무는 것을 선택한다. 우선 성격 때문이다. 나는 집에 있는 걸 제일 좋아한다. 밥을 좋아해서 '밥돌이', 집을 좋아해서 '집돌이'다. 얼굴을 알아보는 팬이 많아서 마음대로 돌아다니지 못하기도 하지만 어릴 때도 나는 '집돌이'의 삶을 살았다.

소파에 누워서 축구 영상을 보거나 게임을 하면서 시간을 보낸다. 한국 영화나 드라마를 다운로드 받아서 가족과 함께 보기도 한다. 얼마 전에는 가족과 함께 단지 내 미니 영화관에서 '극한직업'을 보면서 함께 실컷 웃었다.

무엇보다 컨디션 유지에 제일 좋은 방법이 바로 휴식이다. 훈련과 경기는 한 번에 1시간 반에서 두 시간 정도가 소요된다. 직업 특성상 짧은 시간에 내 안에 축적한 에너지를 모두 쏟아야 한다. 축구 외에 다른 일로 소모되는 에너지를 최소화해야 한다는 소리다. 하루 중 22시간을 웅크리고 있다가 2시간 동안 폭발시킨다고 생각하면 된다. 그러니 훈련이 끝나고 집에 돌아오는 순간부터 다음 날 훈련의 준비가 시작된다고 생각한다. 잘 쉬고, 내 몸에 맞춰 개인 운동이나 근육 마사지를 받는다. 영화, 드라마, 게임 등으로 심적 스트레스를 푼다. 그리고 충분히 잔다. 이렇게 하지 않으면 프리미어리그에서 살아남을 수가 없다.

시즌 중 나의 일과는 간단하다. 7시 30분에 일어난다. 잠이 많아서 매번 아버지가 깨워 주신다. 가벼운 아침 식사를 한다. 과일, 꿀, 홍삼, 우유 반 컵으로 시장기만 없애고 직접 차를 몰아 훈련장으로 출근한다. 훈련은 보통 오전 10시나 10시 반부터 시작하지만 나는 항상 9시까지 훈련장에 도착한다. 훈련에서 최고의 모습을 보이기 위해 필요한 과정이 있기 때문이다. 매일 아침 체중을 재고 체력 단련실에서 가볍게 몸을 푼다.

토트넘의 1시간 반짜리 팀 훈련은 시즌 내내 거의 비슷하다. 언론이나 팬들은 전술을 굉장히 중시하는 것 같은데 실제로 구단에서 전술 준비에 사용하는 시간은 얼마 되지 않는다. 국가대표팀과 달리 구단에서는 이미 '우리의 전술'이 완성되어 있기 때문이다. 빅매치를 앞두면 영상 미팅이나 세트피스를 맞춰 보는 정도다. 프리미어리그, 특히 유럽 대회에 출전하는 팀은 일정이 빠듯하다. 시즌을 시작하고 나면 거의 사흘 간격으로 경기를 치러야 한다. 뭔가 새롭게 시도하거나 만들어 갈 시간 여유가 없다. 주로 지친 몸을 회복하면서 컨디션을 유지하는 메뉴로 채워진다. 물론 그런 훈련에서도 최고의 모습을 보이는 선수만 선발 11인으로 뽑히기 때문에 대충 넘길 수는 없다.

훈련을 마치면 클럽하우스에서 점심을 먹는다. 가끔 동료들과 함께 외식을 나갈 때도 있다. 선수들 대부분 훈련장과 멀지 않은 곳에서 살기 때문에 우리의 외식 영토도 대부분 런던 북부로 한정되어 있다. 런던 중심부까지 내려가는 일은 거의 없다. 벤 데이비스와 함께 갔던 와플 식당은 정말 맛있었다. 점심까지 해결하고 집에 오면 대충 오후 2시 정도가 된다. 거실에 있는 소파에 편하게 누워서 시간을 보낸다. 가족이 함께 사용하는 PC도 거실에 있다. 춘천에 있는 형이 늦게까지 기다려 주면 온라인에서 만나서 함께 적군에 맞서 싸우며 시간을 보낸다. 어릴 때나 지금이나 형은 영원한 나의 전우다! 경기 일정이 빠듯할 때는 오후에 근육 마사지를 받는다. 앞에서 말했듯이 세 시간 정도가 걸린다. 시즌 중 오후 일과는 항상 이렇게 채워진다.

저녁 시간이 되면 부모님께서 차려 주시는 집밥을 먹는다. 지극히 평범한 한국인의 저녁 밥상이다. 나는 어릴 때부터 보양식을 먹은 적이 없다. 어려운 집안 형편과 아버지의 영양 철학이 합쳐진 결과였다. 지금까지 그런 식습관을 유지하고 있다. 요즘 운동선수들에게 필수품처럼 통하는 보충제도 먹지 않는다. 피로 회복을 돕는다는 아미노바이탈도 입에 대 본 적이 없다. 주위에서 정말 좋다며 권하긴 하는데 왠지 손이 가질 않는다. 내가 먹는 영양제(?)는 꿀과 홍삼, 우유가 전부다. 밥상에서는 많은 이야기가 오간다. 아버지와 운동 요령이나 축구 근황에 관해서 이야기를 나눈다. 어머니는 세상 살아 가는 이야기를 많이 해 주신다. 소소한 가족끼리의 대화가 곁들여지는 집밥이 내게는 최고의 보약이다.

저녁까지 다 먹고 나면 다시 쉰다. 단지 안을 산책할 때도 있다. 정원이 정말 예쁘고 운치가 있다. 작은 벤치가 있는데 비가 오는 날 앉아서 빗소리를 들으면 기분이 한없이 좋아진다. 보는 사람이 없고 자동차 소음도 없다. 그러다 보면 9시 반에서 10시 정도가 된다. 침실로 들어가 열심히 잔다.

프리시즌이 시작되는 7월부터 시즌이 끝나는 이듬해 5월까지 대략 10개월 조금 넘게 나는 매일 이 생활 패턴을 유지한다. 내가 해 봐서 아는데 이렇게 10개월을 살기가 쉽지 않다. 솔직히 정말 어렵다. 못 믿겠다면 한 번 시도해 보셔도 좋다. 10개월 내내 저녁 10시 전에 잠자기. 10개월 내내 정크푸드 먹지 않기. 10개월 내내 자유 시간에 외출하지 않고 집에서 쉬기. 10개월 내내 스트레스를 빨리 털고 평정심을 유지하기.

시즌 중 나는 이렇게 산다. 참고 참다가 휴가 때 한국에서 친구들과 만나 스트레스를 푼다. 한국에 있는 지인들 대부분 나의 휴가 모습만 보기 때문에 시즌 중에 내가 이렇게 지낸다는 말을 잘 믿지 않는 눈치다. 오늘 만족하지 않고 내일 더 잘하고 싶다. 오늘 훈련보다 내일 훈련에서 더 잘하고 싶다. 다가오는 경기에서 이길 수 있게 팀을 돕고 싶다. 훈련이든 경기든 나는 최고가 되고 싶다. 그래야 프리미어리그에서 살아남을 수 있다. UEFA 챔피언스리그에서 뛰는 기회를 허투루 낭비하고 싶지 않다. 이렇게 뛸 수 있는 현역 시간도 아주 짧다. 그 값을 치러야 한다. 세상에 공짜는 없다.

20

허니문

SON
7

국가대표팀 소집은 언제나 영광이다. 한 번 다녀올 때마다 왕복 20시간 넘게 비행기에 갇혀야 해도 한국에 돌아간다는 것 자체가 큰 리프레시의 기회다. 유럽에서 뛰는 선수들은 누구나 한국을 그리워한다. 가족과 친구를 만날 수 있고 한국 음식을 먹을 수 있어서 즐겁다.

토트넘 홋스퍼 이적이 공식 발표되자마자 나는 2018 러시아 월드컵 아시아 2차 예선(라오스전, 레바논전)을 위해서 한국으로 돌아와야 했다. 정신이 하나도 없었다. 토트넘과 레버쿠젠의 막판 '밀당'을 지켜보면서 받았던 스트레스가 컸다. 8월 마지막 주에는 걱정하느라 잠을 자주 설쳤다. 최종 담판에서 런던행이 확정된 뒤에도 여러 복잡한 절차를 거쳐야 했다. 그 와중에 주위에서 문자 폭탄이 날아들었다. 모든 일이 처리되고 한국으로 돌아오는 비행기 안에서 겨우 한숨을 돌렸다. 우리가 흔히 말하는 '기 빨렸다'라는, 딱 그 상태였다. 온몸이 노곤했지만 마음의 짐을 털어낸 덕분에 귀국길 발걸음은 가벼웠다. 특히 라오스전에서 해트트릭으로 팀의 8-0 대승을 도울 수 있어서 최고의 재충전이 되었다.

런던으로 돌아갔다. 잘할 수 있다는 자신감은 있었다. 다만 긴장감도 불가피했다. 다른 나라, 다른 리그로 이적하는 것이 처음이었기 때문이다. 독일에 처음 갔을 때처럼 언어를 새로 익혀야 했다. 그때까지 나는 영어에 서툴렀다. 프리미어리그 이적을 차근차근 대비하지 못해서 따로 영어를 공부하지 않았다. 레버쿠젠 시절 호주 국가대표인 로비 크루즈와 나눴던 영어 대화가 큰 도움이 되었다. 다행히 영어는 독어와 비슷한 면이 많았다. 서로 겹치는 단어들도 있었다.

동료들도 친절하게 영어를 가르쳐줬다. 델리 알리는 지금까지 내 영어를 고쳐준다. 그라운드 밖에서 친하게 지내는 벤 데이비스도 고마운 친구다. 동료들의 배려 덕분에 나는 영어를 빨리 익힐 수 있었다. 이제 영어에 꽤 익숙해졌지만, 지금도 못 알아들을 때가 많다. 영국 동료끼리 수다를 떨면 나는 하나도 알아듣지 못한다. 사투리가 심한 스코틀랜드 동료의 영어도 어렵다. 이제 여유가 생겨서 영어 사투리를 쓰는 친구들에게 장난도 친다. 한 번은 스코틀랜드 친구가 말을 하기 시작했다. 내가 자리를 뜨는 척했다. "쏘니, 왜 그래?"라고 해서 나는 "너 영어 쓰지 않을 거면 나 갈 거야. 영어로 말하라고!"라고 농담을 던졌다.

첫 훈련을 위해 토트넘의 훈련장으로 갔을 때가 생각난다. 훈련장의 규모와 시설에 감탄할 수밖에 없었다. 정말 엄청났다. 천연 잔디 구장만 15개 면, 인조 잔디 1.5개 면, 그리고 실내 풋살 구장이 설치되어 있다. 프로 구단의 훈련장이 국가대표팀이 사용하는 파주 트레이닝센터보다 거의 세 배 가까이 크다니 믿기가 어려웠다.

1군은 메인 빌딩 뒤쪽에 설치된 잔디 구장에서 훈련한다. 이곳을 포함해 천연 잔디 4개 면이 1군 전용으로 운영된다. 실내에는 최첨단 시설을 갖춘 체력 단련실을 비롯해 스포츠 과학 및 메디컬 스태프가 일하는 공간까지 완벽했다. 초등학생부터 유소년들이 사용하는 구장의 잔디마저 정말 녹색 카펫처럼 최상급 상태를 유지하고 있었다. 내가 어렸을 때 맨땅에서 축구를 배웠다는 이야기를 했다간 창피라도 당하는 건 아닐까 싶을 정도였다.

얀 베르통언, 무사 뎀벨레와 만나서 인사를 나눴다. 1년 전 우리는 브라질 월드컵 조별 리그 3차전에서 서로의 조국을 대표해서 맞섰다. 그때만 해도 이렇게 팀 동료가 될 줄은 몰랐다. 내가 "너희 때문에 브라질 월드컵에서 일찍 짐을 싸서 돌아왔다"라고 말하자 두 친구는 크게 웃었다. 베르통언은 얌전해 보이는 인상과 달리 농담을 즐겼다.

마우리시오 포체티노 감독님과도 정식으로 인사를 나눴다. 집 나갔다가 돌아온 아들을 맞이하는 아버지처럼 나를 따뜻하게 반겼다. 감독님은 "내가 사우샘프턴에 있을 때 너를 데려오려고 했던 것 알아?"라고 물었다. 사실 이적에 관련해서는 내가 아는 정보가 거의 없었다. 감독님은 "그때 한 번, 내가 토트넘에 와서도 한 번, 그리고 이번이 세 번째야. 그렇게 불렀는데 안 오더니 이번엔 왜 마음을 바꿨어?"라며 크게 웃었다.

포체티노 감독님은 오래 전부터 나를 높게 평가해온 지도자다. 레버쿠젠에서 뛸 때도 감독님은 나와 아버지를 런던으로 직접 초청하고 싶었다고 했다. 어느 날은 감독님이 내 플레이 영상을 보여주면서 "바로 이런 플레이가 지금 내 축구에 필요하다"라고 강조했던 적이 있었다. 흥미로운 점은 그 영상들이 득점보다도 상대 수비를 허물거나 오프더볼(off-the-ball, 볼이 없는 상태) 움직임을 담은 장면들이었다는 것이다. 단순히 '골 잘 넣는 선수'가 아니라 '딱 맞는 스타일의 선수'라는 감독님의 진심이 아버지에게 뚜렷이 전달되었다. 이런 감독이라면 내 장점을 극대화할 뿐 아니라 출전 기회도 꾸준하게 얻을 수 있다는 믿음이 생겼다.

합류 후 첫 주말에 프리미어리그 5라운드 선덜랜드 원정경기가 있었다. 빨리 프리미어리그 무대에 서고 싶다는 마음이 통했는지 포체티노 감독님은 나를 선발 명단에 넣었다. 선덜랜드의 홈경기장

토트넘에 와서
나를 가장 믿어 주고
성장하게 해준
포체티노 감독님을
만났다

인 '스타디움 오브 라이트(Stadium of Light)'도 언젠가 TV에서 본 기억이 나서 재미있었다. 상대편 선발 명단에는 들어 본 선수들이 많았다. 토트넘 레전드 저메인 디포를 비롯하여 리버풀 출신의 파비오 보리니, 맨체스터 유나이티드에서 지성이 형과 함께 뛰었던 존 오셰이도 있었다. 몸을 풀면서 TV 중계에서 봤던 선수들을 직접 보니까 내가 정말 프리미어리그에 왔다는 실감이 들었다.

나는 후반 17분에 제일 먼저 교체되어 나왔다. 동료들과 호흡이 아직 맞지 않았다. 수준을 떠나서 분데스리가와 여러 면에서 달랐다. 전술적 움직임을 중시하는 분데스리가와 달리 프리미어리그는 선수 개개인의 힘과 피지컬, 속도가 굉장히 중요했다. 개개인이 상대를 부수는 스타일이어서, 반대로 대인 마크도 거칠었다. 무엇보다 경기 템포가 정말 빨랐다. 이런 속도로 90분을 소화하려면 무조건 체력이 필요하다. 프리미어리그에 진출한 대표팀 선배들이 왜 그렇게 상체 근육을 키우는지 알 것 같았다. 상대와 계속 싸우고 달리려면 근력이 필요했다.

나흘 뒤 UEFA 유로파리그 조별 리그의 카라바흐(아제르바이잔)전에서 나는 화이트 하트 레인 데뷔전을 치렀다. 워낙 오래된 경기장이라서 수용 규모가 36,000석밖에 되지 않지만 토트넘 홈 팬들의 기세는 '일당백'이었다. 경기 내내 정말 엄청난 함성과 구호가 끊이지 않았다. 분데스리가에서는 응원하는 팬과 경기를 즐기는 관중이 어느 정도 구분되어 있다. 반면에 화이트 하트 레인의 관중석에서는 서포터즈와 일반 팬의 구분이 따로 없이 모두가 응원가를 부르고 구호를 외쳤다. 이렇게 많은 사람이 어떻게 처음부터 끝까지 쉬지 않고 함성을 지를 수 있는지 신기했다.

경기 시작 6분 만에 우리는 페널티킥으로 선제 실점을 허용했다. 홈 데뷔전이라는 긴장감이 싹 가시고 '정신 바짝 차려야 한다'는 긴장감이 엄습했다. 풀릴 듯 말 듯 하던 전반 중반에 우리가 코너킥을 얻었다. 오른쪽에서 안드로스 타운센드가 보낸 코너킥이 운 좋게 문전에 있던 내 앞으로 아무런 방해도 없이 날아왔다. 발만 갖다 대서 골을 넣은 행운이 내게 토트넘 데뷔골을 선물했다.

2분 뒤에는 델리 알리의 완벽한 땅볼 크로스를 내가 다시 골로 연결했다. 비싼 선수라는 부담스러운 딱지를 달고 득점이 늦어지면 조급해질 수도 있는데, 눈 깜짝할 사이에 내가 두 골이나 넣은 것이다. 홈에서 먼저 골을 내준 뒤에 신입생이 2분 사이에 동점골과 역전골을 해치웠으니 홈 팬들은 기쁠 수밖에 없었을 것이다. 후반 23분 나는 해리 케인과 교체되어 나왔다. 걸어 나오는 나를 향해서 화이트 하트 레인의 모든 팬이 기립 박수를 보내 줬다. 선덜랜드 원정에서 리듬을 타지 못했던 나를 2경기 연속 선발로 기용해 준 포체티노 감독님의 믿음에 화답할 수 있어서 정말 기분 좋았다.

사실 이날 내가 잘해야 할 또 다른 이유가 두 가지 있었다. 다음 날 클럽하우스에서 선수단에게 한식을 대접하기로 준비하고 있었고, 점심 식사 후에는 한국 언론을 대상으로 하는 공식 기자회견이 예정되어 있었다. 카라바흐전을 잘 치러서 이런 행사에도 기분 좋게 나가고 싶었다. 나의 2골을 포함해서 우리가 3-1 역전승을 거뒀으니 모두가 행복한 행사 분위기를 만들 수 있었다.

한식 대접은 가족 회의에서 나온 아이디어였다. 아시아에서 온 선수는 아무래도 구단 내에서 튈 수밖에 없다. 구단의 모든 식구와 최대한 빨리 아이스 브레이킹을 하고 싶었다. 그런 면에서 한식 대접은 정말 좋은 생각이었다. 현지 이야기를 들으니 최근 런던에서도 한식에 대한 관심이 조금씩 커지기 시작했다고 했다. 지인을 통해 연락이 닿은 한식 주방장을 직접 모셔서 프로 셰프의 손맛을 구단 식구들에게 제공할 수 있었다. 결과는 대만족이었다. 코칭스태프부터 선수들까지 한국의 음식을 너무나 좋아했다. 특히 매콤한 불닭과 소갈비가 인기 있었다. 운동선수들은 철저한 영양 섭취로 맛이 심심한 음식에 익숙한데 불닭의 톡 쏘는 맛이 신선하게 느껴진 것 같다.

그날 이후 몇몇 동료들과 함께 런던 시내에 있는 한식당에 가기도 했다. 포체티노 감독님도 "한식 먹고 싶으니 다시 한번 자리를 만들어 달라"라고 자주 얘기하셨다. 우리는 그 이후에도 한두 번 더 클럽하우스에서 한식을 대접했고, 그때마다 동료들은 너무나 좋아해 줬다. 생각보다 빨리 온 데뷔전과 데뷔골, 동료들과의 뜻깊은 만남까지 토트넘 허니문은 달콤했다.

FAN

MY STORY 04

제가 축구할 때 많은 사람이

행복해한다는 걸 몸소 느껴요.

이렇게 많은 사람들이

저를 응원해 주신다는 것

자체가 정말 행복해요.

옛날에는 가끔 팬들이 와서 사인해 달라고 하면

손을 떨면서 해드렸어요.

지금은 이 먼 곳에서 제가 화제가 되고
알아봐 주시는 분들이 생기니 신기해요.

저는 제가 아무것도 아니라고 생각하거든요.

그런데 이렇게 많은 사랑을 주신다는 게 정말 감사해요.

경기장에서 좋은 모습을 보여드리는 것 말고는
보답할 길이 없어 늘 다음 시즌을 더 잘 준비하려 해요.

현실

SON
7

프리미어리그 경기의 출전 명단에 들어갈 수 있는 인원은 팀당 18명이다. 11명이 선발 출전하고, 벤치에 앉은 7명 중에서 3명까지 교체로 들어갈 수 있다. 나머지 4명은 1초도 뛰지 못한다. 뛴 시간이 짧거나 아예 출전하지 못한 선수들은 경기가 끝난 그라운드에 남아서 보충 훈련을 해야 한다. 컨디션 유지를 위해서 필수적인 과정이다. 당사자들은 그 훈련이 너무 괴롭다. 힘들어서가 아니다. 신세가 처량하기 때문이다. 어떻게 아느냐고? 토트넘 이적 첫 시즌에 내가 그 보충 훈련을 아주 많이 해봐서 잘 안다.

토트넘 허니문은 봄 햇살처럼 따뜻했다. 유로파리그 경기에서 두 골을 넣고 난 사흘 뒤 홈에서 프리미어리그 6라운드 크리스털 팰리스전이 있었다. 경기 전날 통보된 선발 명단에는 어김없이 내 이름이 있었다. 선발 출전은 코칭스태프가 선수를 신뢰한다는 증거다. 팀 전술과 동료와 호흡은 아직 완전하지 않아도 팀 안에서 내 입지는 탄탄했다.

팰리스에는 어릴 적 내 롤모델인 (이)청용이 형이 있었다. 내가 런더너(Londonner, 런던 시민)가 되었다는 소식에 가장 기뻐한 사람 중 한 명이 바로 청용이 형이었다. 볼턴 시절 청용이 형의 경기를 나는 거의 다 챙겨 봤다. 덩치 큰 프리미어리그 선수들 틈에서 청용이 형의 비단결 볼 터치는 반짝반짝 빛났다. 청용이 형은 나보다 반년 정도 먼저 런던 연고 구단인 팰리스로 이적했다. 청용이 형은 벤치에서 경기를 시작했지만, 나의 어릴 적 롤모델과 같은 경기장 안에 있는 상황이 신기해서 나도 모르게 웃음이 새어 나왔다.

들던 대로 팰리스는 까다로운 상대였다. 우선 선수들의 덩치가 정말 컸다. 쉴 새 없이 몸싸움을 걸어 왔고 태클도 거칠었다. 경기 초반부터 나는 적극적으로 슛을 때렸다. 욕심은 아니었다. 동료들도 내 슛이 최대 장점이라는 사실을 인지하고 있었다. 라커룸에서 경기를 준비하면서 베르통언은 "쏘니, 볼 잡으면 무조건 때려"라고 했을 정도다.

득점 없이 팽팽히 맞서던 후반 23분 크리스티안 에릭센이 내 앞으로 스루패스를 보냈다. 달리던 속도를 그대로 살려 페널티박스 안 왼쪽까지 치고 들어갔다. 상대 중앙수비수가 처진 덕분에 골문이 순간적으로 보였다. 왼발로 힘껏 때린 슛은 상대 골키퍼의 가랑이 사이를 뚫고 그대로 골인되었다. 프리미어리그 데뷔골이었다. 그냥 골도 맛이 좋은데 팀에 승리를 안기는 골은 정말 천상의 맛이다. 경기 막판 교체되어 나가는 나에게 화이트 하트 레인에서 다시 기립박수가 나왔다. 감사할 따름이었다.

소문대로 잉글랜드의 경기 일정은 바삐 돌아갔다. 프리미어리그 데뷔골의 기쁨도 잠시, 사흘 뒤에 리그컵 64강전을 준비해야 했다. 상대는 바로 최대 라이벌 아스널이었다. 유럽 축구에서도 북런던 더비(North London derby)는 가장 치열한 라이벌전으로 유명하다. 토트넘의 일원이 되어 체감하는 라이벌 의식은 정말 대단했다. 이적 초반 구단에서 여러 가지 가이드를 줬다. 개중 하나가 'No red(빨간색 금지)'였다. 토트넘 선수는 아스널의 컬러인 빨간색을 멀리해야 한다. 옷은 물론 자동차도 빨간색은 피해야 한다. 덕분에 런던에서 새로 들인 자동차도 토트넘의 색깔에 맞춰 네이비블루(어두운 남색)로 뽑았다. 평소 얌전하기만 한 해리 케인은 기억에 남는 골을 묻는 질문에 언제나 "북런던 더비에서 넣은 모든 골"이라고 대답한다. 토트넘의 팬들도 일상 생활에서 빨간색 착용을 기피한다고 한다.

힘을 빼도 좋을 리그컵 64강에서 북런던 더비가 성사되는 바람에 양 팀은 온 힘을 다해야 했다. 나는 체력 안배 차원에서 벤치에서 경기를 시작했다. 그라운드 밖에서만 들어도 토트넘 홈 팬들의 함성은 평소와 전혀 달랐다. 가슴이 뜨거워졌다. 마티유 플라미니에게 선제 실점을 내주며 어렵게 전개된 경기에서 나세르 샤들리의 크로스가 아스널의 케일럼 챔버스의 몸에 맞고 굴절되어 행운의 동점골로 연결되었다. 골이 필요했던 후반 22분 포체티노 감독님은 나를 교체로 넣었다. 이날 나는 팀에 도움이 되지 못했다. 설상가상 우리는 경기 막판 플라미니에게 다시 한 방을 얻어맞아 1-2로 패하고 말았다. 생애 첫 북런던 더비는 특별함과 아쉬움을 동시에 남겼다.

영어 적응도 순조로웠다. 아무래도 독일어에 능통하다는 점이 플러스 요인이 되었다. 처음에는 동료들의 빠른 영국식 억양을 알아듣기가 쉽지 않았다. 모르는 말이 나오면 그냥 지나치지 않고 물어봤다. 영어를 빨리 배우려는 나의 노력은 동료들에게도 좋은 인상을 줬다. 그 나라의 언어와 문화를 배우려는 자세에서 존중이 시작된다고 생각한다. 로마에 가면 로마의 법을 따르는 게 상책이다. 구단에서 요구하는 영어 테스트가 있었는데 나는 시즌 전반기에 이미 통과했다. 구단에서는 외국인 중 최단 시간 합격이라며 나의 영어 습득 속도를 반겼다.

모든 게 순조롭게 흘러가면서도 아버지의 말버릇인 '호사다마'를 잊지 않았다. 좋은 일이 있으면 나쁜 일도 있다는 법이다. 북런던 더비가 끝나자마자 홈에서 맨체스터 시티와 만났다. 맨시티는 아직 펩 과르디올라의 전임자인 마누엘 페예그리니 감독 체제였다. 선수들의 면면은 눈부셨다. 프리미어리그 유일의 '월드클래스'라는 세르히오 아구에로, 분데스리가에서 나와 유니폼을 맞바꿨던 케빈 더브라위너, 극강 미드필더 야야 투레, 브라질 국가대표 주전 페르난지뉴 등 쟁쟁한 이름이 즐비했다.

이 경기에서 나는 아스널과의 리그컵 경기 이후 다시 선발 명단에 돌아왔다. 자신감이 넘쳤다. 경기 당일 컨디션도 좋았다. 전반 20분쯤이었다. 상대 수비 뒷공간을 향해 스프린트 출발을 끊었다. 뒤에서 갑자기 '빡' 하는 소리가 났다. 뒤에서 누군가 내 발바닥을 찬 게 분명했다. 프리미어리그가 거칠다고 해도 볼도 없이 뛰어가는 선수를 이런 식으로 가격하다니. 뒤를 돌아봤는데 아무도 없었다. 아까 그건 무슨 소리였지? 그 순간 발바닥에 끔찍한 통증이 들이닥쳤다. 발을 내딛기 힘들 정도로 아팠지만 경기에서 빠지고 싶지 않았다. 경기 내내 고통을 참고 뛰었다.

전반전 중반에 선제 실점을 내줬지만 에릭 다이어와 토비 알더베이럴트가 골을 터트리며 우리는 승부를 뒤집었다. 3-1로 대역전에 성공한 뒤 후반 32분에 나는 교체되어 경기장을 빠져 나왔다. 땅에 떨어진 불똥이라도 밟은 것처럼 발바닥이 뜨거웠다. 그저 타박상이길 바라면서 휴식을 취했다.

그날 밤 자면서도 발바닥 통증이 가라앉지 않았다. 침대에서 뒤척이길 반복하다가 겨우 잠이 들었다. 하룻밤 자고 나면 괜찮아지리라는 기대는 다음 날 아침 보기 좋게 무너졌다. 눈을 떠서 발바닥을 보니 시커먼 피멍과 함께 바람을 불어넣은 것처럼 부풀어 올라 있었다. 찢어질 듯한 통증의 원인이 밝혀졌다. 발바닥 근육이 정말로 찢어진 것이다.

진단은 족저근막염이었다. 구단 주치의는 3주 진단을 내렸다. 순조롭게 적응 중이었던 내게는 청천벽력과 같았다. 나의 미련함이 원망스러웠다. 사실 토트넘 데뷔전을 치를 때부터 발바닥이 조금씩 아팠다. 가족과 구단에 그 사실을 모두 숨겼다. 새 팀에 오자마자 아파서 빠져야겠다는 말을 먼저 하고 싶지 않았기 때문이다. 유니폼을 갈아입자마자 나는 2경기에서 3골을 넣으며 연착륙하고 있었다. 프리미어리그의 주전 경쟁은 말도 못하게 치열하다. 한 번 잡은 기회를 스스로 반납하고 싶지 않았다. 그러다가 결국 이 사달이 났다. 미련한 선택이 결국 나를 그라운드 밖으로 한 달 가까이 쫓아냈다. 누굴 원망하겠는가. 내 탓이었다.

부상자를 가장 괴롭히는 것은 통증이 아니다. 주전 경쟁에서 뒤처질지 모른다는 불안감이다. 영국의 어느 스포츠 전공 교수가 발표한 논문을 본 적이 있다. 부상으로 결장한 프로 선수들과 대면 인터뷰를 통해서 심리를 연구한 내용이었다. 설문 내용 중에서 가장 많은 대답이 '분노'였다. 본인의 부상으로 기회를 얻은 동료가 못하기를 바란다는 대답도 꽤 많았다고 한다. 5년 전 함부르크 1군으로 승격하자마자 발가락이 부러졌을 때 나도 기회를 잃을까 봐 평평 울었다. 내가 없는 동안 내 포지션에서 뛰는 동료의 플레이를 바라

2015년의 마지막 경기였던 왓퍼드전에서

길었던 3개월여의 골 가뭄을 마침내 끝냈다

보는 마음은 정말 복잡하다. 동료와 팀이 잘해 주길 바라는 소망과 나의 공백이 컸으면 하는 이기심이 마구 뒤섞인다. 밥그릇을 빼앗겼다는 생각이 크기 때문이다. 프로 10년째를 준비하는 지금은 밖에서도 동료를 응원할 만큼 성숙해졌다. 토트넘에서 첫 시즌을 보냈던 2015-16시즌만 해도 나는 여전히 덜 여물었다.

조바심과 스트레스, 내가 제일 좋아하는 축구를 다시 하고 싶다는 마음이 뒤죽박죽 섞인 상태로 한 달 동안 부상 치료와 재활을 거쳤다. 포체티노 감독님은 이런 내 마음을 꿰뚫어 본 것 같았다. 출전할 수 있다는 메시지를 전달해도 감독님은 서두르지 않았다. 족저근막염이 재발 확률이 높은 부상이라는 점도 코칭스태프가 나의 복귀 시점을 미룬 배경이었다.

맨시티전으로부터 40여 일 만에 나는 그라운드로 돌아올 수 있었다. 심란한 날들이 기다리고 있었다. 주어진 기회에서 나는 골을 넣지 못했다. 팰리스전에서 기록한 리그 1호 골 이후 2호 골이 나올 때까지 석 달이 넘게 걸렸다. 해가 바뀌어도 나는 경기 막판 조커 신세를 벗지 못했다. 벤치에서 경기를 끝내는 악몽 같은 날도 있었다. 충분히 더 잘할 수 있는데 기회를 얻지 못해 불만이 쌓여 갔다.

리그 막판 3경기에 선발 출전해 2골을 보탰지만 이미 순위 경쟁이 끝난 뒤였다. 토트넘 첫 시즌 나의 득점 기록은 8골로 끝났다. 분데스리가에서 이어졌던 3시즌 연속 두 자릿수 득점 기록도 중단되었다. 400억 원짜리 공격수가 모두가 떠난 그라운드에 남아 처량하게 몸이나 푸는 신세라니. 어릴 때부터 내가 품어 왔던 프리미어리그의 꿈은 이렇지 않았다.

결론

SON
7

지금 감사하며 즐겨야 한다. 나의 행복 철학이다. 그라운드에 서서 축구공과 함께 있는 순간을 최대한 즐기는 것이 행복이다. 어제를 떨치지 못하거나 내일을 걱정하는 삶은 오늘의 행복을 방해한다. 영국에서 나는 '스마일 보이'라는 소리를 자주 듣는다. 동료들도 "어떻게 너는 매일 아침 웃으면서 돌아다닐 수 있는 거냐?"라면서 신기해한다. 간단하다. 웃어서 행복한 거다. 매일 아침 일어나서 '오늘 하루도 행복하게'라고 다짐한다.

아주 드물게 나의 행복론이 흔들릴 때가 있다. 프리미어리그 입성의 꿈을 이뤘던 2015-16시즌이 그랬다. 지금 생각해 보면 첫 시즌은 눈 깜짝할 사이에 지나갔다. 분데스리가와 다른 플레이스타일에 적응하느라 에너지를 소모했다. 작은 차이들이 모여서 꽤 큰 혼란을 느꼈다. 분데스리가가처럼 나를 넘어트린 상대방이 손을 건네며 "괜찮냐?"라고 물어보는 친절 따위는 프리미어리그에 없었다. 원정 경기를 갈 때마다 엄청난 욕설도 견뎌야 했다. 흥분한 상대 팬들에게 동양인인 나는 가장 눈에 띄는 먹잇감이었다. 부상에서 돌아온 자리에는 내 존재감이 옅어져 있었다. 몸값은 숫자일 뿐 내 자리를 보장해 주지 않는다. 나도 잘 안다. 단, 공평한 기회를 얻지 못하는 상황은 실망스러울 수밖에 없다. 후반 추가 시간에 시간 끌기용으로 내가 투입되는 수모가 이어졌다.

한 번은 이런 일도 있었다. 사이드라인에서 교체 투입을 준비하고 서 있었다. 공교롭게 볼이 좀처럼 아웃될 생각을 하지 않았다. 유난히 추웠던 날이었기에 제 자리에서 팔짝팔짝 뛰며 체온을 유지했다. 그럼에도 교체로 들어갈 틈이 생기지 않았다. 추위에 벌벌 떨면서 계속 기다리기만 했다. 정확히 시간을 재진 않았지만 최소 4~5분은 그렇게 기다렸던 것 같다. 나 자신이 정말 처량했다. 그런 날들이 계속 이어지면 '오늘 하루 행복하게'라는 신조를 지키기가 쉽지 않다.

가슴앓이 끝에 감독님을 찾아갔다. 축구선수가 되어 내가 먼저 보스를 찾아간 것은 이때가 처음이자 마지막이었다. 시즌 내내 내 안에 쌓인 응어리가 너무 커져서 화병이 날 것만 같았다. 내가 왜 선발로 출전하지 못하는지, 구체적으로 어떤 문제가 있다고 생각하는지, 앞으로 내가 어떻게 하면 될지를 물었다. 무엇보다 팀이 나를 필요로 하는지가 궁금했다.

포체티노 감독님은 따뜻한 말로 나를 달랬다. 자기와 함께 토트넘에서 큰일을 한번 내보자는 희망의 포부도 밝혔다. 나는 3경기 연속으로 시간 끌기용 선수로 쓰인 게 얼마나 큰 마음의 상처였는지를 호소했다. 이런 상황이라면 독일로 돌아가는 게 맞다는 속마음까지 털어놓았다. 감독님은 본인을 믿고 기다려 달라는 말을 반복했다. 그 자리에서 똑 부러진 답을 듣지 못할 것이라고는 이미 알고 있었다. 내가 감독이라고 해도 이런 상황에 처한 선수를 완벽하게 달래기는 어려울 것이다. 그런 와중에 볼프스부르크가 접근해 왔다. 당시만 해도 볼프스부르크의 선수단 운영 예산은 바이에른 뮌헨 못지않게 컸다. 자세한 내용까지 내게 전달되지는 않았지만 마음이 복잡했다.

이런 복잡한 사정을 끌어안은 채 2015-16시즌이 끝났고 나는 곧바로 국가대표팀의 유럽 원정 2연전에 소집되었다. 한국은 언제나 나에게 안식을 준다. 어지러운 심경을 잠시 런던에 남겨 두고 잠시나마 국가대표팀 유니폼으로 갈아입을 수 있어서 다행이었다.

상쾌한 마음으로 나선 스페인전에서 우리는 1-6 참패를 당했다. 전반전만 세 골을 내주며 완전히 무너졌다. 후반전 들어서도 다시 세 골을 내주며 한국 축구는 큰 망신을 당했다. 나라를 대표해서 나선 경기에서 이렇게 자존심이 짓밟힌 적은 없었다. 솔직히 브라질 월드컵 때보다 더 화가 났다. 실력 차이는 물론 투지와 정신력까지도 밀리는 것 같아서 도저히 참을 수가 없었다. 아무것도 하지 못한 나 자신도 너무 한심했다. 스태프가 건넨 수건을 냅다 집어던졌다. 무조건 반사에 가까운 행동이었다. 물론 경솔했다. 뭘 잘했다고.

나의 불필요한 행동이 대표팀을 향한 비난을 키운 것 같아서 죄송했다. 다음 날 인터뷰에서 정중히 사과했다. 체코 원정에서는 다행히 2-1로 이겨서 체면을 살렸다. 위안을 얻고 싶었던 대표팀 일정의 태반이 팬들의 응원보다 비아냥으로 채워졌다. 뭔가 돌파구가 간절했다.

리우 올림픽으로 향하는 비행기 안에서 많은 생각이 머릿속을 스쳤다. 2년 전 브라질 월드컵은 소중한 경험이었다. 16강행이 좌절된 벨기에전을 끝낸 뒤에 홍명보 감독님의 품에 안겨 흘렸던 눈물을 어떻게 잊겠는가. 그로부터 2년 동안 나는 축구선수와 인간으로서 성장했다. 올림픽에서 함께 뛸 동생들을 위해서라도 나는 희생하는 형이 되어야 했다.

조별 리그 첫 경기에서 우리는 피지를 8-0으로 대파했다. 36시간의 장거리 비행과 늦은 합류 시점 탓에 코칭스태프들은 나를 피지전에 넣지 않을 예정이었다. (류)승우의 선제골을 시작으로 경기가 압승 분위기로 흘러갔다. 팀원들과 호흡을 맞출 좋은 기회라고 판단한 신태용 감독님이 나를 후반전에 투입했다. 페널티킥 득점에 성공하며 나는 팀의 대승에 쑥스러운 숟가락을 얹었다.

두 번째 경기 상대는 독일이었다. 국가대표로 선발되었을 때부터 나는 독일을 상대하는 장면을 상상했다. 내가 이렇게 성장했다는 걸 독일 친구들에게 직접 보여 주고 싶었다. 독일 대표팀에는 율리안 브란트가 있었다. 나보다 네 살이나 어리지만 엄청난 재능으로 레버쿠젠 1군에서 이미 성인 무대에 데뷔한 친구였다. 브란트는 2014년 2월 샬케04전에서 프로에 데뷔했는데 바로 나와 교체되어 들어가기도 했었다.

독일전은 양 팀이 한 치의 양보도 없이 치고받은 명승부였다. 전반전을 1-1로 마친 우리는 수비 집중력을 강조하며 후반전에 돌입했다. 그러다 허무하게 후반 10분 만에 셀케 다비에게 역전골을 허용하고 말았다. 자칫 분위기를 빼앗길 수도 있는 위기였다. 곧바로 뒤에서 날아온 롱패스가 운 좋게 내 앞으로 떨어졌다. 페널티박스 안으로 들어가 내가 제일 좋아하는 지점에서 왼발 슛으로 2-2 동점골을 뽑아냈다. 역전을 허용한 지 2분 만에 승부를 원점으로 돌린 것이다.

신태용 감독님은 과연 공격적이었다. 후반 15분을 남기고 또 다른 와일드카드인 (석)현준이 형이 들어온 지 7분 만에 3-2 역전골을 터트렸다. 경기를 잡았다고 생각했다. 순진한 희망은 후반 추가 시간 3-3 동점골 허용으로 깨지고 말았다. 1~2분을 버티지 못하고 독일이란 대어가 우리 손에서 빠져나갔다.

온두라스의 경기 지연 시간이

추가 시간에 반영되지 않은 것에 항의했다

소용 없다는 것을 알고 있었음에도…

C조 마지막 경기였던 멕시코전은 정말 힘들었다. 북중미의 강자답게 멕시코는 스피드와 기술을 앞세워 우리를 몰아세웠다. 후반전에는 멕시코의 강력한 중거리 슛이 우리의 골대를 강타하기도 했다. 승리의 여신은 우리 편이었다. 후반 32분 ㈜창훈이의 '미친 왼발'이 터졌다. 이후 우리는 멕시코의 파상 공세를 잘 버텨 8강 진출을 확정했다. 무엇보다 조 1위 통과였다. 동메달을 땄던 4년 전 런던 올림픽보다 나은 결과다.

덕분에 우리는 8강에서 상대적 약체인 온두라스를 만나게 되었다. 선수단 안에서 자신감이 차 올랐다. 아쉽게도 불운까지 피할 방법은 없었다. 온두라스와 8강전은 멕시코전과 정반대였다. 처음부터 끝까지 우리가 몰아쳤지만 결국 온두라스의 한 방이 우리 골문을 갈랐다. 경기 막판으로 가면서 온두라스 선수들은 노골적으로 그라운드에 드러누우며 시간을 끌었다. 얼마 전까지 힘차게 달리던 선수들이 갑자기 독침이라도 맞은 듯이 픽픽 쓰러졌다. 분노가 치솟았다. 온두라스는 비열한 승리를 선택했다.

무정한 종료 휘슬이 울렸다. 주심에게 달려가 추가 시간을 더 줘야 한다고 따졌다. 돌이킬 수 없다는 걸 뻔히 알면서도 계속 따졌다. 시간을 되돌리고 싶었다. 이런 결말은 우리의 노력과 전혀 어울리지 않으니까. 불공평하니까. 동생들에게 너무 미안하니까. 또 다시 나의 메이저 대회는 눈물로 끝나고 말았다. 억장이 무너졌다.

런던으로 돌아와서도 나는 당분간 경기에 나설 상태가 아니었다.

설상가상 볼프스부르크 이적의 불씨가 완전히 꺼지지 않고 있었다. 토트넘이 '포기하라'는 뜻을 담아 내건 이적료 조건(토트넘 이적료를 크게 상회하는 금액)을 볼프스부르크가 덜컥 받아들인 것이다. 나도 깜짝 놀랐다. 볼프스부르크의 수락을 구단에 전달했다. 레비 회장은 즉답을 피하며 시간을 끌었다. 결국 우리는 회장을 찾아가 "당신이 달라는 금액을 저쪽에서 주겠다고 한다. 이적해야 상도의에 맞고 선수를 위해서 최선이다"라고 말했다. 처음부터 나를 넘길 생각이 없었던 레비 회장은 다른 묘안을 짜내야 했다. "이 정도 금액이면 내가 반대할 수는 없는데…"라고 운을 뗀 후에 "감독한테 물어봤더니 죽어도 쏘니를 보내면 안 된다고 성화를 부리더라. 그냥 보내면 아마 포체티노 감독이 나를 죽일지도 모른다"라며 방어막을 쳤다. 우리는 "여기서 시간 끌기용 선수로 지내는 것은 경력에 치명적이다"라고 반박했다. 레비 회장은 "다음 시즌부터 충분히 잘해 낼 수 있다. 나는 쏘니를 믿는다"라면서 응수했다.

결국 합의점을 찾지 못한 채 이적시장이 마감되었다. 여름 내내 마음 한구석에서 나를 흔들었던 분데스리가 복귀의 가능성은 그렇게 마무리되었다. 올림픽 메달의 희망도 꺼졌다. 결론이 나왔다. 나는 2016-17시즌에도 토트넘에서 뛴다. 벤치 신세, 올림픽 좌절, 독일 복귀 결렬 등 한없이 복잡한 마음을 새로운 동기 부여로 변환해야 한다. 내 가치를 증명하고 싶었다. 사생결단으로 반등해야 했다. 무조건.

반등

SON
7

그라운드 안에서는 모든 게 행복하다. 그곳에는 내가 제일 좋아하고 제일 잘할 수 있는 축구가 있다. 플레이만 신경 쓰면 되니까 편하다. 골까지 넣는 순간에는 세상 누구도 부럽지 않다. 훈련도 마찬가지다. 시작부터 끝까지 훈련에만 집중할 수 있어서 마음이 편하다. 그라운드에서 벗어나면? 꿈에서 현실로 돌아온다. 예컨대 리우 올림픽의 상처가 떠오르듯이. 런던으로 복귀하고도 한동안 자려고 누우면 온두라스전만 생각났다. 여전히 패배가 믿기지 않았다. 24시간 내내 그라운드에서 볼만 차면 좋겠다고 생각했다.

올림픽 출전으로 나는 동료들보다 거의 한 달 늦게 2016-17시즌을 시작했다. 돌고 돌아 이적시장 막판에서야 토트넘 잔류가 결정된 탓에 내 상황은 어수선했다. 모든 걸 잊을 수 있는 그라운드로 빨리 들어가고 싶었다.

4라운드 스토크시티 원정 경기에서 포체티노 감독님은 나를 선발로 기용했다. 워밍업을 하러 들어간 그라운드에서 잔디 향기가 올라왔다. 이제부터 두 시간 동안 마음 편하게 축구만 하면 된다. 마지막 워밍업 메뉴인 슈팅 훈련에서 내가 때린 슛들이 전부 골대 밖으로 벗어났다. 이런 일은 굉장히 드물다. 길조인지 흉조인지 헷갈려 하는 채로 킥오프 휘슬이 울렸다.

전반전 막판 크리스티안 에릭센의 정교한 크로스를 내가 선제골로 연결했다. 이날 내가 처음 때린 슛이었다. 시즌 첫 경기에 첫 슈팅으로 첫 골을 넣은 것이다. 이 맛에 축구를 한다. 후반 11분 다시 에릭센이 '손흥민 존'으로 패스를 보냈다. 두 번째 슛도 정확히 상대 골문의 톱코너를 찔러 들어갔다. 슈팅 2개로 2골을 넣었다. 워밍업 때의 느낌이 맞았다. 이런 날 꼭 골이 잘 들어간다. 조금 뒤 나는 해리 케인의 골까지 도와서 이날 하루 2골 1도움을 기록하며 4-1 대승 경기의 맨 오브 더 매치가 되었다. 역시 축구는 내 사랑을 저버리지 않는다.

다음 경기 선덜랜드전에서는 굿뉴스와 배드뉴스가 동시에 있었다. 좋은 소식은 팀이 1-0으로 이겼고 내가 또 다시 맨 오브 더 매치로 선정되었다는 것이었다. 득점이나 도움은 없었지만 활발한 경기력을 보인 덕분이었다. 나쁜 소식은 팀의 주포 해리 케인이 발목을 다쳐서 한 달 정도를 쉬게 생겼던 것이다.

케인이 빠진 채로 나선 미들즈브러전에서 나는 전반전에만 두 골을 몰아쳤다. 두 번째 골은 사실 너무 잘 맞아서 나도 깜짝 놀랐다. 페널티박스 안 왼쪽에서 빼앗긴 볼을 다시 가져온 뒤에 오른발로 감아 찬 슛이었다. 슛을 때릴 때 골대를 보지 않았다. 머릿속으로 그린 가상의 골대를 향해 찼는데 정확하게 반대편에 꽂혔다. 계속 강조하지만 '손흥민 존'은 재능이 아니라 훈련의 결과다. 2011년 여름의 지옥 훈련을 시작으로, 시즌 중에도 일정 기간 이상 선발로 출전하지 못할 때마다 아버지와 나는 따로 슈팅 훈련을 가졌다. 함부르크 두 번째 시즌에는 6개월 동안 매일 슈팅 훈련을 하기도 했다. 미들즈브러전의 두 번째 골이 그 결실이다. 후반전을 잘 버티며 우리는 원정에서 2-1 신승을 거두고 승점 3점을 온전히 집으로 가져왔다. 경기 후 나는 다시 맨 오브 더 매치로 선정되었다. 프로 데뷔 이후 3경기 연속 맨 오브 더 매치는 처음이었다.

9월의 마무리는 금상첨화였다. 멀리 러시아까지 날아가야 했던 CSKA 모스크바 원정에서 나는 후반전에 팀의 선제골을 뽑아냈다. 골키퍼에게 걸린 슛이 뒤로 빠지면서 아주 천천히 골대 안으로 굴러 들어갔다. 재수가 없으면 뒤로 넘어져도 코가 깨지고, 반대로 재수가 좋으면 골키퍼에게 걸려도 골이 들어간다. 요즘 말로 '될놈될' 이다.

9월 한 달 동안 우리는 5승 1패, 나는 5골 1도움을 기록했다. 프리미어리그로만 따져도 4골 1도움이었다. 일주일쯤 지나서 동료들이 내가 프리미어리그 이달의 선수 9월 후보에 올랐다며 축하해 줬다. 정말 웃긴 것은, 내가 그때까지 그런 상이 있는 줄도 몰랐다는 것이다. 내가 이 상을 받는 첫 번째 아시아 선수라는 사실도, (박)지성이 형도 받아 본 적이 없다는 사실도 모두 처음 알았다.

결과가 발표되기 사흘 전에 구단 직원이 내가 이달의 선수로 뽑혔다고 알려 왔다. 수상 사진 및 인터뷰가 필요하므로 수상자와 미리 일정을 맞춰 놔야 하기 때문이었다. 구단은 공식 발표가 있을 때까지는 비밀을 지키라는 당부를 덧붙였다. 뻔히 결과를 알면서도 발표 당일 아침 출근길은 굉장히 떨렸다. 이유는 잘 모르겠다.

훈련장에 도착하니 메인 빌딩 테라스에서 촬영 준비가 한창이었다. 트로피를 받는 첫 소감은 "어! 왜 이렇게 무거워?"였다. 직사각형 트로피는 정말 묵직했다. 축구협회에서 나온 리포터와 짧은 인터뷰를 나누면서도 기분이 정말 좋았다. 프리미어리그는 세계 최고의 프로축구리그다. 전 세계에서 볼을 가장 잘 찬다는 선수들이 득실대는 곳에서 이런 상을 받았다는 사실이 정말 뿌듯했다.

무엇보다 지난 여름의 상처가 상의 의미를 더욱 특별하게 했다. 몇 달 전까지만 해도 팀에서 나는 후반 45분 교체 용도로 쓰였다. 분데스리가 복귀까지 각오했을 정도로 마음 고생이 심했다. 만약 볼프스부르크로 돌아갔다면 이 상을 받을 기회도 없었을 것이다.

올림픽 메달 실패로 세상이 쏜 화살들이 여전히 내 가슴에 박혀 있었다. 이달의 선수상은 내가 더 잘할 수 있다는 사실을 증명해 줬다. 어두운 날들을 저 멀리 날려 버리는 하이킥이었다.

맨체스터 유나이티드의 명장 알렉스 퍼거슨 감독은 '강하게 튀어오른다'라는 표현을 썼었다. 드라마틱한 모습으로 부진에서 벗어나면 정상 궤도 복귀의 효과를 극대화할 수 있다는 뜻이다. 두 달여 만에 나왔던 스완지전 득점이 비슷한 맥락이었다. 대폭발했던 9월이 끝나고 2018 러시아 월드컵 아시아 최종예선 카타르전에서 나는 발목을 다쳤다. 통증이 쉽게 가시지 않았다. 핑계는 아니지만 그때부터 득점이 뚝 끊겼다. 슬슬 신경이 쓰이기 시작하던 차에 바로 스완지전의 발리 골이 나왔다. 발등에 얹히는 감촉이 상쾌했다. 차는 순간 들어갔다고 직감하는 그런 슛. 같은 골이라고 해도 이런 득점은 팬들에게 강한 인상을 심어 준다.

시즌 하반기로 들어서면서 강한 임팩트를 남길 만한 득점이 계속 이어졌다. FA컵 32강에서 우리는 4부 리그 위컴 원더러스에 0-2로 뒤지는 수모를 당했다. 후반전 들어 내가 추격골을 쐈고, 3-3 동점 상황에서 맞이한 후반 추가 시간에 다시 내가 드라마 같은 4-3 결승골을 터트렸다. 밀월과 만난 FA컵 16강전에서는 해트트릭으로 6-0 대승을 맨 앞에서 끌어당겼다. 잉글랜드 무대 첫 해트트릭이었다.

시즌 막판인 4월과 5월, 나는 프로 데뷔 이후 최고의 시간을 보냈

성용이 형의 스완지를 상대로
성용이 형의 프리미어리그 단일 시즌
득점 기록을 넘는 골을 넣은 게 묘했다

다. 4월 1일 번리 원정에서 교체로 들어간 지 4분 만에 팀의 추가골을 뽑았다. 리그 8호 골이었다. 아시아 선수 단일 시즌 최다 리그 득점(8골)에 어깨를 나란히 한 것이다. 기존 기록 보유자는 성용이 형(2014-15시즌 스완지에서의 리그 8골)이었다. 프리미어리그에 올 때부터 나는 이 기록을 알고 있었다. 아시아까지는 몰랐지만 기록을 살펴보니 성용이 형이 한국인 선수 중에서 단일 시즌 최다 리그 득점자로 올라 있었다. 이 기록을 추월하는 리그 9호 골이 하필이면 성용이 형을 상대한 경기에서 나왔다. 경기가 끝나고 만난 성용이 형이 "스트라이커가 그 기록을 못 깨는 게 창피한 거잖아!"라고 말해 둘이 크게 웃었던 기억이 난다.

나는 항상 내 기록을 챙긴다. 지난 시즌보다 잘하는 것이 기본 목표이기 때문이다. 사흘 뒤인 왓퍼드전에서 나는 2골을 넣어 2016-17시즌 목표였던 리그 두 자릿수 득점에 도달했다. 사실 이날은 기록 달성만큼이나 해트트릭 실패의 아쉬움이 컸다. 케인이 차려 준 해트트릭 밥상을 먹지 못했다. 라커룸에서 케인은 "내가 해트트릭 하라고 준 선물을 그렇게 차 버리기야? 다음부터 패스 안 줄 거다!"라면서 웃었다.

4월 한 달 동안 토트넘과 나는 약속이라도 한 듯이 폭주했다. 팀은 리그 여섯 경기를 모두 잡으며 승점 18점을 쓸어 담았다. 나는 4경기 연속골, 5골 1도움으로 올 시즌만 두 번째로 프리미어리그 이달의 선수 후보에 올랐다. 며칠 뒤 구단 직원은 다시 내 스케줄을 확인하는 전화를 걸어 왔다. 어떤 상인지, 어떻게 생긴 트로피인지 뻔히 알아도 역시 상을 받는 기분은 언제나 좋다.

놀랍게도 시즌 2호 이달의 선수상은 이 시즌의 하이라이트가 아니었다. 리그 37라운드 레스터 시티 원정 전까지 3주씩이나 나는 시즌 19골에 멈춰 있었다. 흔히 말하는 아홉수였다. 시즌을 끝내기 전에 꼭 좋은 결과를 만들고 싶다는 마음이 간절했다. 레스터전에서 케인과 나는 투톱에 가깝게 뛰면서 각각 4골과 2골을 넣었다. 도도하기만 했던 시즌 20골 고지를 넘어 21골을 기록하는 순간이었다. 시즌 21골은 유럽 리그에서 한국인 단일 시즌 최다 득점 기록이었다. 동시에 잉글랜드 무대 통산 29골로 지성이 형도 추월했다.

다른 기록은 몰라도 차범근 감독님의 기록(시즌 19골)을 넘기는 어려울 거라고 생각했었다. 한 시즌에 스무 골 가까이 넣는 일은 절대 쉽지 않은 일이기 때문이다. 내가 그걸 해냈다. 항상 감정을 드러내지 않으려고 애쓰는데 이날만큼은 경기 후 많은 인터뷰에서 비죽비죽 올라가는 입꼬리를 단속하기가 어려웠다. 타임머신이 있다면 1년 전으로 돌아가고 싶었다. 힘들어하는 나를 찾아가 "괜찮아. 좋은 날이 올 거야"라며 어깨라도 두드려 줄 수 있을 텐데.

224

24

공부

SON

7

나는 축구 영상을 자주 본다. 집에서 쉴 때도 대부분 게임을 하든가 축구 영상을 보든가 둘 중 하나다. 일을 도와주러 런던에 오는 나의 크루들한테 핀잔을 들을 때가 많다. "야, 내가 너 일 도와주려고 런던까지 왔는데 넌 축구만 보냐?"라면서. 나도 모르게 내가 스마트폰으로 축구를 보고 있던 것이다. 김유신의 말도 아니고 참 곤란하다. 이런 증상을 보통 중독이라고 하던데. 그래, '덕후'라고 표현해도 좋겠다.

　내가 축구를 보는 이유는 두 가지. 우선 재미있다. 토트넘의 리그 라이벌이나 외국 빅클럽들의 경기를 챙겨 본다. 크리스티아누 호날두와 리오넬 메시의 플레이를 보고 있으면 나도 모르게 빠져든다. 국가대표팀 동료들의 경기는 하이라이트로 챙긴다. K리그도 판세나 주요 이슈 정도는 알고 있다. 유튜브에 올라온 축구 콘텐츠를 혼자 보면서 낄낄거리기도 한다. 평범한 '축빠'를 생각하면 이해하기가 쉽겠다.

두 번째 이유는 좀 진지하다. 공부하기 위해서 본다. 나는 축구 영상을 보면서 정말 많이 배운다. 호날두, 메시, 네이마르, 포그바 등의 플레이를 보면서 배운다. 결정적 참고서는 내 플레이 영상이다. 사실 팬들이 편집해서 올린 골 모음 영상도 몇 번씩 돌려 본다. 기분이 좋아지는 효과도 있고, '저기서 다르게 해볼 수도 있겠다'라면서 이미지 트레이닝도 한다.

영상으로나 혹은 관중석에서 축구를 보면 훨씬 많은 것을 볼 수 있다. 실제 경기 안에서는 모든 게 너무 빠르게 돌아간다. 0.0001초의 차이로 성패가 갈리기 때문에 이것저것 고민하거나 잴 여유가 없다. 그걸 영상으로 보면 피치 위에서 생각하지 못했던 옵션들을 찾아낼 수 있다. 그게 정말 큰 공부가 된다. 실제로 다음에 비슷한 상황에 생길 때 써먹어 보는 힌트도 많다. 인터뷰에서 내가 "더 공부해야 한다"라는 말을 자주 하는 이유이기도 하다. 아무리 내가 잘했던 장면도 영상으로 보면 더 잘할 수 있는 여지가 보인다. 21골을 넣었던 2016-17시즌 헐시티와 최종전을 마친 날 나는 다음 날 동이 틀 때까지 잠자리에 들지 못했다. 더 잘할 수 있었던 여지, 수많은 틈이 자꾸 생각났기 때문이다.

뒤로 물러나 축구를 보면서 가장 크게 한숨을 내쉬었던 경기가 2018 러시아 월드컵 아시아 최종 예선 경기들이었다. 결과적으로 우리는 FIFA 월드컵 9회 연속 진출을 해냈다. 가시밭길 과정이었다. 뭐가 잘못되었는지 수백만 번은 고민해 보았던 것 같다. 국가대표팀만 오면 작아진다는 세상의 비판에 나도 답을 찾고 싶어서 무던히 노력했다. 1년 전 호주 아시안컵에서는 결승전까지 올라갔던 팀의 행보가 왜 이렇게 꼬여만 가는지 영문을 알 수가 없었다.

2016년 9월 6일 치렀던 시리아전에서의 무승부가 그 출발점이었다. 토트넘과 대한축구협회 사이의 리우 올림픽 차출 관련 합의에 따라 나는 9월 1일 최종 예선 첫 경기인 중국전만 뛰고 다시 런던으로 복귀했다. 우리의 두 번째 상대였던 시리아의 당시 FIFA랭킹은 105위였다. 런던에서 시리아전을 보면서 답답한 마음을 주체할 수가 없었다. 좀처럼 풀리지 않는 경기에, 외계에서 왔다고 해도 좋을 '침대 축구'가 겹치면서 우리는 어이없게 승점 2점을 잃었다. 부득이한 사정이 있었다곤 해도 혼자 팀에서 떨어져나온 탓에 죄책감이 들었다.

누군가 저주라도 건 것처럼 우리 발걸음은 계속 꼬였다. 내가 다시 대표팀으로 돌아온 홈 경기에서 카타르를 잡고 분위기를 타나 싶었지만 이란 원정에서는 0-1로 완패하고 말았다. 카를로스 케이로즈 감독이 이끄는 이란은 힘과 기술은 물론 요령에서도 아시아

톱 랭커다운 저력을 선보였다. 우리는 유효 슈팅을 한 개도 기록하지 못한 채 돌아와야 했다.

경기장 바깥에서 설화가 생겼다. 울리 슈틸리케 감독님이 경기 후 인터뷰에서 "카타르의 소리아 같은 선수가 없어서 이런 일이 생긴 것 같다"라고 발언했다. 숙소로 돌아가는 버스 안에서 기사를 확인했을 때 너무 당황스러웠다. 처음에는 오보라고 생각했다. 에스테그랄 호텔로 돌아온 직후 국내 취재진과의 인터뷰가 있었다. 나도 모르게 "선수단 사기를 떨어트릴 수 있다고 생각한다. 나와 선수들 모두 최선을 다했는데 그런 말을 들으니 아쉽다"라고 속마음이 입 밖으로 나왔다. 그 말을 하지 말았어야 했을까? 잘 모르겠다. 프리미어리그에서도 종종 이런 케이스를 보곤 한다. 주로 강등권으로 떨어진 팀 안에서 벌어지는 일이다. 나는 소속팀의 강등도, 국가대표팀의 월드컵 진출 실패도 생각해 본 적이 없었다.

2017년 3월 창사에서의 중국 원정패를 관중석에서 보면서 90분 내내 머리가 너무 아팠다. 경고 누적으로 나는 출전할 수 없었다. 뛰지 못하는 스트레스는 차라리 애교였다. 우리가 중국에 0-1로 패한 것이다. 믿을 수가 없었다. 하늘에서 비난 폭탄이 마구 쏟아졌다. 홈으로 돌아가 시리아전에서 승리한 후 뜨거운 논란 속에서 슈틸리케 감독님의 유임이 결정되었다. 감독이 흔들리는 상황이 벌어진 데는 선수들도 책임이 컸다고 생각한다.

토트넘에서 2016-17시즌을 끝낸 직후 카타르 원정에 참가했

2017년 7월 카타르 원정경기 후
부상과 패배를 함께 안고
돌아온 귀국길은 씁쓸했다

다. 최소한 그때까지 나는 카타르를 상대로 자신감이 컸다. 특히 2013년 3월 카타르전에서 후반 추가 시간에 내가 터트린 골은 축구 경력을 통틀어서 손가락에 꼽을 만큼 특별했다. 작년 10월 3-2로 승리했던 이번 대회 최종 예선 홈경기에서도 나는 카타르를 상대로 골을 넣었었다.

이날은 모든 게 잘못 돌아갔다. 선제 실점으로 불행이 예고되었다. 조금 뒤 나는 공중볼을 다투다가 땅에 떨어졌다. 땅을 짚었던 내 오른쪽 팔에서 기분 나쁜 소리가 났다. 너무 아파서 목소리가 제대로 나오지 않았다. 나는 곧장 인근 병원으로 후송되었다. 엑스레이에 찍힌 부위의 뼈(요골)는 누가 봐도 알 수 있을 만큼 어긋나있었다. 대표팀 주치의는 "일단 깁스만 하고 귀국해서 수술하는 게 낫겠다"라고 조언했다. 두툼한 깁스, 경기 중 입었던 유니폼 차림(그렇다. 옷도 갈아입지 못했다), 2-3 패배를 안은 채 나는 한국으로 돌아왔다. 부러진 뼈를 금속 고정판과 철심으로 고정한 날, 대표팀은 감독을 잃었다. 이때의 부상이 트라우마가 되어 지금도 공중볼 다툼을 약간 머뭇거리게 한다.

8월 31일 열릴 이란전을 2주 앞두고 나는 뉴캐슬전에서 실전에 복귀했다. 새 시즌이 시작된 뒤에도 내 머릿속은 온통 월드컵 생각뿐이었다. 국가대표 신분을 떠나 국민의 한 사람으로서 나부터 대한민국이 없는 월드컵을 상상할 수 없었다. 혹여 내게 무슨 일이 벌어져도 한국은 반드시 월드컵에 나가야 했다. 대표팀의 사령탑은

'아버지' 신태용 감독님으로 바뀌어 있었다. 최종 예선 A조에서 우리는 두 경기를 남기고 월드컵 본선 직행 순위인 2위에 턱걸이를 하고 있었다. 남은 두 경기의 결과에 따라서 플레이오프로 밀리거나 아예 탈락할 가능성도 없지 않았다.

비장한 각오는 이란전 하루 전에 있었던 서울월드컵경기장 공개 훈련에서 실망감으로 바뀌었다. 대한민국 국가대표팀의 홈경기장 잔디가 쥐 떼에게 습격이라도 당한 것처럼 엉망진창이었다. 이런 잔디에서 상쾌한 경기력을 기대하는 것은 욕심이다. 이란전에서 양 팀 선수들은 방향을 바꿀 때마다 쭉쭉 미끄러졌다.

오랜만에 모인 많은 관중은 무기력한 0-0 무승부에 만족해야 했다. 터덜터덜 라커룸으로 걸어가는데 이란의 케이로즈 감독이 나를 반겼다. 아시아 무대에서 만날 때마다 케이로즈 감독은 항상 내게 "너는 좋은 선수다. 행운을 빈다"라고 칭찬해 줬다. 이날 케이로즈 감독은 내 유니폼을 부탁했다. 세계적으로 유명한 지도자로부터 직접 이런 부탁을 받다니 놀랍고 영광이었다. 경기 결과와 잔디 탓에 잔뜩 날이 섰던 기분이 조금이나마 누그러졌다.

닷새 뒤에 타슈켄트에서 열린 우즈베키스탄 원정경기에서 우리는 다시 0-0으로 비겨 9회 연속 월드컵 본선 진출 목표를 달성했다. 여기까지 온 과정을 복기하고 싶지 않을 만큼 힘들고 지쳤다. 최종 예선에서 한 골밖에 넣지 못한 나 자신이 원망스러웠다. 그래도 마지막 두 경기(이란전, 우즈벡전)는 2연속 0-0 스코어에도 불구하고 우리에게 희망을 던졌다. 피로감 가득한 최종 예선 일정에서 옅어졌던 투지가 되돌아 왔기 때문이다. 힘든 와중에도 한 발, 두 발 더 뛰려고 안간힘을 쓰는 동료들의 모습은 내게 큰 감동을 줬다. 최종 예선 초반부터 우리가 이런 투지를 불태웠다면 러시아 월드컵으로 가는 발길이 그토록 비틀거리진 않았을 것이다. 정말 필요할 때 투지가 돌아왔다는 점이 그나마 긍정적이었다. 러시아 월드컵 본선까지 남은 9개월 동안 이런 마음가짐을 유지하는 것이 우리가 해야 할 일이었다.

12월 왓퍼드전을 대비한 팀 훈련을 마치고 곧바로 집으로 돌아와 가족과 함께 러시아 월드컵 조 추첨식 생중계를 시청했다. 2014년 브라질 월드컵의 눈물을 생생히 기억하기 때문에 마음이 초조해졌다. 처음 출전한 월드컵은 나에게 패기만으로는 부족하다는 현실을 가르쳐 줬다. 선망의 대상인 초강국과 만났으면 하는 마음과 조금이라도 해볼 만한 상대가 같은 조에 들어오길 바라는 마음이 뒤섞였다.

우리는 스웨덴, 멕시코, 독일과 함께 F조에 배정되었다. 독일은 디펜딩 챔피언, FIFA 랭킹 1위의 축구 초강대국이다. 멕시코와 스웨덴도 각각 월드컵에서 잔뼈가 굵은 준척들이었다. 역시 이번에도 우리가 제일 약한 팀이었다. FIFA월드컵이 원래 그런 대회라는 현실을 나는 브라질에서 충분히 깨달았다. 그렇다고 포기할 마음은 추호도 없었다. 4년 전 브라질의 눈물은 반드시 러시아에서 웃음으로 바꾸어야 했다. 나는 국가대표인 동시에 축구 팬이며 대한민국 국민이었다. 후회하지 않는 월드컵을 만들고 싶었다. 대표팀 비디오 분석 스태프의 연락처를 찾았다. 상대국들의 경기 영상을 부탁해야 한다.

런던 일상 II

SON
7

올 초부터 방송사 티비엔(tvN)의 다큐멘터리를 찍었다. 쉬운 결정은 아니었다. 다큐멘터리는 한두 시간에 뚝딱 끝나는 촬영이 아니다. 사흘에 한 경기씩 치르는 일정이 시작되면 다른 일을 할 시간이 아예 없다. 그래도 큰맘 먹고 이번 다큐멘터리를 찍기로 했다. 기록물이기 때문이다. 소소한 일상으로 시작해서 프리미어리그에서 경쟁하기 위해 내가 기울이는 노력을 담고 싶었다. 제일 큰 바람은 축구에 대한 관심이 높아지는 것이다. 나는 이 다큐멘터리의 주인공이 내가 아니라 축구 자체가 되었으면 좋겠다. 이걸 보면서 아이들이 축구 배우고 싶어 했으면 좋겠고, 축구에 관심이 없던 분들의 옆구

리도 쿡쿡 찌르는 계기가 되기를 바란다.

아시다시피 지금 한국 축구의 분위기는 따뜻해졌다. '있을 때 더 잘해야 한다'는 성용이 형의 말을 기억한다. 더 많은 사람이 축구를 좋아하면 좋겠다. 영국처럼 한국에서도 자신이 응원하는 팀이 평소 관심사가 되면 얼마나 좋을까? 주말이 되면 온 가족이 축구 유니폼을 맞춰 입고 함께 경기장으로 가는 광경을 한국에서도 볼 수 있으면 얼마나 행복할까? 그런 축구 문화가 피어날 수 있도록 조금이나마 도움이 되었으면 하는 마음에서 다큐멘터리라는, 내게는 너무 거창한 일을 하기로 했다.

런던에 처음 왔을 때 토트넘은 화이트 하트 레인을 홈경기장으로 사용했다. 1899년부터 그 자리를 지킨 이곳에는 입석 시절 75,000명까지 들어가기도 했다고 한다. 1970~80년대 안전상의 이유로 경기장이 좌석 형태로 바뀌면서 내가 왔을 때의 수용 인원은 36,000석이었다. 잉글랜드 국가대표팀의 웸블리 스타디움(90,000), 맨체스터 유나이티드의 올드 트래퍼드(76,000) 등에 비하면 규모가 작은 편이었다.

2019년 4월, 토트넘은 큰 걸음을 내디뎠다. 새로운 홈경기장 토트넘 홋스퍼 스타디움이 개장한 것이다. 다니엘 레비회장이 주도한 이 프로젝트는 선수들에게도 큰 동기 부여가 되었다. 빅클럽의 기본 덕목인 비전과 야망을 상징하기 때문이다.

2년가량의 웸블리 스타디움 시절을 거쳐 우리는 2019년 4월 3일

드디어 새 경기장의 공식 데뷔전을 치렀다. 크리스털 팰리스전에서 그라운드로 입장하면서 소름이 돋았다. 원래 토트넘 홈 팬들의 열정은 뜨겁기로 유명하다. 프리미어리그 어느 경기장에서도 화이트 하트 레인의 몰입도를 경험하기가 쉽지 않다. 그 열정이 새 경기장에서 고스란히 두 배가 된 느낌이었다. 귀가 멍해질 정도로 함성이 컸다. 62,000명의 열정이 그대로 선수들에게 전달되었다. 그야말로 세계 최고의 축구 스타디움이 탄생했다.

경기가 없는 날도 토트넘 홋스퍼 스타디움에 오시면 경기장 투어라든가 멋진 메가스토어를 구경하실 수 있다. 사실 메가스토어는 평일에 오시는 편이 더 쾌적하게 즐기시기에 좋다. 경기일에는 손님이 너무 많아서 입장하는 데에도 시간이 꽤 걸린다. 토트넘 홋스퍼 스타디움(꼭 가보셔야 한다!!) 외에도 런던에는 매력적인 곳이 많다. 솔직히 나도 '집돌이'답게 구석구석 다녀 보진 못 했다. 항상 가는 곳만 가는 스타일이다. 자유시간에 집 밖에 나가는 일은 거의 둘 중 하나다. 외식(가족, 친척, 친구)과 쇼핑이다. 가족과 함께 외식하는 곳은 시내 한식당으로 거의 일정하다. 여러 곳을 다녀본 뒤에 가족 만장일치로 자리 잡은 곳이니까 맛을 보장한다. 이곳은 특히 고기가 맛있다. 남자는 고기 아닌가! 위치도 런던 시내라서 관광 스케줄 중 들르기에도 아주 편할 것 같다.

예전에 형과 형의 친구들(나의 크루)이 왔을 때 이곳 근처에 있는 런던아이를 보러 간 적이 있다. 사실 나도 그때 처음 런던아이를 가

236

봤다. 크루는 "야, 우리가 너한테 런던을 구경시켜 준다는 게 말이 돼?"라며 불평을 쏟았다. 어쩔 수 없다. 나는 집돌이라니까.

아! 하이드파크가 예쁘다. 겨울이 되면 그곳에 아이스링크가 설치된다. 지나가면서 봤는데 정말 예뻤다. 영국 정원 특유의 로맨틱한 분위기 속에서 반짝반짝 빛나는 아이스링크가 꼭 크리스털 볼 같았다. 손으로 뒤집었다가 놓으면 안에서 눈이 내리는 수정구슬. 여러분의 사랑을 응원한다(나는 은퇴한 다음에나…).

옛날부터 자동차와 옷에 관심이 많았다. 나는 어릴 때부터 지나가는 자동차 모델을 일일이 맞히는 꼬마였다. 함부르크에서 프로로 데뷔한 시즌에 생애 첫차를 장만했다. 런던에 와서는 프리미어리그만큼 운전도 적응하기까지 시간이 걸렸다. 운전대와 주행 방향이 우리와 반대이기 때문이다. 설상가상 런던의 도로는 좁고 구불구불하다. 과속하고 싶어도 할 수가 없다. 운전이 익숙해질 때까지 앞뒤 범퍼가 성할 날이 없었다. 좁은 왕복 2차선 도로에서 반대편 차량을 피하느라 보도블록의 턱에 이리 쿵 저리 쿵 하면서 범퍼를 학대했다.

이제는 런던 운전에도 제법 익숙해졌다. 물론 내가 익숙해졌다고 모든 문제가 해결되는 것은 아니다. 이곳에서 운전하다 보면 한국인이 이해하지 못할 일들이 아주 많다. 한번은 출근길에 고속도로를 탔다가 길이 막혀서 지각한 적이 있다. 한 지점에서 사고가 났는데 교통경찰이 차선을 몽땅 막고 사고 처리를 했다. 한 차선 정도는 열어 놓아야 하는 것 아닙니까! 선수단은 훈련에 지각하면 벌금을 낸다. 망했다 생각하며 클럽하우스에 겨우 도착했는데 선수들이 몽땅 지각을 한 통에 그날만큼은 벌금 없이 지나갔다.

쇼핑하러 갈 때는 주로 우버 택시를 이용한다. 처음에 아무것도 모르고 런던의 명물 블랙캡을 탔다가 요금이 너무 비싸게 나와서 화들짝 놀랐다. 복잡한 시내로 다녀와야 할 때 우리 가족은 항상 우버를 애용한다. 쇼핑의 주 대상은 패션이다. 내게는 아주 좋은 스트레스 해소 아이템이다. 소파에 누워서 스마트폰으로 하는 일은 둘 중 하나다. 축구 영상을 보거나 패션 아이템을 찾거나.

㈜준열이 형이 소개해 준 스타일리스트 이혜영 실장이 나의 패션 멘토다. 혜영이 누나를 알게 된 후로 내게 큰 변화가 생겼다. 일상에서 후드티가 사라졌다. 팬 여러분도 사복 차림으로 찍힌 내 사진을 보면 아마 변화를 알아차리실 수 있을 것이다. 후드티 사진과 그렇지 않은 사진의 경계선에 바로 혜영이 누나가 있다. 좀 이상하게 들릴지 모르지만 혜영이 누나의 목표는 '축구선수처럼 보이지 않는 손흥민 꾸미기'였다. 나도 그게 좋았다.

사실 쇼핑이 취미라고 해도 자주 나가진 않는다. 한 달에 한 번 나갈까 말까 할 정도다. 얼마 전 촬영 건으로 런던에 온 혜영이 누나와 함께 쇼핑을 즐긴 적이 있다. 그간 빠듯한 일정 속에서 나도 모르게 스트레스가 쌓였던 것 같다. 돌아다닌 시간은 두 시간 정도밖에 되지 않았는데도 내가 좋아하는 옷도 구경하고 바깥바람을 쐴 수 있어서 너무 행복했다. 택시를 타고 가는데 갑자기 혜영이 누나가 "흥민아, 이것 좀 봐. 아미(AMI) 공식 인스타그램 계정이 니 사진을 올렸어"라면서 스마트폰을 보여 줬다. 누나는 이런 적이 처음이라며 흥분했다. 나도 기분이 좋았다. 사진 때문이 아니라 내가 사랑하는 식구들을 행복하게 해 준 것 같아서.

사실 나는 친구가 별로 없다. 고등학교 1학년 때부터 외국에서 혼자 살았으니까 친구를 만들기가 쉽지 않았다. 축구 친구들은 많지만 서로 바쁜 데다 멀리 떨어져 있어서 마음속에서 일정한 거리를 줄이기가 생각만큼 쉽지 않다. 사람들은 내가 연예인들과 친한 줄 아는데 사실 그렇지 않다. 알고 지내는 인연은 있어도 '친구'라고 부를 만큼 가까운 사이는 손으로 꼽는다. 내 생활 패턴 탓이 크다. 먼 타지에 살면서 일 년 중 쉬는 시간이 2~3주밖에 되지 않는 사람과 친해질 방법은 많지 않다. 연락 방법이 온라인으로 제한적인 데다 시차도 맞지 않는다. 어쩌다 지인이 런던을 방문해도 정작 훈련과 경기 일정 탓에 만날 시간을 만들기가 쉽지 않다. 좋은 친구가 될 자격 조건 중에서 내가 충족할 항목이 별로 없다.

가끔은 친구가 그리워지기도 한다. 나도 사람이라서 힘들거나 괴로울 때가 생긴다. 성격상 나는 '힘들다'는 말을 하지 않는다. 힘들다고 말하면 더 힘들어지기 때문이다. 그 말을 듣는 사람도 힘들게 한다. 나는 주위를 힘들게 하거나 폐 끼치는 일을 세상에서 제일 싫어한다. 특히 부모님 앞에서는 어두운 마음을 절대 내색하지 않는다. 나 하나만 보고 유럽에 '갇혀' 사시는 두 분 앞에서 투덜거리는 짓이야말로 최악의 불효라고 생각한다. 내 안에 쌓인 '힘들다'는 말을 할 수 있는 상대가 곧 친구라고 생각한다. 지금까지 나의 불평을 제일 많이 들어 준 친구는 바로 친형이다. 우리 형은 말을 정말 재미있게 한다. 내가 아무리 징징거려도 재미있게 받아쳐서 동생의 마음을 금방 풀어 준다. 어릴 때부터 혹독한 훈련을 함께 버틴 형은 내 인생에서 없어선 안 될 친구이자 믿을 구석이다.

가끔 은퇴 후의 생활을 상상해 본다. 진로 고민이 아니라 아주 소소하게 해보고 싶은 일들이 있다. 제일 해보고 싶은 일은 한국에서 유럽 축구 중계와 '치맥' 즐기기. 저녁에 알람을 맞춰 놓고 일찍 자는 거다. 챔피언스리그 경기 시간에 맞춰 일어나서 스마트폰 앱으로 '치맥'을 주문한다. TV를 켜고 소파에 기대서 맛있는 치킨과 함께 맥주를 한 잔 마시면서 축구를 본다. 내가 좋아하는 축구를 실컷 보는 게 내 꿈이다. 은퇴했으니까 훈련이나 경기를 준비할 필요도 없고, 까마득한 후배들이 뛰는 챔피언스리그 경기를 시청하면 정말 재미있을 것 같다. '야~ 옛날에 내가 뛸 때랑 많이 달라졌네~' 하면서. 사랑하는 아내와 함께라면 더 재미있을 것 같다. 그나저나 그 친구는 축구를 좋아하려나…

FOOTBALL HOLIC

MY STORY 05

저는 축구 외에는

진짜 하는 게 아무것도 없어요.

경기장에서 모든 걸 쏟아부어야 하니까

지루하더라도 웬만하면 집에 있죠.

한 번도,
축구를 일이라고 생각한 적이 없어요.
축구가 제일 재미있어요.
그러니까 늘 웃을 수밖에 없죠.

어린 친구들이

축구 그 자체를 즐겼으면 좋겠어요.

저희 팀은 항상 축구를 즐기지만

그 어느 팀보다 지는 걸 싫어하죠.

26

롱패스

SON

7

2018년 새해 첫 골을 잊을 수 없다. 상대는 웨스트햄 유나이티드였다. 런던의 동쪽에 있는 주제에 이름이 웨스트햄인 이 팀은 아스널, 첼시와 함께 런던 라이벌이다. 이곳 팬들은 거칠기로 유명하다. 훌리건 패거리를 소재로 한 영화 〈Green Street〉의 주인공이 바로 웨스트햄의 하드코어 팬그룹이었다.

홈에서 열린 맞대결에서 우리는 경기를 주도하면서도 후반 25분 먼저 골을 허용해 0-1로 끌려갔다. 원정팀 서포터즈석의 기세가 활화산처럼 폭발했다. 당황스러웠다. 경기 막판 패스를 받아 골문을 봤다. 앞이 비어 있었다. 오른발로 때린 슛이 날아가 골문 오른쪽에 정확히 꽂혔다. 공교롭게 골문 뒤가 웨스트햄 원정 서포터즈 구역이었다. 그들을 향해 검지를 입에 댔다. 온갖 욕설이 터져 나왔다.

런던 라이벌전에서 그런 셀러브레이션을 자제해야 한다는 건 나도 잘 안다. 사실 나는 갚아야 할 빚이 있었다. 두 달 전 운전 중에 나는 웨스트햄 팬으로부터 불쾌한 경험을 했다. 셀러브레이션의 의미를 굳이 내 입으로 설명하지 않아도 된다고 생각한다. 웨스트햄 팬들이 나만큼 잘 알고 있을 테니까.

2017-18시즌 나는 또 다른 기록을 썼다. 프로 데뷔 이후 처음으로 한 시즌에 50경기를 넘게 출전했다. 이 시즌에만 나는 총 53경기를 뛰었다. 많은 대회에서 팀과 내가 골고루 잘 해냈다는 뜻이어서 자랑스러웠다. 시즌 종료의 여유 따위는 없었다. 2018년 여름의 주인공은 러시아 월드컵이었다.

FIFA 월드컵은 축구선수가 존재하는 이유다. 러시아 월드컵 본선행을 확정한 이후부터 토트넘에서 시즌을 치르면서도 월드컵 생각을 자주 했다. 처음 출전했던 4년 전 브라질 월드컵에서 울었고, 러시아까지 가는 길목에서는 진이 빠져나가는 경험을 했다. 대한민국 국가대표로서 밑바닥을 본 기분이랄까. 이번만큼은 어떻게든 잘하고 싶었다. 월드컵 무대에서 한국도 할 수 있다는 걸 보여 주고 싶었다.

동시에 걱정이 컸다. 브라질에서 월드컵이 얼마나 무서운 무대인지를 뼈저리게 깨달았었다. 그때 나는 자신감이 넘쳤다. 함부르크에서 주전으로 활약하면서 독일은 물론 잉글랜드의 빅클럽들이 경쟁적으로 제안을 보낼 때였다. 숏구치는 자신감은 조별 리그를 한 경기씩 치르면서 깎여 나갔다. 벨기에전까지 모두 끝내고 내게 남은 건 냉정한 현실뿐이었다.

월드컵에서는 우리가 제일 약한 팀이다. 패배가 순리, 승리는 이변이다. 어차피 질 테니까 쓸데없이 기대하지 말라는 비관주의는 아니다. 제일 약한 팀이 원하는 결과에 조금이라도 가까이 가려면 모든 것을 쏟아부어야 한다는 소리다. 자신감? 패기? 그것만으로는 부족하다. 11명 모두가 상대보다 한 발, 두 발 더 뛰어야 한다. 모든 에너지를 소진해서 경기 종료 휘슬이 울릴 때 우리 안에 아무것도 남지 않아야 한다. 두 발로 걸어 나올 생각을 버려야 한다.

러시아에서는 그렇게 하고 싶었다. 브라질 경험자로서 처음 월드컵에 출전하는 후배들을 잘 끌어 주려 노력했다. 4년 전 아무것도 몰랐던 내 모습이 보이면 다그치기도 했다. 한국 축구의 투혼? 월드컵에서 투혼 없는 팀은 없다. 그걸 직접 경험했기 때문에 내 안에서 걱정이 컸다.

매끄럽지 못했던 마지막 준비 과정이 걱정을 더 키웠다. 출정식에서 보스니아에 1-3으로 패했고, 오스트리아에서 치른 막판 평가전 두 경기에서도 우리는 희망을 주지 못했다. 결국 자신감은 경기에서 나오는데 우리는 그걸 해내지 못했다. 언론과 여론이 연일 우려를 쏟아냈다. 신태용 감독님의 발언 한 마디 한 마디가 날 선 여론의 비난을 받았다. SNS가 위력을 발휘하면서 작은 이슈도 일파만파로 번지는 일이 잦았다. 모두가 힘을 모아서 준비해도 모자랄 판에 대회를 시작하기 전부터 대표팀이 흔들리는 기분이었다.

결국 우리는 조별 리그 첫 경기인 스웨덴전에서 원하는 결과를 얻지 못했다. 현실과 이상이 양날의 검이 된 것 같다. 한국은 전력상 월드컵 본선에서는 뒤로 물러나서 싸우는 게 맞다. 코칭스태프의 주문은 물론 선수 미팅에서도 그렇게 준비했다. 전진 압박, 공격축구보다 결과를 최우선시하는 축구. 0-1 패배를 순순히 받아들일 만큼 우리 경기력이 떨어졌다고 생각하진 않는다. 공격수인 내 책임이 컸다. 상대의 실력도 인정해야 한다. 결과적으로 스웨덴은 러시아 월드컵 8강까지 올라갔다. 가라앉은 분위기를 끌어올리기 위해서 스웨덴을 잡는 방법이 유일했는데 힘도 한번 써 보지 못한 채 그 기회를 날렸다.

멕시코전에서도 1-2로 패하면서 결국 우리는 조별 리그 두 경기를 모두 패하고 말았다. 경기 종료 휘슬이 울리는 순간 억장이 무너졌다. 세상 모두에게 미안했다. 주장 완장의 무게를 견디며 팀을 이끈 성용이 형을 볼 면목이 없었다. 월드컵에 처음 출전하면서도 너무나 잘해 준 동료들에게 미안했다. 페널티킥을 내줬다는 이유로 잔인하게 물어뜯기는 (김)민우 형과 (장)현수 형을 지켜 주지 못해서 미안했다. 그라운드 위에서 울지 않으려고 애썼지만 방송 인터뷰 중에 결국 눈물을 보였다. 라커룸에 들어와 땀에 푹 절어 어깨를 떨구고 있는 동료들을 보자마자 참았던 눈물이 터지고 말았다. 문재인 대통령님이 위로해 주실 때도 사실 제정신이 아니었다. 모든 게 원통했다. 결과적으로 우리를 극한으로 몰아세운 조별 리그 2연패가 독일전 기적의 동력이 되었을지도 모른다.

독일전을 준비하면서 선수단 안에서 '이대로 돌아갈 순 없다'는 다짐이 생겼다. 디펜딩 챔피언에 두들겨 맞을지도 모르지만 선택지가 없었다. 죽기 살기로 하는 수밖에. 아침 식사를 하면서 "축구의 신 11명이 내려와서 우리가 독일을 이기게 해줬으면 좋겠다"라는 말을 했다. 그만큼 간절했다.

경기 장소인 카잔 아레나로 가는 버스 안에서 무거운 침묵이 흘렀다. 항상 쓰는 비유처럼 전쟁터가 생각났다. 전장으로 군인을 싣고 가는 버스 안이 딱 이렇지 않을까? 한마디 대화 없이 버스 엔진과 바퀴 소리만 들렸다. 정작 경기장에 도착해서는 긴장이 풀리기 시작했다. 워밍업을 하면서 독일 쪽을 봤다. 익숙한 얼굴들이 많았다. 재미있게도 우리만큼 긴장한 표정들이었다. 당시 독일은 1승 1패 승점 3점으로 16강 진출에 비상이 걸린 상태였다. 라커룸에서 경기에 들어가기 전 동료들에게 "독일 애들이 우리보다 더 쫄았어"라고 말해 줬다. 우리가 할 수 있는 모든 것을 한다. 그리고 나오는 결과를 받아들인다. 딱 두 가지를 마음에 품고 그라운드로 나갔다. 붉은색 팬들 그리고 태극기가 눈에 들어왔다.

㈜영권이 형의 경기 막판 골로 1-0으로 앞선 후반전 추가 시간.

㈜세종이 형이 길게 볼을 내찼다. 머리 위로 날아가는 롱패스를 보면서 "너무 길어"라는 말이 새어 나왔다. 체력은 완전히 바닥 난 상태였다. 그래도 일단 뛰었다. 볼이 잔디를 때리고 튀어 올라왔다. 역시 길다고 생각했다. 죽어라 뛰었다. 작아져야 할 볼이 점점 커졌다. 볼과 나의 거리가 점점 줄어들었다. 조식 테이블에서 내 기도를 들은 축구의 신이 정말 내려와 준 건가? 텅 빈 체력으로 내가 이렇게 뛸 수 있다니. 그냥 찰까? 한 번 잡고 찰까? 왼발? 오른발? 텅 빈 골대에 넣지 못하면 어쩌지? 수많은 생각이 스치는 동안 나는 볼을 따라잡았다. 왼발로 톡. 골인. 지금도 친구들과 이야기할 때 "그 슛이 빗나갔으면 어쩔 뻔했어?"라며 웃는다.

골이 들어가는 순간 우리가 16강에 올랐다고 생각했다. 멕시코가 스웨덴을 잡을 거라고 확신했기 때문이다. 그렇게 되면 스웨덴, 독일, 대한민국이 전부 승점 3점이 되는데 우리가 골득실에서 앞선다. 경기 종료 휘슬이 울렸다. 우리가 이겼다. 월드컵 본선에서 최정예 멤버로 나선 독일을 잡았다. 발 아래 잔디, 머리 위 하늘, 나부끼는 태극기, 울려 퍼지는 응원가까지 모든 게 꿈처럼 우리를 휘감았다. 곧 믿을 수 없는 소식이 날아왔다. 우리 바람과 정반대로 멕시코가 스웨덴에 0-3으로 완패했다는 게 아닌가. 너무 허탈했다. 세계 1위를 잡는 역사적 사고(?)를 쳤는데도 조별리그에서 짐을 싸야 한다고? 하루라도 더 오래 월드컵을 즐기고 싶었지만 거기까지였다.

아시아 최종 예선부터 러시아 월드컵 독일전의 종료 휘슬이 울리기 전까지 대표팀은 버티고 또 버텼다. 처절했다고 해도 좋을 만큼 힘들었다. 독일전을 앞두고 (장)현수 형은 팀에 해가 된다면서 경기에서 빼달라고 감독님에게 부탁까지 했다. 일생일대의 월드컵 경기 출전을 스스로 포기하려는 축구선수의 심정은 아무도 모를 것이다. (김)영권이 형은 수술 자국으로 덮인 몸으로 대표팀에 헌신하고도 작은 오해 하나로 인민재판을 받았다. 국가대표가 감수해야 할 책임감과 희생의 크기를 잘 안다. 알고 맞아도 아픈 건 마찬가지다. 해단식에서 우리에게 계란이 날아오기도 했다. 4년마다 월드컵 8강 혹은 4강 정도는 해줘야 하는 건가?

월드컵에서 디펜딩 챔피언 독일을 잡고 깨달았다. 우리는 정말 멋진 팀이었다. 한국 축구는 여전히 할 수 있다. 16강에 오르진 못했지만 우리는 또 하나의 위대한 목표를 달성했다. 경기가 끝난 그라운드에 아무것도 남기지 말자는 목표. 그리고 악플과 계란보다, 박수와 응원을 보내 주시는 팬들이 훨씬 많았다. 이렇게 우울한 분위기 속에서도 러시아 카잔까지 찾아와 약팀 '대한민국'을 응원하고, 독일을 잡은 뒤에 다 함께 '승리를 위하여'를 불러 준 팬들이 있었다. 댓글 게시판 밖에서 우리를 응원하는 국민들은 훨씬 많을 것이다. 우리를 응원해 준 가족과 국민 모두에게 감사드린다. 경기장에서, 훈련장에서, 광화문 광장에서, TV 앞에서 우리와 함께 싸워 준 국민 여러분께 독일전 승리를 바친다.

혼신의 힘을 다해

달려가서 툭 찬 골이

세계 1위 독일을

침몰시켰다

27

팀

SON

7

2011년 AFC 아시안컵에 출전했을 때 첫 룸메이트가 지성이 형이었다. 갑자기 2002년의 영웅과 방을 함께 쓰는 사이가 된 것이다. 말도 안 되는 '대박' 사건이다. 그전까지 지성이 형은 TV 화면 속에 있는 슈퍼스타였다. 함부르크에서 뤼트 판 니스텔로이를 처음 보면서 느꼈던 신기함을 똑같이 느꼈다. 친해지고 싶다는 생각도 감히 하지 못했다. 지성이 형은 갓난아이처럼 보였을 내게 정말 좋은 말들을 해줬다. 영웅과의 동거(?)는 내 축구 인생에서 잊지 못할 추억이다. 시간이 흘러 나는 FIFA 월드컵과 AFC 아시안컵을 각각 두 번이나 경험했다. 그리고 2018 자카르타-팔렘방 아시안게임에 고

참이 되어 출전하게 되었다. 지성이 형으로부터 받았던 선물을 내가 후배들에게 돌려줘야 할 차례였다.

아시안게임은 국제축구연맹(FIFA)의 국가대표 의무 차출 규정이 적용되지 않는 종합 대회다. 선수는 소속팀의 허락이 있어야만 출전할 수 있다. 2018-19시즌 나의 국가대표 일정은 소속팀 토트넘에 큰 고민이었다. 오프시즌이었던 6월 러시아 월드컵을 제외하더라도 8월 아시안게임, 이듬해 1월 아시안컵까지 있었다. 의무 차출 대회인 아시안컵은 몰라도 아시안게임은 토트넘으로서 분명 큰 고민거리였다.

다행히 대한축구협회와 토트넘의 협의가 순조롭게 끝났다. 대한축구협회가 11월 A매치와 아시안컵 조기 차출을 양보하는 대신에 토트넘은 아시안게임 차출에 협조하기로 했다. 2016년 리우 올림픽에 이어 이번에도 토트넘은 한국 축구의 특수성과 나의 개인 사정을 잘 이해해 줬다. 7월 말 나도 2023년까지 기간을 연장하는 토트넘의 재계약 요청에 합의하면서 화답했다. 나를 불러 준 아시안게임 대표팀의 김학범 감독님, 시즌 개막전 직후 팀을 떠나는 내게 "금메달 꼭 갖고 돌아오라"고 힘을 준 포체티노 감독님 두 분께 감사 드린다.

지난 여름 한국에서 시작한 나의 여정은 오스트리아, 러시아, 한국, 영국, 미국, 영국을 거쳐 인도네시아로 이어졌다. 내 이동 거리를 정리한 언론 기사를 보고서야 나도 '아, 많이도 돌아다녔구나'라고 실감했다. 힘들었을까? 당연히 힘들다. 10시간 비행하는 구간을 한 번이라도 타 보신 분이라면 장거리 이동이 얼마나 지치는 일인 지 아실 것이다. 경기력 저하의 핑곗거리로 삼고 싶지는 않다. 장거 리 이동은 유럽에서 뛰는 타 대륙 선수에게 일상다반사다. 리오넬 메시, 네이마르, 루이스 수아레스, 알렉시스 산체스 등 남미의 스타 플레이어들도 나처럼 대륙과 대륙을 넘나들어야 한다. 남미 스타들 이 피곤하다며 투덜거렸다는 소리를 나는 들어 본 적이 없다.

유럽 최고의 무대에서 뛰려면 그런 불편함을 영광으로 생각해야 한다. 함부르크에서 혼자 떨어져 살 때부터 그 마음은 변하지 않고 있다. 유럽에 오고 싶어도 오지 못한 친구들이 훨씬 많다. 국가대표 로 선발되어 10시간 이상 날아가고 싶어도 그렇게 하지 못하는 선수 도 많다. 그러니 오늘 내가 견뎌야 할 모든 상황에 감사할 따름이다.

인도네시아 반둥에 도착한 첫날부터 훈련에 합류했다. 김학범 감 독님은 내게 주장 완장을 맡겼다. 주장 역할을 기대는 하지 않았지 만 어차피 와일드카드 멤버 3명은 주장이든 아니든 상관없이 후배 들을 앞에서 끌어 줘야 한다. 후배들과 빨리 친해지고 싶어서 식사 시간마다 여러 테이블을 돌아다니면서 이야기를 나눴다. 경기장 밖 에서부터 '원팀'이 되는 것이 제일 중요하다. 훈련 중에는 마음가짐 을 강조했다.

어느 대회든지 우승은 절대 쉽지 않다. 특히 아시안게임은 병역 혜택이 걸려 있다. 강력한 동기 부여인 동시에 엄청난 부담으로 작용한다. 금메달 획득에 실패하거나 그에 걸맞은 투지를 보여 주지 못하면 상상을 초월하는 국민적 비난을 받기 때문이다. 부담감을 이겨내면서 플레이를 즐길 줄 알아야 한다. 이는 프로의 기본이기도 하다. 연령 면에서도 U-23 대표팀 선수는 이제 애들이 아니다. 이미 프로에서 주전으로 경쟁하는 친구들이다. 22세, 23세씩이나 되는 선수를 마냥 다독일 수만은 없다. 프로답게 뛰어 결과를 만들어야 한다. 실수가 나올 때도 프로답게 비난을 받아들여야 한다.

E조 첫 경기에서 우리는 바레인을 6-0으로 대파하면서 상쾌하게 스타트를 끊었다. 어느 대회든지 고비가 있다. 이번에는 생각보다 일찍 찾아왔다. 두 번째 경기에서 말레이시아에 1-2로 패한 것이다. 대회 전 나는 월드컵에서 독일이 한국에 당했듯이 아시안게임에서 우리도 약체 팀에 당할 수 있다고 말했었다. 말이 씨가 되어 버린 말레이시아전 패배는 한국 축구의 큰 망신이었다. 상대의 밀집 수비는 변명거리가 되지 못했다.

패배 직후 여론이 폭발했다. 선수들에게 인터넷 사용 자제를 당부했지만 선수단 내에서 동요가 느껴졌다. 그나마 만회가 가능한 조별리그에서 그런 일이 닥쳐 다행이었다. 하루이틀 지나면서 선수들은 말레이시아전 치욕을 긍정 에너지로 변환하는 모습을 보였다. 조별리그 마지막 경기에서 우리는 키르기스스탄을 1-0으로 꺾고 16강을 확정했다. 내가 결승골을 넣었다는 사실은 전혀 중요하지 않았다.

16강 이란전을 앞둔 훈련에서 나는 후배들에게 또 한번 쓴소리를 했다. 토너먼트에 나설 마음가짐이 부족해 보였기 때문이다. 16강부터는 작은 실수도 팀 전체에 치명상을 입힌다. 매 경기가 결승전과 같다. 다행히 후배들은 싫은 소리까지 귀담아 들을 줄 알 만큼 성숙했다.

그렇게 이란전을 2-0으로 승리한 우리는 8강에서 우즈베키스탄과 만났다. 아마도 2018년 아시안게임에서 최고의 명승부가 아니었을까 생각한다. 최상의 컨디션을 보이던 (황)의조가 경기 시작과 함께 선제골을 뽑아냈다. 우즈베키스탄은 그냥 물러서지 않았다. 서로 골을 주고받으며 2-2로 맞서던 후반 10분 이크로미온 알리바예프(현 FC서울)에게 세 번째 골을 내주며 2-3으로 역전당하고 말았다. 우리 수비수에게 굴절된 불운의 골이어서 마음이 더 불안했다. 바로 그때 축구의 신이 우리를 도왔다. 후반전 중반 내 앞에 있던 상대 수비수가 미끄러졌다. 흐른 볼을 잡아 의조에게 보냈고 우리는 3-3 동점으로 승부를 연장전으로 끌고 갈 수 있었다.

한 명이 퇴장당한 상황에서도 우즈베키스탄은 연장전이 거의 끝나갈 때까지 투지 넘치게 버텼다. 승부차기만큼은 절대 피하고 싶었다. 우리의 금메달 노력을 운에 맡기고 싶지 않았기 때문이다. 그 순간 의조가 페널티킥을 얻었다. 김학범호의 페널티키커는 원래 나였다. 그때 (황)희찬이가 다가와서 직접 차고 싶다고 말했다. 이번 대회 들어 마음고생이 제일 컸던 희찬이의 목소리에서 자신감이

묻어났다. 믿고 맡겼다. 마지막 순간에 찾아온 기회. 나는 차마 페널티킥 장면을 볼 수가 없었다. 뒤돌아서 간절하게 기도했다. 희찬이를 위해, 우리 모두를 위해 기도했다. 함성이 터졌다. 정신을 차리니 희찬이가 셀러브레이션을 하고 있었다. 경기가 끝나고 함께 싸워 준 동료들에게 고맙다고 말했다. 나의 까칠한 시어머니 역할에 기분 나빠하지 않고 힘을 모아 준 후배들이 너무 자랑스러웠다.

준결승전에서 우리는 박항서 감독님의 베트남을 3-1로 꺾고 결승 진출에 성공했다. 선수들은 경기 전에 했던 '오늘만 생각하고 뛰자'는 다짐을 충실하게 지켰다. 매 경기를 치를수록 후배들이 자랑스럽고 고마웠다. 우즈베키스탄전을 기점으로 김학범호는 완벽한 하나가 되었다고 생각한다. 이렇게 한 대회에서 냉온탕을 왕복해본 적은 없었다. 우리는 더운 날씨를 견뎠고, 방음이 시원찮아 늦은 밤까지 숙소 객실에서 자동차 소음에 시달리는 환경도 이겨냈다. 작은 체구의 ㈜문환이와 ㈜진야가 악착같이 상대 측면 공격수를 막는 모습은 감동적이기까지 했다.

결승전에서 일본은 와일드카드 없이 여기까지 올라온 저력을 잘 보여 줬다. 우리의 공격이 살짝살짝 빗나가면서 결국 연장전까지 가야 했다. 연장 전반 페널티박스 안에서 우당탕하는 와중에 ㈜승우가 "나와 나와!"라고 소리치면서 날린 왼발 슛이 골로 이어졌다. 이 녀석의 핏줄에는 정말 한일전 필승의 피라도 흐르는 모양이다. 연장 후반전에는 내가 올린 프리킥 크로스를 반대편에서 ㈜희찬

내 인생 첫 우승의 금메달을 목에 걸었다

승리를 향한 투지와 헌신을 보여 준

후배들이 정말 자랑스럽고 고마웠다

이가 높이 솟구쳐 머리로 받아 넣었다. 희찬이가 그렇게 높이 점프할 수 있는 줄 그때 처음 알았다. 일본은 연장 종료 5분 전에 만회 골을 넣으며 순순히 물러서지 않았다. 우리의 승리에 대한 의지가 조금 더 컸다. 2-1 승리. 아시안게임 2연속 금메달 획득이었다.

경기가 끝나고 시상식까지 구름 위를 걷는 듯한 기분이었다. 프로 데뷔 이후 내 경력에 처음 우승이란 두 글자가 새겨졌다. 처음 보는 아시안게임 금메달은 정말 묵직했다. 내 인생에 금메달을 목에 걸고 애국가를 듣는 날이 올 줄은 꿈에도 몰랐다. 아시안게임 금메달은 값으로 매길 수가 없었다. 내게 팀 정신의 가치를 알려 줬다. 국가대표를 위해 희생해도 좋은 이유도 새삼 깨닫게 해줬다. 마음 같아선 아시안게임 멤버들을 모두 등에 업고 런던 구경이라도 시켜 주고 싶다. 나도 그렇지만 후배들의 축구 길이 활짝 열리는 일에 내가 조금이라도 보탬이 된 것 같아서 뿌듯했다.

대회가 끝나고 후배들에게 이번 성과에 만족하지 말라고 부탁했다. 뛰어난 능력 위에 날개까지 달았으니 그들이 더 큰 무대로 도전했으면 좋겠다. 조국과 국민이 선물해 준 혜택에 더 높은 무대에서 더 멋진 축구로 화답하는 2018 아시안게임 금메달 멤버로 기억되길 바란다. 2018년 6월은 행복했고 8월은 찬란했다.

기로

SON
7

고백할 게 있다. 아시안게임에서 귀국한 날 금메달 동지들이 다 함께 모여 저녁을 먹었다. 각자 소속팀으로 흩어지기 전에 한 번 더 뭉치기 위한 자리였다. 파울루 벤투 신임 감독님의 첫 A대표팀 소집 멤버들은 바로 다음 날 파주 트레이닝센터로 입소할 예정이었다. 인도네시아에서 천당과 지옥을 오가면서 함께 금메달을 따낸 이야기들은 길게 길게 이어졌다. 다들 시즌 중이었지만 이날만큼은 축배가 빠질 수 없었다. 서울의 이모 집에서 하룻밤을 잔 뒤에 대표팀에 합류했다. 아버지로부터 전화가 왔다. 불같이 화를 내셨다.

"국가대표팀 새 감독님을 뵈러 가기 전날 술을 마시는 게 제정신이냐? 네가 이따위로 할 거면 이제 각자 갈 길 찾아 떠나는 게 낫겠다. 아빠는 북극이든 어디든 알아서 먹고살 수 있으니까 걱정하지 마라."

아버지의 불같은 성격이야 하루이틀이 아니다. 그래도 이렇게까지 말씀하신 적은 없었다. 살면서 제일 크게 혼난 날이 아니었나 싶다. 대표팀 신임 감독님에게 대한 예의도 중요했겠지만, 아마 금메달을 땄다고 들뜨지 말라는 메시지가 더 컸던 것 같다. 아버지는 항상 좋은 일이 있을 때마다 당신만의 방식으로 내 머릿속을 환기하신다. 우쭐하지 말고, 항상 겸손하고, 반대로 너무 풀이 죽지도 말아야 한다. 스마트폰에 대고 손이 발이 되도록 싹싹 빌면서 벤투호의 첫날이 시작되었다.

2018-19시즌 들어 소속팀으로 복귀할 때마다 내 손에는 큰 선물이 들려 있었다. 러시아 월드컵에서 돌아올 때의 선물은 '독일전 승리'였다. 클럽하우스에 들어가서 만나는 구단 식구마다 자기 일처럼 좋아했다. 역사적 배경으로 인해 영국인은 독일 축구의 실패를 최고의 낙으로 삼는다. 러시아 월드컵에서 자신들이 4강에 진출한 성과만큼 독일의 조별 리그 탈락도 즐거워했다. 독일전 승리가 대한민국뿐 아니라 멕시코와 잉글랜드까지 3개국 국민을 즐겁게 해주다니, 축구 세상은 정말 요지경이다.

아시안게임에서 챙겨 온 선물은 묵직한 금메달이었다. 훈련장에 나올 때 금메달을 꼭 챙겨 오라는 구단의 지령을 받았다. 주차장에서 내려서 클럽하우스로 가는 길에 일찌감치 구단 영상팀이 대기하고 있었다. 가는 곳마다 구단 식구들은 내게 큰 박수로 축하해 주며 금메달을 보여 달라고 했다. 한국만큼 토트넘 홋스퍼의 클럽하우스도 나를 따뜻하게 품어 준다.

런던으로 돌아온 이후부터 시즌 첫 골보다 컨디션 관리가 급선무였다. 장거리를 이동하면서 국가대표팀 경기를 치르며 에너지를 소모한 데다 복귀 직후부터 UEFA 챔피언스리그와 EFL컵(카라바오컵) 출전으로 인해 1주 3경기 일정이 이어졌기 때문이다. 최대한 쉬면서 개인적으로 근육을 관리해도 시즌 일정 전체를 최상의 컨디션으로 치르기가 쉽지 않았다.

당초 대한축구협회와 토트넘이 합의한 대로 나는 11월 호주 원정 A매치에는 참가하지 않았다. 소속팀과 국가대표팀을 합쳐 8월에 6경기, 9월에 8경기, 10월에 6경기, 11월 A매치 휴지기 전까지 3경기를 뛰었다. 어느 언론사가 5월부터 9월까지 내가 이동한 거리를 정리한 기사를 보고 깜짝 놀랐다. 3개 대륙을 오간 거리가 무려 76,597km에 달했다. 지구 한 바퀴가 약 4만 km라는 주석이 달려 있었다.

나라의 부름을 영광으로 여기는 마음과 별개로 장거리 비행 이동이 피로한 일이라는 건 부인할 수 없었다. 10월 파나마 평가전은 경기 도중에 정말 힘들었다. 경기가 끝나고 취재진의 질문에 나는 태어나서 처음으로 "힘들다"라고 고백했다. 내가 말하는 '힘들다'의 뜻이 '더는 뛰고 싶지 않다'가 절대 아니다. 출전 수가 너무 많아서 생기는 피로감은 나뿐 아니라 모든 축구선수에게 행복한 고민이라고 생각한다.

아시안게임 차출을 위한 조건이었던 11월 A매치 기간 휴식은 내게 엄청난 재충전의 기회가 되었다. 2주를 쉰 뒤에 선발 출전했던 첼시전에서 나는 리그 첫 골을 신고하며 팀의 3-1 승리를 도왔다. 운 좋게 첼시전 골은 프리미어리그 '이달의 골'에 선정되기도 했다. 이제서야 2018-19시즌을 시작하는 기분이었다. 프리미어리그 연례행사인 연말연시 살인 일정이 시작되기 전에 정상 컨디션을 되찾아서 다행이었다.

12월 3일 북런던 더비를 시작으로 2019 AFC 아시안컵 합류 전 마지막 경기였던 1월 13일 맨유전까지 40일 동안 나는 14경기에 출전했다. 사흘에 한 경기씩 출전하는 일정이 6주 동안 이어진 셈이다. 12월에만 7골을 몰아친 덕분에 해가 바뀌기 전에 시즌 10골에 도달했다. 12월 6일 사우샘프턴전에서는 프로 통산 100골 고지도 밟았다. 몸은 지쳐도 최소한 마음속에서는 생기가 콸콸 넘쳤다.

맨유전을 끝내자마자 나는 경기장에서 곧바로 공항으로 이동해 두바이행 비행기를 탔다. 대표팀 동료들이 싸우고 있는 아시안컵 현장으로 가야 했다. 벤투 감독님은 나를 주장으로 선택했다. 사실 처음에는 머뭇거렸다. 선배 주장들의 희생을 곁에서 지켜보면서 그게 얼마나 어려운 일인지를 잘 알았기 때문이다. 나 혼자 잘 뛰면 그만인 상황이 아니었다. 주장은 팀 내 모든 선수를 챙겨야 한다. 큰 스트레스였다. 표정이 조금이라도 어두운 친구가 있으면 주장이 나서서 사정을 들어 줘야 한다.

고민하는 내게 두리 선배가 연락을 했다. "지금 여기서 네가 못한다고 하면 누군가 주장 완장을 차야 하잖아. 그 친구가 받게 될 부담을 생각해 봐. 성용이가 못 한대. 흥민이도 못 한대. 그렇게 주장 완장을 받게 될 거란 말이야. 솔직히 지금 너 아니면 그런 부담감을 견딜 친구가 별로 없어." 맞는 말이다. 지성이 형도, 성용이 형도 '나는 힘드니까 주장 같은 거 안 한다'라면서 책임을 회피하지 않았다. 나도 대표팀에서 이기심을 버리기로 결심했다.

동료들은 내가 없는 동안 조별리그 2연승으로 16강 진출을 이미 확정한 상태였다. 마지막 경기에서 중국을 꼭 잡아야만 조 1위가 가능했다. 1위와 2위는 큰 차이였다. 휴식일, 경기 동선, 토너먼트 대진까지 조 1위로 16강에 오르는 것이 압도적으로 유리했다. 어디까지나 우리가 UAE에 온 이유는 우승이기 때문이다. 국내 언론에서는 나의 중국전 출전 여부가 뜨거운 감자였다. 대표팀 합류 이틀 만에 선발 출전은 무리일지도 모른다. 나는 출전하고 싶었다. 주장으로서 책임을 다하고 싶었다. 컨디션도 나쁘지 않았다. 경기 전날, 벤투 감독님이 "뛸 수 있겠느냐?"라고 물었다. 나는 "뛸 수 있다. 뛰고 싶다"라고 대답했다.

그렇게 나선 중국전에서 나는 경기 종료 직전까지 뛰면서 2-0

승리, 조 1위 확정을 도왔다. 조별 리그 3전 전승 무실점이면 칭찬받아 마땅한 결과였다. 우리 힘으로 따낸 6일 휴식을 최대한 효과적으로 활용해야 하는 일만 남았다. 나는 첫 고비를 넘겼으니 이제 치고 올라가기만 하면 된다고 믿었다.

결과적으로 나는 그 고비를 완전히 넘지 못했다. 16강전까지 6일을 준비하면서 컨디션이 완전히 무너졌다. 이상하리만치 시차 적응이 더뎠다. 아무리 노력해도 잠을 제대로 잘 수가 없었다. 나름대로 훈련 강도를 조절하면서 애썼지만 몸에서 기가 몽땅 빠져나간 느낌이었다. 앓는 소리를 해선 안 되었다. 조별 리그 첫 경기에서 나온 부상이 성용이 형과 재성이의 아시안컵에 마침표를 찍었기 때문이다. 특히 성용이 형의 이탈은 내게 심적으로 큰 타격이었다. 경기에 뛰지 못하더라도 성용이 형이 곁에 있어 주길 바랐다. 주장 완장의 무게를 덜어 줄 유일한 동료를 하루아침에 잃고 말았다.

16강 바레인전부터 몸이 천근만근이었다. 경기를 뛰면서 그런 기분은 처음이었다. 눈앞으로 뻔히 지나가는 볼에 몸이 반응하지 않았다. 머릿속으로는 매 순간 다음 플레이를 그리는데 막상 볼을 잡은 뒤에 몸이 그림대로 움직여 주지 않았다. 상대가 역습을 시도하면 공격수도 커버하며 따라가 줘야 한다. 그런데 발이 떨어지지 않았다. 자다가 가위에 눌려 몸을 움직이지 못하는 상태, 딱 그게 바레인전에서 나의 컨디션이었다. 잘해야 하는데 몸이 말을 듣지 않으니 정말 미칠 것 같았다.

설상가상 주장이라는 책임감이 족쇄처럼 따라다녔다. 슈팅 타이밍에도 무의식적으로 주위에 있는 동료를 찾느라 기회를 날리기 일쑤였다. 심지어 내가 더 좋은 위치에 있으면서도 패스를 선택했다. 플레이의 폭이 점점 좁아졌다. 토트넘에서는 얼마든지 골문을 노릴 자유가 있지만, 주장 완장을 차고 뛰는 대표팀 경기는 달랐다. 내가 직접 해결하기보다 동료에게 기회를 만들어 줘야 한다는 강박에 나도 모르게 시달렸다. 주장 완장을 차면 찰수록 지성이 형과 성용이 형이 얼마나 대단한 리더였는지를 절감했다.

59년 만에 아시아 왕좌에 오른다는 원대한 꿈은 8강 카타르전에서 깨졌다. 2019 아시안컵에서 우리는 필리핀, 키르기스스탄, 중국, 바레인을 상대로 4연승을 거둔 뒤에 카타르에 0-1로 패했다. 최악의 아이러니가 발생했다. 우리가 상대했던 다섯 팀 중에서 경기 당일 카타르가 제일 못했다고 생각한다. 카타르는 분명히 아시아 챔피언의 자격이 있다. 우리와 맞붙었던 8강전에서 카타르는 평소와 전혀 달랐다. 일찌감치 아래로 내려선 것은 물론 우리를 두려워하는 표정이 쉽게 읽혔다. 우리가 준비했던 것보다 카타르는 훨씬 소극적으로 나섰다. 여유가 있었다면 현장에서 즉각 계획을 수정해서 좀 더 다이렉트하게 나갔을 것이다. 불행히도 우리 쪽에 가해진 토너먼트 부담감이 엄청났다. 저 아래로 내려간 팀을 상대로 우리는 준비한 후방 빌드업을 고집하면서 플레이 효율이 떨어졌다. 8강전에서 우리는 카타르가 아니라 스스로 발목을 걸려 넘어졌다고 생

2019 AFC 아시안컵에서는
주장 완장의 책임감과
컨디션 난조로 몸과 마음이
모두 무거웠다

각한다.

이번 아시안컵은 우리에게 큰 숙제를 줬다. 아시아 무대에서 상대의 밀집 수비를 깨트릴 방법을 찾아야 한다는 것이다. 나도 빨리 정답을 구해야 한다. 스스로 대한민국 캡틴의 자격을 얻어야 한다. 부담감에 이만큼 휘둘렸으면 충분하다. 이제 이겨내야 할 때다.

29

의외

SON
7

2018-19시즌은 정말 힘들 것 같다는 게 개막 전 나의 예상이었다. 여름에 러시아 월드컵을 치르고 왔다. FIFA 월드컵의 피로를 털어 내는 일은 쉽지 않다. 잘하면 잘한 대로, 못하면 못한 대로 그 여파가 다음 시즌까지 영향을 미친다. 시즌 도중에 두 번이나 자리를 비워야 하는 국가대표팀 일정도 걱정스러웠다. 8월에 아시안게임, 이듬해 1월 아시안컵이 연이어 있었다. 프리미어리그의 경쟁은 치열하다. 토트넘 1군 동료들은 대부분 국가대표로 뛸 정도로 우수한 자원들이다. 잠시라도 한눈팔면 내 자리로 치고 들어올 경쟁자가 줄을 섰다. 국가대표팀 차출이나 부상으로 출전하지 못하는 선수들

은 누구나 불안감을 느낀다. 무엇보다 출전 수가 많아지면 몸 상태를 최상으로 유지하기가 어려워진다. 장거리 비행, 시차, 날씨 변화에 완벽하게 적응하기가 절대 쉽지 않다. 이런 상황에서 내가 부상 없이 잘해 낼 수 있을까? 최선을 다하겠지만 아마도 프로 데뷔 이후 가장 고된 시즌이 되지 않을까?

두 번의 장기간 차출에도 불구하고 프리미어리그 복귀 적응은 크게 어렵지 않았다. 국가대표팀보다 소속팀이 지닌 장점 덕분이라고 생각한다. 소속팀에서는 거의 모든 부분이 정해져 있다. 누가 어디에 서서 어떻게 뛸지를 시즌 전부터 준비한다. 매일 함께 지내고 함께 훈련하는 덕분에 국가대표팀보다 효율이 높다.

토트넘은 마우리시오 포체티노 감독이 5년째 팀을 지도하고 있다. 하나의 철학과 전술 스타일이 이미 안정적으로 자리를 잡았다. 나도 토트넘에서 뛴 지가 4년째. 그 동안 공격진의 변화가 거의 없었다. 함께 뛰면 뛸수록 호흡도 잘 맞고 낭비되는 움직임도 줄어든다. 지금 토트넘에서는 전술 훈련을 거의 하지 않는다. 위치와 역할을 각자 알고 있어서, 호흡을 맞추거나 새로운 전술적 움직임을 습득하기 위한 시간 낭비가 없다.

개인적으로도 토트넘에서 뛰는 쪽이 훨씬 편하다. 국가대표팀에서는 주장으로서 팀을 이끌어야 하는 반면에 토트넘에서는 내 포지션에서 해야 할 일에만 집중하면 된다. 대한민국과 토트넘의 우열 비교가 아니다. 이는 지구상에 존재하는 모든 국가대표팀과 구

274

단의 보편적 차이다.

사실 아시안게임보다 아시안컵에 다녀와서 어떻게 정상 리듬을 되찾을지가 더 고민이었다. 시즌 초반이었던 아시안게임에 비해서 아시안컵 일정은 토트넘에게 한 시즌의 농사 결과가 좌우될 정도로 중요했던 때와 겹쳤다. 토트넘은 프리미어리그, UEFA 챔피언스리그, FA컵에서 좋은 성적을 내기 위해 전력투구해야 했다. 그래서 자리를 비우는 미안함이 더 컸다.

그래도 동료들이 잘해 준 덕분에 토트넘은 여전히 프리미어리그 우승 경쟁권에서 분투하고 있었다. 맨체스터 시티와 리버풀, 토트넘이 빅3를 이루는 형세였다. 결과적으로 나는 아시안컵에서 세 경기밖에 뛰지 못했다. 축구판에서는 동료의 부상이 나의 기회라는 말이 있다. 비정한 현실이다. 대한민국 국가대표팀의 불운은 토트넘의 행운이었다. 예상보다 빨리 나는 런던으로 돌아왔다.

운 좋게도 나는 아시안컵 결장 복귀전이었던 왓퍼드전에서 골을 넣었다. 무너졌던 컨디션을 정상 궤도로 돌려놓기에 더할 나위 없이 좋은 득점이었다. 왓퍼드전 득점을 시작으로 나는 4경기 연속골을 기록했다. 뉴캐슬전에서는 경기 종료 1분 전에 결승골을 넣어 팀에 승점 3점을 선물했다. 나 혼자 잘해서 얻은 결과는 아니었지만 우승 경쟁이 한창일 때 내가 결정적 공헌을 했다는 사실은 기분 좋을 수밖에 없었다.

국가대표팀의 대회 결과만큼 내게는 토트넘의 성적도 중요하다.

2018-19시즌 두 번의 이적시장에서 우리는 새 선수를 한 명도 영입하지 않았다. 이적시장 제도가 정착한 이래 신규 영입을 아예 하지 않은 첫 번째 구단이라고 한다. 젊은 선수들끼리 이렇게 뭉친 팀이 어마어마한 돈을 퍼붓는 맨체스터 시티나 리버풀과 우승을 다툰다는 것 자체가 정말 대단한 성과다.

2월 중순 우리는 리그 선두를 승점 5점 차까지 추격했다. 영국 현지에서는 레스터 시티의 우승 동화에 빗대어 토트넘을 칭찬하는 목소리가 컸다. 그때 우리는 홈 경기장 신축으로 한 시즌 넘게 다른 경기장을 빌려서 사용하고 있었다. 누군가는 '그게 무슨 대수인가'라고 생각할 수도 있다. 내 생각은 다르다. 홈 경기장은 선수단에 큰 영향을 끼친다. 웸블리 스타디움이 아무리 최첨단 시설을 갖췄다고 해도 예전 화이트 하트 레인의 분위기는 재현하지 못했다. 셋방살이 팀이 프리미어리그 우승권에 머문다는 것 자체가 '작은 기적'이라고 해도 과언이 아니다. 그래서 하반기에 갑자기 찾아온 성적 부진이 너무 아쉬웠다.

리그 27라운드 번리전부터 우리는 다섯 경기에서 1무 4패로 고꾸라졌다. 리그 우승 경쟁에서 완전히 멀어졌다. 시즌 말미에는 UEFA 챔피언스리그 출전권까지 흔들렸지만 경쟁자들이 타이밍 좋게 부진한 덕분에 유럽 엘리트 클럽의 입지를 지킬 수 있었다. 같은 기간에 맨체스터 시티와 리버풀은 연전연승의 괴력을 발휘했다. 솔직히 두 구단의 탄탄한 스쿼드가 부럽다. 맨체스터 시티의 화려한 벤치는 놀라울 뿐이다.

나는 토트넘도 충분히 가능성이 있다고 믿는다. 새 경기장이 우리의 야망을 잘 보여 준다. 4월 3일 오랜 기다림 끝에 우리는 새 경기장인 토트넘 홋스퍼 스타디움으로 입성했다. 너무나 그리웠던 홈 팬들의 함성을 듣는 순간 전율이 흘렀다. 운 좋게 나는 역사적인 개장 경기에서 새 구장 공식 1호 득점자가 되었다. 이런 경기장에서 뛸 기회는 누구에게나 주어지지 않는다. 관중석을 가득 메운 6만 팬의 뜨거운 박수를 받는 기회는 더더욱 드물다. 내가 그 일을 해냈다니 일생일대의 행운이라고 생각한다.

다치지만 말자는 생각으로 시작했던 올 시즌 나는 참 많은 상을 받았다. 2월 말일 저녁에 있었던 '런던 풋볼 어워즈 2019'에서 나는 '올해의 선수'로 선정되었다. 이 상은 런던을 연고로 하는 12개 구단을 대상으로 한다. 기록 면에서는 나보다 앞서는 스타들도 있었다. 팀 동료 해리 케인, 아스널의 피에르-에메릭 오바메양, 첼시의 에당 아자르는 나보다 리그 득점이 많았다. 팀 동료 크리스티안 에릭센도 변함없이 월드클래스 기량을 과시했다.

고맙게도 심사위원단은 내게 표를 던졌다. 축구 종목에서만 가능한 역설일지 모른다. 보기와 다르게 축구는 감성이 지배하는 스포츠다. 몇 골을 넣었는지만큼이나 얼마나 강한 인상을 남겼는지도 중요하다. 90년대 맨체스터 유나이티드의 전성기를 열었던 에릭 칸토나가 좋은 사례다. 칸토나의 개인 기록은 두드러지지 않았

새 구장 토트넘 홋스퍼 스타디움의

역사적인 첫 골을 내가 넣었다는 사실이

감격스러우면서 짜릿했다

다. 숫자와 통계는 칸토나의 위대함을 온전히 설명하지 못한다. 고비 때마다 하나씩 터져 나오는 득점과 도움, 패스, 개인기 등이 칸토나를 맨유 역사상 최고의 레전드로 만들었다. 올 시즌 나도 '짜릿한 장면'을 몇 차례 만들었다. 프리미어리그 '이달의 골'로 선정된 첼시전 단독 드리블 골이 대표적이었다. 선정 이후이긴 하지만 UEFA 챔피언스리그 결승 진출 여정에서도 내 골들이 기여했다. 팬들을 자주 즐겁게 해줘서 받은 상이라고 생각한다.

프리미어리그 시즌 종료 후 '토트넘 올해의 선수', '토트넘 올해의 골'에도 모두 내가 뽑혔다. 제일 뿌듯한 상은 동료들이 직접 뽑은 '토트넘 선수단 선정 올해의 선수'다. 수상 소식을 듣고 나는 크게 감동했다. 언론이나 팬의 선택만큼 동료들로부터 인정받았다는 사실이 너무 기뻤다. 중요할 때 팀을 두 번이나 비웠던 탓에 이런 상을 받을 자격이 있는지 몰라 미안해지기도 한다.

도대체 내가 어떻게 이런 시즌을 보낼 수 있었을까? 우선 평소 자기 관리의 선물인 것 같다. 10개월에 달하는 시즌은 온전히 축구의 몫이다. 훈련에서 돌아오면 그때부터 내일 훈련의 준비를 시작한다는 생각으로 지낸다. 그라운드 안에서 최고가 되기 위해 밖에서 에너지 소모를 최대한 줄인다. 이는 몸과 마음 모두 해당한다. 얼마 전 내가 영국 언론 인터뷰에서 "결혼은 은퇴 후"라고 말한 것이 큰 화제가 된 걸로 안다. 물론 크리스티아누 호날두와 리오넬 메시처럼 가정을 꾸리면서도 세계 최고의 자리를 유지하는 선수도 많다. 사람마다 가진 능력의 차이를 부정하기 어렵다. 천재성을 타고나지 못한 나는 24시간을 통째로 축구에 들이부어야 지금의 경기력을 유지할 수 있다.

축구를 잘하는 방법은 간단하다. 축구만 해야 한다. 런던에도 유혹은 얼마든지 있다. 프리미어리그 선수는 본인만 원하면 얼마든지 화려한 삶을 만끽할 수 있다. 젊고 돈 많고 평소 시간도 자유롭기 때문이다. 나는 다른 길을 가기로 했다. 지금 나는 무엇을 해야 할지를 망각하지 않는다. 내가 제일 좋아하는 축구를 잘하고 싶은 마음이 가장 크다. 경기력 향상을 위해서라면 시간과 돈을 아끼지 않는다. 재미없는 삶이다. 정말 따분하기 그지없다. 그래도 감수한다. 그렇게 해서 매 시즌 프리미어리그 우승에 도전할 수 있다면, '올해의 선수'로 선정될 수 있다면, '올해의 골'을 넣을 수 있다면, 팬들을 즐겁게 해줄 수 있다면 나는 기꺼이 '축구 24시간'의 생활을 받아들이고 싶다. UEFA 챔피언스리그 결승전에서 뛸 수 있다면 나는 얼마든지 수도승으로 살아갈 수 있다.

^{SON}
7

나의 2018-19시즌은 '계속 달렸다'로 요약할 수 있다. 2018 러시아 월드컵부터 UEFA 챔피언스리그 결승전까지 나는 66경기에 출전했다. 결승전 직후 국가대표팀의 6월 A매치 일정까지 포함하면 68경기다. 개중 선발 출전은 57경기였다. 프로 데뷔 후 단일 시즌 최다 출전 기록이다. 제일 큰 바람은 다치지 말자는 것이었다. 스포츠과학자들은 축구선수의 몸을 자동차로 비유하곤 한다. 너무 오래 쉬지 않고 주행하면 자동차 어딘가가 고장이 날 확률이 커진다. 평소 세심한 정비가 필수적이라는 점도 닮았다. 올 시즌처럼 몸 관리에 올인했던 적도 없었다. 조이고 기름치고 닦고.

앞서도 소개했던 안덕수 선생님의 덕을 그냥 지나칠 수 없다. 안 선생님은 축구선수의 몸 상태를 관리하는 애슬레틱 트레이너(AT)다. 한국 축구계에서 20년 넘게 일하시면서 근육 관리의 최고 장인으로 통한다. 올 시즌 나는 안 선생님을 런던으로 세 번이나 초빙했다. 경기 일정이 유난히 빡빡했던 12월과 4월 그리고 UEFA 챔피언스리그를 앞둔 5월 말이었다.

사흘 간격 출전이 한 달씩 이어지면 구단의 관리만으로는 부족해진다. 런던에 머무시는 동안 안 선생님께 한 번에 세 시간이나 걸리는 근육 마사지를 매일 받았다. 이 관리가 없었다면 다치거나 컨디션이 망가지거나 둘 중 하나였을 것이다. UEFA 챔피언스리그 8강 1차전이 코앞이었을 때 선생님은 내 종아리 근육 부위에서 이상을 찾아냈다. 확인해 보니 근육 안쪽에 작은 출혈이 있었다. 적절한 조치 없이 그 상태로 출전했다면 분명히 탈이 났을 것이다. 정말 감사 드린다.

만반의 준비를 하고 나선 8강 1차전 홈경기에서 우리는 1-0으로 이겼다. 후반 33분 내가 넣은 골이 그대로 결승골이 되었다. 한국에서는 내가 골을 넣은 뒤에 TV 중계 카메라를 향해 외친 소리가 화제였던 것 같았다. 미리 생각했던 말은 전혀 아니었다. 나는 그 경기에서 너무 이기고 싶었다. 8강 조 추첨 결과가 나오자 영국의 모든 언론과 팬들이 맨시티의 낙승을 점쳤다. 너무 약이 올랐다. 왜 해보지도 않고 맨체스터 시티 팬들은 여유를 부리는 걸까? 두 팀의 규모 차이가 커서? 프리미어리그에서 승점 차이가 크니까? 축구를 모르는 소리다. 컵대회에서는 무슨 일이 벌어질지 아무도 모른다. 특히 이렇게 같은 리그에 있는 팀끼리 맞붙으면 더 그렇다. 나는 물론 토트넘 식구 모두 세상의 섣부른 예상을 뒤엎고 싶었다. 오기가 생긴 것이다. 중계 카메라를 향해 나도 모르게 내 입에서 그런 '샤우팅'이 나온 이유였다.

사람들은 그 골이 아웃되는 볼을 끝까지 쫓아가서 살려낸 집념의 결과였다고 칭찬했다. 솔직히 말하자면 그건 집념이 아니라 만회였다. 에릭센이 나를 발견하고 패스를 보냈다. 기막힌 패스였다. 그런데 내가 어눌하게 터치하는 바람에 볼이 골라인 쪽으로 흘렀다. 터치가 좋았다면 훨씬 좋은 상황에서 슛을 때릴 수 있었다. 그게 만약 아웃되었더라면 동료들에게 엄청나게 혼났을 것이다. 슈팅 생각은커녕 '으악! 살려야 해!'라는 심정으로 죽어라 쫓아가 볼을 겨우 돌려놓았다. 배운 게 도둑질이라고 그 와중에 또 머릿속으로는 '왼쪽으로 돈 뒤에 왼발로 강하게 때린다'라는 그림이 그려졌다. 볼이 발 안쪽에 맞는 바람에 슛이 골키퍼 쪽으로 향했다. 다행히 힘이 실린 슛은 에데르송의 몸 아래로 빠르게 지나갔다. 엔드라인에서 겨우 볼을 살렸고 완벽하지 못했던 슛도 들어간 걸 보면 운이 좋았다.

득점 직후 비디오판독(VAR) 결과를 기다려야 했다. 볼이 아웃되지 않았다는 게 확실했기 때문에 솔직히 좀 짜증이 났다. 선수들은

VAR이 경기 흐름을 끊는다는 생각이 강해서 전폭적으로 지지하지 않는 편이다. 아니나다를까 득점이 공식 확인되었다. 내 말 좀 믿으라고!

이후 2차전을 위해 동료들과 함께 전세기를 타고 맨체스터로 날아갔다. 챔피언스리그 원정을 갈 때는 구단에서 전세기를 지원한다. 이동에 드는 시간과 피로감을 최소화하기 위함이다. 원정 2차전에서 우리가 한 골만 더 넣으면 맨시티는 세 골을 넣어야 한다. 우리에게는 분명히 빅찬스였다. 주장 위고 요리스가 "초반에만 골을 먹지 않고 잘 버티면 돼. 그러면 분명히 기회가 올 거야!"라고 말했다. 그리고 시작된 90분은 정말 미쳐 돌아갔다.

'이른 골만 먹지 말자'는 우리의 각오는 전반 4분 만에 깨졌다. 상대 에이스인 라힘 스털링에게 선제골을 내주는 순간 몽둥이로 머리를 세게 얻어맞은 것 같았다. 동료들도 '이건 뭐지?' 하는 표정이었다. 불행인지 다행인지 스털링의 골은 '미친 90분'의 시작에 불과했다. 조금 뒤 문자 그대로 우당탕하면서 내 앞에 볼이 떨어졌다. 주저 없이 슛을 때렸다. 1차전처럼 이번 슛도 에데르송의 아래(이번에는 다리였다)로 지나가 골문을 갈랐다.

우리가 원정 득점을 하고 합산 스코어에서도 2-1로 앞섰으니 맨시티는 이제 무조건 두 골을 넣어야 했다. 자기 진영에서 나오던 아이메릭 라포르트가 볼을 놓쳤다. 그만큼 조급하다는 뜻이었다. 아크 정면에서 공을 받은 에릭센이 왼쪽에 있던 나를 발견하고 패스를 보냈다. 퍼스트 터치가 너무 완벽했다. 머릿속 그림 그대로 나는 오른발로 정확히 볼을 때렸다. 차는 순간 골인을 직감했다. 경기 영상을 보면 골이 다 들어가기도 전에 내가 이미 골 셀러브레이션을 하러 달리기 시작한다. 그 정도로 잘 맞았다. 골인. 이제 맨시티는 3골을 넣어야 한다.

경기는 정말 미쳐 날뛰었다. 원래 프리미어리그는 경기 템포가 빠르기로 유명하다. 90분 내내 전진과 후진을 쉼 없이 반복한다. 이날은 정도가 너무 심했다. 나의 두 번째 골이 터진 지 1분 만에 베르나르도 실바에게, 10분 뒤에는 스털링에게 각각 골을 내줬다. 합산스코어 1-0이 21분 만에 3-3으로 변했다. 하프타임에 라커룸에서 포체티노 감독님은 집중력과 침착한 플레이를 강조했다.

후반 들어 세르히오 아구에로에게 실점을 허용해 무너지는가 싶었던 경기를 페르난도 요렌테가 천금 같은 세트피스 골로 되살렸다. 그리고 시작된 후반전 추가 시간에 스털링의 골, 펩 과르디올라 감독의 환호, 나의 체념이 이어졌다. 팽팽한 줄이 탁 풀린 것처럼 쓰러졌다. 후반 추가 시간에 골을 먹다니. 아무 소리도 들리지 않았다. 그렇게 싸웠는데 겨우 이거야? 그때 갑자기 페르난도 요렌테가 달려와 "노 골!"이라고 외쳤다. 무슨 소리지? 분명히 라힘 스털링의 골이 들어갔잖아? 요렌테는 "오프사이드야! 노 골이라고!"라고 소리쳤다. 그때까지 나는 VAR 판독이 시작한 줄도 모르고 있었다. 3분 뒤 우리는 프리미어리그 챔피언을 꺾고 유럽 4대 천왕의 한 자리를 차지했다. VAR이 두 팀의 운명을 갈랐다. 갑자기 VAR의 팬이 될 것 같다.

8강 2차전의 대혼돈은 경기 후까지 이어졌다. 인터뷰 중 독일 리포터가 "오늘 경고로 아약스와 준결승 1차전에 출전하지 못하는데…"라고 말했다. 갑자기 머리가 하얘졌다. 다른 국가대표 대회처럼 준결승전부터 경고 기록이 초기화되는 줄 알고 있었는데 그게 아니었다. 경고 누적으로 나는 챔피언스리그 준결승 1차전 홈경기에 출전하지 못하게 되었다.

가족과 함께 박스석에서 1차전을 관전했다. 90분 내내 답답했다. 동료들은 컨디션 저하 탓인지 우리 플레이를 전혀 보여 주지 못했다. 약팀이라던 아약스의 전술은 기계처럼 돌아갔다. 러시아 월드컵 때의 스웨덴을 보는 것 같았다. 내가 못 뛰는 우리 팀의 경기를 관전하면 기분이 마구 헝클어진다. 눈앞에서 뛰는 동료들을 도와줄 수 없는 처지가 한심했다. 90분 내내 간절히 응원했건만 우리는 홈에서 0-1로 패하고 말았다. 원정 실점이 뼈아팠다. 다음 날 아침에 일어났더니 목 뒤쪽이 딱딱하게 굳어 있었다. 경기에 출전한 다음 날보다 몸이 더 무거웠다.

본머스전 퇴장으로 나의 2018-19 프리미어리그 시즌은 종료되었다. 다음 시즌 UEFA 챔피언스리그 출전권 획득 여부를 일주일 뒤로 미룬 채 우리는 네덜란드의 수도 암스테르담으로 날아갔다. 준결승 2차전을 하루 앞두고 호텔 숙소에서 리버풀이 0-3 열세를

맨시티와의 '미친 90분' 끝에

웃는 쪽은 우리들이었다

홈에서 4-3으로 뒤집는 파란을 지켜봤다. 믿을 수 없는 결과는 우리에게 힘이 되었다. 세 골 차이를 극복하는 팀이 있는데 우리라고 해서 한 골 차이를 뒤집지 못할 리가 없다.

야속하게도 우리는 원정 2차전 전반에만 두 골이나 내주며 합산 스코어 0-3으로 무너졌다. 승부가 거의 끝났다고 해도 좋을 상황이었다. 후반전을 위해 통로를 지나 그라운드 안으로 들어갔다. 두 가지 숫자가 주어졌다. 0-3이란 스코어, 후반전 45분이란 시간. 어떻게든 해야 했다. 여기서 그냥 포기하기엔 지금까지 우리가 쏟았던 노력이 너무 아까웠다. 후반 10분과 14분에 루카스 모우라가 두 골을 연달아 넣었다. 아약스의 손을 잡고 있던 축구의 신이 손을 슬쩍 풀었다. 아약스는 끈질기게 버텼다. 우리의 슛은 상대 골키퍼와 골대의 선방에 계속 막혔다. 추가 시간 5분이 끝날 때, 정확히 바로 그때 모우라의 세 번째 골이 나왔다. 그라운드 위에 있는 모두가 쓰러졌다. 우리도 상대도 지금 일어난 일을 믿을 수가 없었다.

챔피언스리그 결승전 64년사에 드디어 토트넘 홋스퍼의 이름이 새겨졌다. 지성이 형의 결승전을 보면서도 나는 너무 비현실적이라고 생각했다. UEFA 챔피언스리그 결승전 무대에 한국인이 선다니. 이제 그 기회가 내게도 왔다. 믿을 수가 없다.

LONDON

MY STORY 06

유럽에 있으니까
햇빛의 소중함을 알겠더라고요.
해가 떴다가 갑자기 비가 오기도 해요.
그래서 해가 뜨면 햇빛도 보고
걷기도 하고 해요.

제가 사는 동네가 괜찮아요.

골목 골목 예쁜 곳도 많고요.

오로지 축구하고 회복하는 데 집중할 수 있는

좋은 동네로 이사 와서 정말 좋아요.

영국에서 생활한 지 4년 가까이 지났는데

그 동안 축구선수로서 신체적으로나 정신적으로나

아주 많이 발전했다고 느껴요.

Epilogue

축구, 오직 축구

2019년의 손흥민은 그럴듯해 보이는 사람이에요. 프리미어리그의 인기 팀에서 뛰는 프로 축구선수죠. UEFA 챔피언스리그, FIFA 월드컵, AFC 아시안컵 등 축구선수라면 누구나 꿈꾸는 무대에서 뛰어 봤어요. 더 큰 꿈을 꿔도 될 만큼 젊죠.

남들이 보기에 이런 제 모습이 화려해 보일지 몰라요. 하지만 그 것은 지금 이 순간의 겉모습입니다. 힘들었던 과거와 뒤에서 이루어지는 노력은 겉으로 드러나지 않죠. 지금까지 어려웠던 날이 훨씬 많았어요. 좌절하며 눈물을 흘린 순간도 많았고요. 사실 지금도 인내하고 또 인내하며 살고 있어요. 화려함과는 거리가 멀죠. 제가 과분한 TV 다큐멘터리 촬영을 하고 이렇게 책을 내기로 한 이유이기도 해요. 지금 이 자리에 오기까지 필요했던 저의 뒷모습을 말씀드리고 싶었어요.

제가 어릴 적 우리 가족은 가난했어요. 또래 아이들에게는 일상적이었을 게임이나 여행, 놀거리들을 저는 별로 해본 기억이 없어요. 축구를 본격적으로 배우기 시작했을 때 아버지께서 저를 데리고 다녀야 한다며 소형 중고차를 한 대 구해 오셨어요. 120만 원을 주셨다고 하더군요. 비가 오면 창문 틈으로 빗물이 줄줄 샜어요. 그래도 자가용이 생겼다며 우리 가족은 좋아했죠.

세상은 정말 차갑더라고요. 주위에서 아버지가 '똥차'를 몰고 다닌다며 손가락질을 했대요. 아버지께는 그게 마음의 상처로 남아 있어요. 지금 아버지의 자동차는 허세가 아니라 과거의 멸시를 잊고 싶은 마음의 표현이라고 생각해요. 독일 연수 시절 저도 참 힘들게 지냈어요. 한국 식당에 갈 돈이 없어 허기를 꾹꾹 참았어요. 아버지가 독일까지 날아오셔도 딱히 풍족하게 생활하진 못했어요. 저는 아직 자식을 키워 본 적이 없지만, 형편이 어려워서 자식에게 해줄 게 별로 없는 부모의 심정은 정말 말도 못하게 괴로웠을 겁니다.

제 인생에서 공짜로 얻은 건 하나도 없었어요. 초등학교 3학년 때부터 혹독하게 훈련했어요. 다른 아이들이 신나게 놀 때 저는 매일 리프팅으로 볼을 떨어트리지 않고 운동장을 세 바퀴씩 돌았죠. 프로 첫 시즌을 끝내고 매일 슈팅을 1천 개씩 때렸고요. 좋은 컨디션을 유지하려고 비는 시간에는 최대한 휴식을 취해요. 드리블, 슈팅, 컨디션 유지, 부상 방지 등은 전부 죽어라 노력해서 얻은 결과물이라고 믿어요. '와, 정말 슈팅이 대단하군요'라는 칭찬을 들으면 기분이 좋아요. 하지만 그럴 때마다 '내가 이렇게 숏을 때리려고 얼마나 노력했는데' 하는 생각도 들어요. 독일어와 영어도 마찬가지예요. 창피함을 무릅쓰고 현지 아이들에게 계속 물어보면서 공부했어요. 단어를 외우고 문장을 익히고 동료들의 인터뷰를 보면서 따라 해보고 그랬어요. 그런 과정이 없었으면 다른 나라의 언어를 빠른 시간 내로 습득하는 건 불가능했을 거예요.

어제 값을 치른 대가를 오늘 받고, 내일 받을 대가를 위해서 오늘 먼저 값을 치릅니다. 후불은 없죠. 크리스티아누 호날두와 리오넬 메시가 왜 하늘 위로 올라갈 수 있었을까요? 그만큼 노력했기 때문이라고 생각해요. 지금도 내려오지 않고 계속 날고 있으니 여전히 노력하고 있다는 뜻이겠죠. 그런 노력이 겉으로 드러나지 않을 뿐이에요. 지금 저도 자제하고 훈련하면서 꿈을 향해 달리고 있어요.

저는 축구를 좋아해요. 정말 많이 좋아해요. 요즘 말로 '축빠', '덕후'라고 하면 딱 맞아요. 축구가 재미있어서 시작했고, 지금도 더 잘하고 싶어서 계속 노력해요. '축빠'의 심리가 뭔지 아세요? 세상 모든 사람이 축구를 좋아했으면 좋겠다고 생각하는 거죠. 이렇게 재미있는 축구를 더 많은 사람과 함께 즐겼으면 좋겠어요. 독일의 분데스리가, 잉글랜드의 프리미어리그처럼 대한민국에서 K리그가 일상으로 자리 잡는 날을 상상하곤 해요. 다들 주말에 K리그를 보러 가서 응원하고, 월요일에 모여 K리그를 이야기하는 광경이죠.

물론 지금도 국가대표팀을 사랑해 주셔서 너무 감사 드려요. 꾸지람을 들을 때도 많지만 최선을 다하는 대표팀 선수들을 응원해 주시는 국민들이 훨씬 많다는 사실을 잘 알아요. 그런 사랑과 관심, 응원이 매 주말마다 동네에서 벌어지는 축구 현장으로 퍼지면 정말 행복할 것 같아요. 작은 TV 화면이 아니라 뻥 뚫린 경기장에서 신나게 축구를 즐기면서 웃을 수 있는 대한민국을 꿈꿔요. 제 다큐멘터리를 보고, 이 책을 읽고 축구에 관심을 가져 주시는 팬이 한 분이라도 더 생기면 저는 정말 행복할 것 같아요. 그렇게 해 주실 거죠? 미리 감사 드려요!

런던에서,
손흥민 올림

SUPER SON

INFOGRAPHICS

손세이셔널 이력서

⚽ 손흥민 이적시장 가치 추이

'토트넘 골공장'의 2018/19 최우수 사원 손흥민을 소개합니다.

PLAYER

레프트 윙어
손흥민
TOTTENHAM HOTSPUR

다니엘 레비 회장

| 세계 28위 | 세계 왼쪽 윙어 8위 |
| PL 14위 | 토트넘 4위 | 92년생 7위 |

2019.6
8000만 유로
1070억 원

2019.3
6500만 유로
800억 원

2018.1
3500만 유로
470억 원

2015.10
2500만 유로
330억 원

2018.5
5000만 유로
670억 원

2014.7
1400만 유로
190억 원

2012.10
800만 유로
110억 원

2011.1
300만 유로
40억 원

2018.1
3000만 유로
390억 원

2013.6
1400만 유로
190억 원

2015.2
1600만 유로
210억 원

2010.8
15만 유로
약 2억 원

2011.8
450만 유로
60억 원

● 함부르크 ● 레버쿠젠 ● 토트넘

※출처: 트랜스퍼마켓 2019년 6월 기준

| 2010 | 2011 | 2012 | 2013 | 2014 | 2015 | 2016 | 2017 | 2018 | 2019년 |
| 18세 | 19세 | 20세 | 21세 | 22세 | 23세 | 24세 | 25세 | 26세 | |

⚽ 손흥민의 생산성 지표

시즌 (리그 기준)	선발 출전	교체 출전	90분당 패스	패스 성공률	90분당 키패스	90분당 드리블	드리블 성공률	90분당 슈팅	유효슈팅 비율	1득점당 슈팅	1득점당 시간
2018/19	23회	8회	33.0회	85.6%	1.45회	3.69회	57.1%	3.25회	39.2%	6.17	171분
2017/18	27	10	35.7	85.2	1.52	3.93	57.4	2.92	44.0	6.25	193
2016/17	23	11	33.7	81.2	1.87	4.57	44.8	3.48	41.3	5.71	148
2015/16	13	15	36.3	79.6	1.46	2.60	53.1	3.09	34.2	9.50	277
2014/15	28	2	32.0	76.1	1.53	4.08	47.1	2.47	39.7	5.73	208
2013/14	29	2	25.8	80.3	1.24	4.98	64.4	3.13	45.8	8.30	239
2012/13	31	2	27.5	77.6	0.87	2.90	49.4	2.60	44.9	6.50	225
2011/12	11	16	26.8	78.4	1.01	4.99	55.1	2.75	31.6	7.60	249
2010/11	8	5	27.5	77.1	0.37	4.81	51.3	2.35	36.8	6.33	243

'fantastic' Son Heung-min

AFC U-16 축구 선수권 대회 준우승	국제축구연맹 선정 세계 10대 유망주 23인	분데스리가 전반기 최우수 신인	독일 일간 함부르크 아벤트블라트 11월 함부르크 SV 최고의 선수
2008	2010	2010	2010
AFC 아시안컵 3위	빌트지 선정 분데스 영건 베스트 일레븐	AFC 아시아 베스트 일레븐	ESPN 선정 올해 최고의 아시아 축구선수
2011	2011	2012	2013
대한축구협회 올해의 선수상	대한축구협회 올해의 선수상	AFC 올해의 국제선수상	AFC 아시안컵 준우승
2013	2014	2015	2015
아시안 어워즈 스포츠 부문 수상	프리미어리그 사무국 선정(9월) 이달의 선수상	AFC 올해의 국제선수상	프리미어리그 사무국 선정(4월) 이달의 선수상
2016	2016	2017	2017
자카르타·팔렘방 아시안게임 남자 축구 금메달	런던풋볼어워즈 올해의 선수상	원핫스퍼 올해의 선수상	원핫스퍼 주니어 올해의 선수상
2018	2019	2019	2019
서포터스클럽 올해의 선수상	서포터스클럽 올해의 골		
2019	2019		
UEFA 챔피언스리그 준우승	프랑스풋볼·ESPN UEFA 챔피언스리그 베스트11		
2019	2019		

손흥민이 걸어온 길 Ⅱ

프로팀

2008년 동북고등학교 중퇴 → 함부르크SV 입단

2008년 8월 1일~
함부르크SV U17 (15경기 9골)
함부르크SV U19 (1경기)

2009년 7월 1일~
함부르크SV U19 (11경기 6골)
함부르크SV 2군 (6경기 1골)

2010년 7월 1일 함부르크SV 1군
(만 18세 112일 데뷔전)

분데스리가 13경기·포칼컵 1경기
3골(함부르크 최연소 골 기록)

분데스리가 27경기·포칼컵 3경기
5골 1도움

분데스리가 33경기·포칼컵 1경기
12골 2도움

2013년 7월 1일 바이어 레버쿠젠 이적
1400만 유로(약 180억 원)
당시 레버쿠젠 최고 이적료

분데스리가 31경기·챔피언스리그 8경기·포칼컵 4경기
12골 7도움

분데스리가 30경기·챔피언스리그 8경기
·챔피언스리그 예선 2경기·포칼컵 2경기
17골 4도움

2015년 8월 28일 토트넘 핫스퍼 이적
3천만 유로(한화 약 400억원·당시 토트넘 최고 이적료)
2019년 6월 기준 레버쿠젠 최고 이적료 수입

레버쿠젠에서 리그 1경기, 챔피언스리그 예선 1경기 출전 후 이적
프리미어리그 28경기·유로파리그 7경기
·FA컵 4경기·리그컵 1경기
8골 5도움

프리미어리그 34경기·FA컵 5경기
·챔피언스리그 6경기·유로파리그 2경기
21골 10도움

프리미어리그 37경기·FA컵 7경기
·챔피언스리그 7경기·EFL컵 2경기
18골 11도움

프리미어리그 31경기·FA컵 1경기
·챔피언스리그 12경기·EFL컵 4경기
20골 10도움

국가대표

2008년 3월
2008 사닉스배 국제청소년축구대회
우승(4경기 출전)

2008년 10월
2008 AFC U-16 챔피언십
준우승(6경기 4골)

2009년 9월
2009 센다이컵 국제청소년축구대회
조별리그(3경기)

2010년 12월 A매치 데뷔
18세 175일 (시리아와의 친선전)
대표팀 사상 5번째로 어린 나이

2011년 10월~2013년 6월
2014 FIFA 브라질 월드컵 예선
본선진출(9경기 1골)

2018년
축구국가대표팀 캡틴
자리를 이어받은 손흥민

2014년 6월
2014 FIFA 브라질 월드컵
조별리그(3경기 1골)

2015년 1월
2015 AFC 아시안컵
준우승(5경기 3골)

2015년 6월~2017월 9월
2018 FIFA 러시아 월드컵 예선
본선진출(12경기 7골 3도움)

2016년 8월
2016 리우 올림픽
8강(4경기 2골)

2018년 6월
2018 FIFA 러시아 월드컵
조별리그(3경기 2골)

2018년 8월~9월
2018 자카르타-팔렘방 아시안게임
우승(6경기 1골 5도움)

2019년 1월
2019 AFC 아시안컵
8강(3경기 2도움)

2010년 12월~2019년 1월
국가대표팀 친선경기
44경기 (9골 7도움)

2007/08
2008/09
2009/10
2010/11
2011/12
2012/13
2013/14
2014/15
2015/16
2016/17
2017/18
2018/19

손세이셔널, 9시즌 동안의 진화

1부 리그 기록 추이(모든 대회) ⚽골 ⚽도움

- 리그(분데스리가, 프리미어리그)
- 챔피언스리그
- 챔피언스리그 예선
- 유로파리그
- 컵대회(DFB 포칼, FA컵)
- EFL컵

 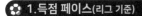

득점의 모든 것 I

⚽ 1.득점 페이스(리그 기준)

2010/11시즌부터
2018/19시즌까지

→ 총 16894분 출전
→ 548슈팅
→ 225유효슈팅
→ 83골

득점당 슈팅 6.6

31분에 1슈팅

유효슈팅 2.4 41%

1골 **203분**

⚽ 3.거리별 득점 분포(리그 기준)

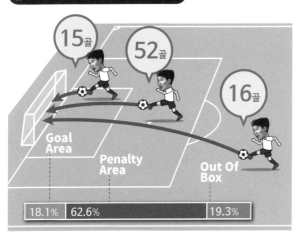

15골
52골
16골

Goal Area
Penalty Area
Out Of Box

| 18.1% | 62.6% | 19.3% |

⚽ 3.신체별 득점 분포(1부리그 통산)

시즌별 헤더골(7득점 모두 리그에서 기록)

10/11 11/12 12/13 13/14   17/18

통산 116골
7골 머리 6

오른발 63골 54%
왼발 46골 40%

⚽ 4.시간별 득점 분포(1부리그 통산)

자~ 누구를 뺄까.

후반 중반, 토트넘 벤치

이 친구가 지쳐보이는데...

공격진 교체 카드를
고민하는 그때...
쏘니 타임 발동!

힘이 솟는다!

풀타임용 선수임
실력으로 증명하

5분	10	15	20	25	30	35	40	45	45+	50	55	60	65	70	75	80	85	90	90+
4	5	5	8	6	7	2	6	5	2	2	12	7	13	4	5	8	6	4	5

전반 50골
+
후반 66골

306

득점의 모든 것 II

⚽ 대회별 데뷔 나이

2010.10.27 DFB 포칼컵 **18세** 3개월 19일	2010.10.30 분데스리가 **18세** 3개월 22일	2013.09.17 챔피언스리그 **21세** 2개월 9일	2014.08.19 챔피언스리그 예선 **22세** 1개월 11일	2015.09.13 프리미어리그 **23세** 2개월 5일	2015.09.17 유로파리그 **23세** 2개월 9일	2015.09.23 EFL컵 **23세** 2개월 15일	2016.01.10 FA컵 **23세** 6개월 2일

시즌: 2010/11　　2011/12　　2012/13　　2013/14　　2014/15　　2015/16　　2016/17　　2017/18　　2018/19

⚽ 대회별 데뷔골

⚽ 데뷔전 데뷔골　　⚽ 데뷔전 데뷔골　　⚽ 데뷔전 데뷔골

분데스리가 **18세** 3개월 22일 2010.10.30	DFB 포칼컵 **21세** 26일 2013.08.03	챔피언스리그 예선 **22세** 1개월 11일 2014.08.19	챔피언스리그 **22세** 2개월 23일 2014.10.01	유로파리그 **23세** 2개월 9일 2015.09.17	프리미어리그 **23세** 2개월 12일 2015.09.20	FA컵 **23세** 6개월 12일 2016.01.20	EFL컵 **26세** 3개월 23일 2018.10.31

⚽ 역대 감독별 득점

소니, 우선 100골만 채우자!

마우리시오 포체티노(토트넘)
188경기(11535분)
67골 36도움

손흥민은 포체티노 감독 경력 중 가장 많은 골을 가져다 준 두 번째 선수다.
(1위는 해리 케인 159골)

토르스텐 핑크
(함부르크)
56경기
(3650분)
14골 2도움

미카엘 오웨닝
(함부르크)

11경기
(654분)
2골 1도움

아르민 베
(함부르크)
8경기
(467분)
3골

로저 슈미트
(레버쿠젠)
44경기(3290분)
17골 4도움

사미 히피아
(레버쿠젠)
38경기(2787분)
11골 5도움

⚽ 출전 포지션별 득점

왼쪽 윙어
142경기
53골 23도움

센터포워드
76경기
33골 12도움

오른쪽 윙어
47경기
9골 6도움

세컨드 스트라이커
56경기
17골 9도움

왼쪽 미드필더
1경기

공격형 미드필더
6경기**4골**

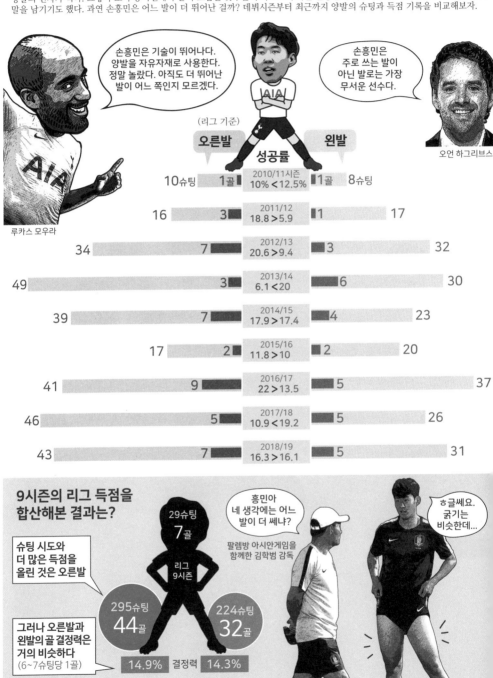
'오른발 vs 왼발' 어느 쪽이 강할까?

손흥민은 오른발잡이지만 왼발도 주발 못지않게 잘 사용하는 양발잡이 선수다. 특히 '손흥민 존(페널티 박스 좌우 모서리)'에서 절묘하게 감아차는 슈팅은 양발의 클래스를 보여준다. 2018-19시즌 총 20골 중 왼발과 오른발 골이 정확히 10개씩 같을 정도로 양발의 편차가 적다. 그렇다 보니 공격진에서 같이 호흡을 맞추는 루카스 모우라는 손흥민의 어느 발이 더 위력적인지 모르겠다는 말을 남기기도 했다. 과연 손흥민은 어느 발이 더 뛰어난 걸까? 데뷔시즌부터 최근까지 양발의 슈팅과 득점 기록을 비교해보자.

손흥민은 기술이 뛰어나다. 양발을 자유자재로 사용한다. 정말 놀랐다. 아직도 더 뛰어난 발이 어느 쪽인지 모르겠다.

손흥민은 주로 쓰는 발이 아닌 발로는 가장 무서운 선수다.

루카스 모우라

오언 하그리브스

(리그 기준)

오른발	성공률	왼발
10슈팅 1골 10%	2010/11시즌 < 12.5%	1골 8슈팅
16 3 18.8	2011/12 > 5.9	1 17
34 7 20.6	2012/13 > 9.4	3 32
49 3 6.1	2013/14 < 20	6 30
39 7 17.9	2014/15 > 17.4	4 23
17 2 11.8	2015/16 > 10	2 20
41 9 22	2016/17 > 13.5	5 37
46 5 10.9	2017/18 < 19.2	5 26
43 7 16.3	2018/19 > 16.1	5 31

9시즌의 리그 득점을 합산해본 결과는?

29슈팅 7골

리그 9시즌

슈팅 시도와 더 많은 득점을 올린 것은 오른발

그러나 오른발과 왼발의 골 결정력은 거의 비슷하다
(6~7슈팅당 1골)

295슈팅 44골

224슈팅 32골

14.9% 결정력 14.3%

흥민아 네 생각에는 어느 발이 더 쎄냐?

팔렘방 아시안게임을 함께한 김학범 감독

ㅎ글쎄요. 굵기는 비슷한데...

손흥민 vs 클럽팀

⚽ 득점 TOP 8

도르트문트		9골 (12경기)
레스터 시티	5골 (9경기)	
왓퍼드	5골 (8경기)	
본머스	5골 (6경기)	
하노버96	4골 (9경기)	
맨시티	4골 (7경기)	
사우샘프턴	4골 (8경기)	
마인츠	4골 (6경기)	

저는 공이
아닙니다만...

⚽ 공격 포인트 TOP 5

도르트문트		9포인트 (9골)
레스터 시티	8 (5골 3도움)	
웨스트햄	8 (3골 5도움)	
왓퍼드	6 (5골 1도움)	
사우샘프턴	6 (4골 2도움)	

자~
또 갑니다!

SON
7

SON 승리 TOP 5

팀	전적
도르트문트	8승 (1무 3패)
왓퍼드	7승 (1무)
크리스탈 팰리스	7승 (1패)
TSG 1899 호펜하임	7승 (1무1패)
VfB 슈투트가르트	6승 (1무4패)

SON 패배 TOP 5

순위	팀	전적
1	맨유	6패 (3승)
2	바이에른 뮌헨	5패 (1승2무)
3	프랑크푸르트	5패 (1승1무)
4	샬케04	5패 (2승)
5	SC 프라이부르크	5패 (4승2무)

SON vs PL TOP 6

순위	팀	공격포인트
1	맨시티	4골 1도움
2	첼시	2골
3	아스날	1골 1도움
4	리버풀	1골
5	맨유	1도움

⚽ 1도움 21명

토트넘
얀 베르통언 →
루카스 모우라
에릭 다이어
올리버 스킵
카일 워커-피터스
앤드로스 타운센트
톰 캐롤

레버쿠젠
에렌 데르디요크
키리아코스 파파도풀로스
로베르토 힐버트
세바스티안 보에니쉬
틴 예드바이
율리안 브란트 →

함부르크
아르티옴스 루드네브스
데니스 디에크마이어
고이코 카차르
마르첼 얀센
마르쿠스 베리
막시밀리안 바이스터
로베르트 테세
톨가이 아슬란

⚽ 2도움 7명

무사 시소코 (토트넘)

세르쥬 오리에 (토트넘)
슛! 아니 패스!

제프리 브루마 (함부르크)
조나단 피트로이파 (함부르크)
밀란 바델리 (함부르크)
라스 벤더 (레버쿠젠)
← 하칸 칼하노글루 (레버쿠젠)

⚽ 3도움 5명

소니 어서가! 뒤는 내가 막는다! 난 이미 늦었어...
크흑!

몸빵왕
빈센트 얀센 (토트넘)

리턴왕
페르난도 요렌테 (토트넘)
소니! 냉큼 받아라!

카림 벨라라비 (레버쿠젠)
시드니 샘 (레버쿠젠)
손흥민은 내 브라더
이 녀석은 100점
라파엘 판 더 바르트 (함부르크)

⚽ 4도움 2명

키어런 트리피어 (토트넘)
슈테판 키슬링 (레버쿠젠)

억! 빠졌다
절묘한 힐킥골

손흥민의 역대 도우미들 II

⚽ 공동 4위 : 6도움

곤잘로 카스트로 (레버쿠젠)
> 손흥민과 함께
> 61경기 (4211분) 출전
> 6골 합작

에릭 라멜라 (토트넘)
> 손흥민과 함께
> 63경기 (2415분) 출전
> 9골 합작

⚽ 3위 : 8도움

해리 케인 (토트넘)
> 손흥민과 함께
> 136경기 출전
> (7653분)
> 23골 합작

⚽ 2위 : 10도움

델리 알리 (토트넘)
손흥민과 함께 144경기 출전 (8137분) / 16골 합작

⚽ 1위 : 13도움 크리스티안 에릭센 (토트넘)

> 어느 발에 올려드릴까요?

> 아무 발이나 괜찮아요.

똑똑

손흥민과 함께 157경기 출전 (9321분) 15골 합작
에릭센은 손흥민과 가장 많은 경기를 함께 했으며 가장 많은 도움을 준 선수이기도 하다.

116골 중 도움없이 넣은 득점은 총 15골

> 그렇다면 셀프 어시스트 15개? 도움 1위는 나?

손흥민의 어시스트를 받은 선수 TOP10

순위	선수	손흥민 도움
	해리 케인	15
	델레 알리	6
	에릭 라멜라	4
	시드니 샘	3
	크리스티안 에릭센	2
	페르난도 요렌테	2
	슈테판 키슬링	2
	데니스 아오고	2
	요십 드리미치	2
	무사 시소코 외 11명	1

손흥민과 가장 많은 골을 합작한 선수 TOP10

순위	선수	합작골(골 + 도움)
1	해리 케인	23
2	델레 알리	16
3	크리스티안 에릭센	15
4	에릭 라멜라	9
5	곤잘로 카스트로	6
5	시드니 샘	6
5	슈테판 키슬링	6
8	페르난도 요렌테	5
8	기성용	5
8	황의조	5

손흥민과 가장 많은 경기를 뛴 선수 TOP10

순위	선수	경기수
1	크리스티안 에릭센	157
2	위고 요리스	152
3	델레 알리	144
4	에릭 다이어	140
5	해리 케인	136
6	얀 베르통언	131
7	토비 알데베이럴트	126
8	벤 데이비스	112
9	키어런 트리피어	92
10	무사 뎀벨레	89

축구를 하며
생각한 것들

개정1판 1쇄 펴낸 날 | 2020년 8월 21일
개정1판 9쇄 펴낸 날 | 2024년 5월 24일

지은이 | 손흥민
펴낸이 | 홍정우
펴낸곳 | 브레인스토어

책임편집 | 김다니엘
편집진행 | 홍주미, 박혜림
디자인 | 참프루, 이예슬
마케팅 | 방경희
자료제공 | *tvN* 〈손세이셔널〉, 연합뉴스
정리 | 홍재민

주소 | (04035) 서울특별시 마포구 양화로7안길 31(서교동, 1층)
전화 | (02)3275-2915~7
팩스 | (02)3275-2918
이메일 | brainstore@chol.com
페이스북 | http://www.facebook.com/brainstorebooks
인스타그램 | http://www.instagram.com/brainstore_publishing

등록 | 2007년 11월 30일(제313-2007-000238호)

ⓒ 손흥민, 주식회사 씨제이이엔엠 *tvN*, 브레인스토어, 2020
ISBN 979-11-88073-55-9(03810)

이 도서의 국립중앙도서관 출판시도서목록(CIP)은 서지정보유통지원시스템 홈페이지(http://
seoji.nl.go.kr)와 국가자료공동목록시스템(http://www.nl.go.kr/kolisnet)에서 이용하실 수
있습니다.(CIP제어번호: CIP2020031227)